谯华平
著

ZHAN MING YUE

石油工业出版社

图书在版编目（CIP）数据

斩明月 / 谯华平著. -- 北京：石油工业出版社，2022.2

ISBN 978-7-5183-5035-3

Ⅰ. ①斩… Ⅱ. ①谯… Ⅲ. ①长篇小说—中国—当代 Ⅳ. ①I247.5

中国版本图书馆CIP数据核字（2021）第258078号

斩明月

谯华平　著

出版发行：石油工业出版社

（北京安定门外安华里2区1号楼100011）

网址：www.petropub.com

编辑部：（010）64523616　64252031

图书营销中心：（010）64523731　64523633

经　　销：全国新华书店

印　　刷：北京中石油彩色印刷有限责任公司

2022年2月第1版　2022年2月第1次印刷

710毫米×1000毫米　开本：1/16　印张：14.5

字数：180千字

定价：49.00元

（如出现印装质量问题，我社图书营销中心负责调换）

版权所有，翻印必究

序

在人们的印象中，中国历史上发生战争最频繁的时代理应是战国。据统计，春秋战国时期大概是三年里两年打仗一年休整；但其实南北朝时期战争更为频繁，是五年里四年打仗一年喘息。频繁的战争造就名将，南北朝闪光的名将就不少，其中斛律光就是最耀眼的那颗星。

每个时代寻才的标准都是"德才兼备"，斛律光最接近"完美"的标准。在军事才能方面，贞观初，唐太宗谓侍臣曰："朕观前代……斛律明月，齐朝良将，威震敌国，周家每岁斫汾河冰，虑齐兵之西渡。及明月被谗构伏诛，周人始有吞齐之意！"唐德宗建中三年（782年），追封古代名将六十四人，并为他们设庙享祭，当中就包括"北齐右丞相咸阳王斛律光"。及至1123年，北宋再为古代名将设庙，七十二位名将中亦包括斛律光。在北宋年间成书的《十七史百将传》中，斛律光亦位列其中。据统计，斛律光凡大小之战五十多起，均是凯旋！他的个人武功修为更是独步天下，以百发百中的箭法敕封为"落雕都督"。

在文学传承方面，斛律家族也有独特的贡献。唐以前的少数民族诗歌最优秀的，就数现在进入小学课本的《敕勒歌》了，王夫之在《古诗评选》中称其："寓目吟成，不知悲凉之何以生！诗歌之妙，原在取景遣韵，不在刻意也。"王国维在《人间词话》中将其作为写景之典范，称其"写景如此，方为不隔"。在于其写景出于自然，因其中皆存"无我"之境界。这首被敕勒族一直在大草原传唱的《汉乐府》，之所以未像其他众多的优秀诗歌一样在历史的河流中淹灭亡失，正是因为敕勒族酋长斛律光之父斛律金，在玉壁阵前数万将士身边大声唱出而被史学家记录下来了。

在为政方面，斛律光更是楷模。斛律家族一皇后二太子妃三公主，四人封王，在怀朔勋贵后代贪腐成性、魏晋奢淫成风的大环境下，斛律家族保持了异常廉洁的家风，离间被杀抄家时，"仅得宴娱之弓五十张，箭一百，刀七口，槊两支，及体罚下人的枣树枝二十根，并无余财……"！

和历史上的"完人"、英雄、忠臣一样，这样的好汉不屑于与宵小为伍，他们鹤立鸡群，他们傲世独立，他们出淤泥而不染，他们居乱世立奇功。这样的人是不容于环境、不容于世人的。于是，朝堂内外一合力，最闪耀的那颗星就此陨落了。相似的历史一再重演，似乎也没有地方评说。

斛律光（515—572年），字明月，敕勒族（高车族），北魏到北齐时期名将、军事家。本书以当时的十个典型人物入手，从不同角度试图诉说名将被斩的过程或原因，以此纪念早已远去的那轮明月。

是为序。

目录

第一章　庙堂杀手刘桃枝　　　　　　／ 1

第二章　兰陵郡王高长恭　　　　　　／ 20

第三章　乳母太姬陆令萱　　　　　　／ 45

第四章　魔鬼天才祖孝徵　　　　　　／ 66

第五章　无愁天子高后主　　　　　　／ 84

第六章　落雕都督斛律光　　　　　　／ 109

第七章　北周柱国韦孝宽　　　　　　／ 130

第八章　南梁质子萧希逸　　　　　　／ 153

第九章　木杆可汗阿史那　　　　　　／ 175

第十章　明月遗珠斛律彻　　　　　　／ 195

第一章　庙堂杀手刘桃枝

身在江湖，作为一名剑客，要扬名立万，就应该坚守出剑的规则，坚听自己的内心，将刀锋对准大众仇视的人。

隐居庙堂，作为一名杀手，要保命升爵，就必须清空自己的思想，揣摩老大的内心，将暗箭射向皇上仇视的人。

我现在又隐身高纬帝身边，孤独而快乐地活着，昨天又接到了一桩要命的大单——斩明月。

（一）

邺城的皇宫，楼台巍峨高矗。八月的骄阳，透过金黄的琉璃将炙热焦躁的不安洒向各个角落。我和穆提婆安稳地坐在我最爱的十人合抱的大楠木树下，楠木枝叶伸展，在高空将阳光遮盖得严严实实。一群夏蝉隐藏在枝叶深处高声宣告"知了知了"，似乎知道了所有的秘密。树根处放着两大箱坚冰在慢慢地融化，向周围传播着习习凉意。清润所及处，放着一张黄金包边的大方桌，围放着四把张扬高贵的大躺椅。身着薄纱的春桃、秋菊贴身站在躺椅边，侍候着捧送过来一杯杯温茶，一粒粒点心，扇过来一习习凉风，以及一丝丝体香。穆提婆一边吸着五石散吞云吐雾，一边拉着秋菊的纤指，握在他手心里慢搓。

思路理得差不多了，我把手一摆，春桃、秋菊懂事地款款退出，金刀门高手尉迟雄、宇文化金身着宫廷守卫的戎装闪身跃到我们旁边作揖肃立。金刀门前些年在江湖上名声显赫，掌门人斛律奚在玉门关以一把三尺金刀力战五大门派二十四名高手，又和这五大掌门人喝酒一笑泯恩仇，并相约去烧了正在大齐国扰边的突厥可汗的几座营帐。这些响当当的跌宕起伏的故事还在北齐的大地上回荡，而金刀门的掌门人斛律奚却早已神秘地销声匿迹了。

我固定好脸上的表情。当然，这些年来我脸上的肌肉早已被锻炼得无比僵硬，不会再有任何一丝的闪动，看不出丝毫的喜怒哀乐，即使内心深处的闪动，也越来越少了。向尚书右仆射穆提婆致意后，我开始有条不紊地向尉迟雄和宇文化金部署完任务。

"等等，"穆提婆紧急提示，"今上明确说了只诛明月，派这么多精锐去这么些地方干吗？"

我心里蔑笑，这只目光短浅的"猪"！我恭敬地回答："大人所虑极是。今上心思缜密，变化万千，我们做臣子的得先准备万全才好。"

见他若有所失，我附在他耳边轻语："斛律婉蝶小郡主，明天就会是你的。"

（二）

明月若失，大齐就完了！

领命之时，我早已固化的内心还是起了波澜。这些年大齐国仅有的三大柱石，咸阳王斛律光是最粗的那根。去年平原王段韶已经驾鹤西去，兰陵王高长恭也已不受待见，明天咸阳王斛律大将军再被斩杀，北周的大军越过汾河就指日可待了。虽然一直以来的冬天，都是北周的士兵每天在汾河破冰，防止我们渡河进攻。

在我的大楠木树外，一方硕大的花园铺陈开来。这里离皇宫一箭之隔，有暗道和皇宫相连，方便皇上随时安排人手，处决皇上眼中的恶人。今上三年前赏赐给我这个地方，这里就成了邺城最豪华的花园官墅，是平凡人等不能涉足的地方，是最高机密的密谋实施之所，是江湖武林恩怨情仇的权威审判台，是朝廷命官的阎王之殿，是大齐国风暴的制造中心。

我望着头顶那轮皎洁的明月，那轮照耀大齐国的明月，明天我就将亲手熄灭他的无限光芒。在我的确切的等待中，地道里燕郡公祖珽派来的宫廷特使带来了皇帝口谕：灭全族！

多亏了这些年我锻造的良好习性。这些年来，上至王侯将相，下至普通民众，都爱酒如命，邺城上下酒气熏天，我偏偏一滴酒也不肯沾。作为一名顶级杀手，头脑清醒至关重要！

这些年来，宫廷贵人崇尚风骨，北齐士子衣冠散漫，文人武夫行为放浪才显高洁，大家都要吃点五石散才叫时尚。在烟雾缭绕中，我偏偏一丝烟也不肯吸。作为一名顶级杀手，行为严谨很关键。

能站着便不坐着，能不说绝不开腔，这是我的处事风格——我随时都要杀人，也随时都要提防着被杀，一刻也容不得懈怠。等到口谕后，我对明天的准备工作进行最后的梳理：

分赴定州、梁州的尉迟雄、鲜于桃枝带领的宫廷劲旅已经在路上。给洛州行台仆射独孤永业、敕使中领军贺拔伏恩的全力协助密令已经发出，

对咸阳王斛律光的弟弟——南面可汗斛律羡、骠骑大将军斛律武都全家及心腹的捕杀已成定局；幽州都督也让我黄龙帮的大弟子独孤永业代领。

包围咸阳王府的准备工作已经完备，为避免打草惊蛇，仅先在外围对其监视，待宫中动手后立马行动。是啊，只手遮天的陆太姬的儿子穆提婆看上了斛律婉蝶小郡主，几次真诚提亲，那咸阳王还当他是个杂奴，眼望着天，鼻息都懒得哼一下。结果她还是穆提婆的。

在昭阳殿和凉风堂的大局由宇文化金负责，两百名刀斧手明天一早埋伏到位，黄龙帮和金刀门的近十位武林高手才是主力。虽然斛律光一族忠心耿耿，但他的武功独步天下，万一临场发挥，那些刀斧手可不是对手！

后路叫我的总管刘突张罗，他是我黄龙帮的关门弟子。大齐的天即将塌下来，我也应远走高飞。这些拓跋、斛律、宇文、尉迟，非我族类，其心必异，最隐秘最关键的事，还是叫赵钱孙李这些人去办比较稳妥。我也该离开了，这些年得罪的权贵太多，这些年积淀的仇恨太多，这些年收累的金银太多，这些年亏欠的幸福太多。

（三）

这年头，当皇帝的心腹很难，当皇帝的心腹杀手更难，连续当稳六个皇帝的心腹杀手则是难上加难！

这些年来，各行各业都在树立榜样，我们杀手和刺客的榜样是大名鼎鼎的荆轲，在大齐的几个庙宇里都还有他的金身塑像，大义凛然，正襟危坐，接受大众的膜拜。当然还有"士为知己者死"的豫让之流，在一角配享万千大众的香火。

我认为大家之所以膜拜荆轲，不外乎两点，一是他具有锄强扶弱、扬善除恶的正气，二是他有敢于牺牲、一往无前的勇气。其实，作为一名顶级刺客，最开始都是属于菜鸟，但在纷繁复杂的危局中被迫不断适应形势，调整正气角度，最终形成正确的正气观；在翻云覆雨的朝堂上被迫不断保护自我，隐藏勇气，最终形成独特的勇气观。这便炼就了金身，成就了刺客的最高段位。

（四）

我的段位也是慢慢练成的。遥想当年，神州连年征战，大地兵荒马乱，先是北方拓跋家形成的东魏、西魏和南方晋朝司马家遗臣所建南梁的三国，相互攻守；间或各国内部动荡，今天弑君，明天禅让，演变成了高家的北齐、宇文家的北周和改萧为陈的南陈的后三国之战。在这短短的六十多年里，大小战争发生了二百多起，平均每年三起以上。在这暗无天日的混战中，百姓犹如草芥，割了一茬又一茬，正所谓"白骨露于野，千里无鸡鸣"。皮之不存，毛将焉附？根植于民众之间的江湖，也没了什么油水可捞，既无家舍可打，更无豪富可劫，还要受到各路军阀的追剿，为吃饱肚皮计，于是我率领帮众，全体投奔了风头正劲的高欢大将军。戴着帮主的头衔，露出服众的武功，凭着憨厚的长相，加上木讷的言语，高欢立即让我做他的苍头奴，作为心腹不离左右，跟随他的鞍前马后，拿刀递枪，挡箭护主，望着高头大马上的咸阳王斛律金，我也是一身赴死，正气和勇气俱佳。

庙堂掌门人很快从高欢传到高澄，转瞬又传到高洋。那天，醉酒后的高洋帝热泪感悟："宇文泰那厮不受我命，奈何？"

我正气十足，热血澎湃地说："臣得三千骑，请就长安擒之以来。"

那天，蓝田公高德政又对醉酒后的高洋帝唠叨，高洋帝受不了，命我当场斩之。高德政是当初劝进的重臣，而今又是宰辅，位高功显而权重。我非常震惊，无所适从，捉刀不敢下。

高洋帝十分震怒，起临阶砌，切责与我："尔头即堕地！"

我连忙闭着眼睛颤抖着出手，斩断了高德政三根脚趾！

奇怪的是，我做杀手的心理从此开始激发出来，从此成为一个"工具"。以前一直打不起精神来，似乎犯了严重的抑郁症，这次竟得以满血复活！

（五）

当然，成为杀手之后，还有一丝良心的不安。砍掉蓝田公的三根脚趾，或者过段时间还会砍掉他的脑袋，他的罪行在哪里？我的正气在哪里？

好在前些年高欢大帝为了显示文治武功，创建了规模宏大的文林馆。听说文林馆除搜罗传抄天下书籍外，最主要的任务，就是皇帝的起居注和记录王公大臣的事迹，用以监督世道人心，当然也为书写千年永固的《大齐史》打好基础。我决定到那里去翻翻史官的资料，或许能够找到答案？

与我的大楠木树三街之隔的文林馆，是大齐仅次于皇宫的辉煌建筑，真可谓"五步一楼，十步一阁；廊腰缦回，檐牙高啄；各抱地势，钩心斗角"。在大齐文学巨擘祖珽和魏收的监理下，百十个文史官吏在其间穿梭，他们均是饱读诗书之士，为的是在皇城檐下，一边吟诗作文以期打动上苍，一边结交权贵以便飞黄腾达。当然，从这里走出去的县丞州牧也有一些，祖珽和魏收更成了皇帝身边的红人。但如今是战火连年，皇上需要的是勇武，是战功，像斛律光一样军功显赫的世家可以永居高位，永享富贵，至于文林馆，更多的是为了显示在三国中的正统，在乎的是"身后名"。

感谢蔡伦四百多年前发明的纸张，那些布满尘埃的秦汉竹简仅藏在一个角落，已经没人再去翻动，珍稀的《诗经》《尚书》《春秋》等皇皇巨著已被传抄成多部薄薄的纸书供学子们诵读，一些附庸风雅的王公大臣也会在自己的厅堂和官署里摆上几部，那些大字不识几个的鲜卑武将更是如此。馆里还有一些《骑马变图》《马射谱》《骑马都格》等武艺著述，倒是好久应该拿来看看。

我在中书监、尚书右仆射魏收的引领下来到起居注馆，皇家及封王的大臣的日常记录都在这里。还真有蓝田公的专档：

蓝田公高德政

北魏正光四年（523年）生。其父高颢，东魏沧州刺史。幼时聪慧，和显祖高洋交好，因功拜黄门侍郎。

东魏孝静帝武定五年正月，高祖高欢病逝，德政始参与高氏机密事。

武定七年四月，高澄遇刺。德政力劝高洋受禅。

武定八年五月，高洋登基，拜德政为侍中，不久封蓝田公。

天保五年，迁尚书右仆射，兼侍中，食渤海郡干。

天保六年，因病卧住佛寺。帝外放冀州刺史。

文林馆的士子们真是博闻强记，他们平时散居在皇宫及邺城内的各个角落，随手拿着纸和笔，真实地记录着帝国上层的一言一行，揣摩着王公大臣的所思所想，预测着大齐的风云变幻。专档的最后一行还是前些天发生的事，墨汁未干，还看得见刀光剑影。杨愔嫉妒德政，给高洋帝说："陛下如果拜他做冀州刺史的话，其病便会不治而愈。"帝依计。德政见圣旨后马上站起。帝听报后大怒，召来德政，斥责说："听说你病了，我来为你扎针。"边说边操刀尖向德政乱刺，一时血流遍地，随后才是更加愤怒的高洋帝派我上场。

从史官们的字影墨缝中，我果然看到了十足的斩断三根脚趾理由的记载："高洋帝召德政饮酒，德政不从"；皇帝的话一言九鼎，竟敢不从！"德政常向高洋帝建议任用汉人，去掉鲜卑"，鲜卑是高家的根基，这种吃里扒外的行径就够得上死罪；"德政唆使高洋诛杀诸元，几致拓跋绝种"，这这这，给东魏皇族报仇，总得有人担责才行；"帝不欢喜，对左右说：德政经常用精神威逼人"。还敢威逼皇帝！这样的臣子，放在哪里都该杀。所谓"君为臣纲"，所谓"君要臣死，臣不得不死"，这么正气凛然的道理怎么就不懂呢？逆历史潮流而刺杀秦王，哪里还看得出荆轲的半点正气？我心里的这道坎已顺当地迈过了。

当然迈过这道坎也与后来的事有关，仅斩断三根脚趾肯定交不了差。高洋帝愤怒不已，先将高德政囚禁在门下省，后来派人把他送回家里。第二天早上，德政的妻子拿出摆满四个坐床的珍宝准备托人送给高洋帝求情。刚好高洋帝竟带着我出其不意地来到他家，原本准备安慰一番，但看到了这些珍奇异宝，高洋帝勃然大怒说："我的皇宫里还没有这些宝物呢！"就这样，看到高洋帝愤怒的眼神，我将高德政直接拖到门外斩首，把他妻子和儿子高伯坚一同诛杀。

（六）

在高洋帝醉气醺天和神魂颠倒中，我的段位不断提高。杀死了宰辅高德政后，558年，我随帝去地牢探监，我知道已在地牢里关了一年的永安王高浚、上党王高涣活到头了。一年中，该温习的功课也早已熟悉。现在不用我专程去文林馆了，自有魏收老儿把我需要的专档送过来，这年头谁还愿意跟一个庙堂杀手过不去？

永安王高浚

北魏永熙二年（533年）生，浚少有智慧，高欢宠爱。

元象年间受封为永安郡公。

武定八年五月，晋爵为永安王。

浚常面谏高洋帝因酒败德、酒后脱衣，责备姐夫丞相杨愔不进谏。

天保八年，浚又上书进谏，高洋帝逮捕他回京，青州数千百姓哭泣送行。

上党王高涣

北魏永熙二年（533年）生，母亲韩氏；涣姿容雄俊，洒脱不拘。

元象年中，封平原郡公。

武定年末，拜冀州刺史，有佳绩。

天保初，封上党王，曾任中书令、尚书左仆射。

天保六年，率军送梁王萧渊明返江南，攻破东关，斩杀梁朝特进裴之横。

天保八年，录尚书事。

早年，术士称"亡高氏者黑衣"。文宣帝驾临晋阳，问近臣："什么东西最黑？"曰："漆。"帝认为这正好与涣是第七子的"七"吻合，就把他装在铁笼里。

醉后的高洋帝来到地牢门口，迷茫地看着铁笼里的两个兄弟，有些惆

怅，些许悲凉，于是含泪高歌：

> 东有青龙西白虎，中含福星包世度。
> 玉壶渭水笑清潭，凿天不到牵牛处。
> 骐骥踏云天马狞，牛山撼碎珊瑚声。
> 秋娥点滴不成泪，十二玉楼无故钉。
> 推烟唾月抛千里，十番红桐一行死。
> 白杨别屋鬼迷人，空留暗记如蚕纸。
> 日暮向风牵短丝，血凝血散今谁是。

唱到中途，帝令两人和歌。铁笼中的两人恐惧过度，声如细蚊，歌不成声，泪如雨下。高洋帝也觉悲悯，打算饶恕他们。高湛在旁，因素与两人有怨，赶忙进谏道："猛虎安可出穴？"

高洋帝一哆嗦，于是向我斩钉截铁一挥手，我便毫不犹豫地抓过站岗武士的五尺长槊，向铁笼里的人身乱刺，汩汩血花，伴随着阵阵惨叫，洒满地牢有限的空间。高浚、高涣都还有些勇力，拼命中抓住长槊将其折断！

竟敢在皇上面前造反！这都是平时不臣之心的反应！好个高浚，当初在高洋帝流鼻涕时，高浚就当众呵斥下人说："何不为二兄拭鼻！"帝感到受了羞辱；帝要喝酒，高浚也私下埋怨并数度进谏。好个高涣，表面上天姿雄杰，倜傥不群，正应了术士"亡高者黑衣"的天机。这么明显的反动事迹，不杀不足以平民愤。我转身吩咐狱卒们，抱来平时做饭的柴薪重重包围在铁笼四周，随后点上熊熊大火，让皇上及大臣们看着二人被活活烧死！

随着一次次的杀人，我的心已经渐渐麻木不仁。事后回想，以前我还没窥探自己的内心，不明白自己真正的渴求，不能规划自己的职业生涯。好在当年跟随文襄帝高澄时，文襄帝请人预测近臣的忠奸，那非常著名的术士皇伯玉听我随口说了几句话，就为我掐指一算：

"有所系属，然当大富贵。王侯将相，多死其手。"

我终于明白了我间隙式的变态心理渴求。与在战场上杀人不同，如今作为杀手在朝堂上杀人，一是都是有头有脸的大人物，杀的人物级别越高，成就感就会越大；二是朝堂上的人物都是王侯将相，以前压根就瞧不起我这个苍头奴，或多或少地都做过对不起我的事情，现在终于落在我的手里，我一定会加倍报复。

围在文襄帝高澄周边的高洋、高演、高湛等后任皇帝肯定都听进去了，他们笃信天道，笃信祥瑞，笃信庙宇，笃信术士，斩杀王侯将相的工作，谁还会与我争呢？那我就放手干吧，还有什么担忧的呢？

（七）

在几任高家皇帝和我的共同努力下，我终于做稳做好了庙堂杀手，成就了最高段位。

569年，我受今上高纬帝令杀赵郡王高叡。

赵郡王高叡

北魏永熙二年（534年）生，小字须拔，神武帝高欢之侄，赵郡王高琛之子。

东魏武定元年，叡母病逝。叡数次哭晕，三日不肯进食，并长斋念佛，以致骨瘦如柴，要借助手杖才能站立。

武定五年，高欢病逝，叡痛哭呕血。

天保元年，叡担任散骑常侍，进爵赵郡王。

天保二年，叡出任定州刺史，加抚军将军、六州大都督。

天保六年，叡监修长城。

天保七年，叡担任沧州刺史，都督沧瀛幽安平东燕六州诸军事。

天保八年，叡回京，任命为北朔州刺史，都督北燕、北蔚、北恒三州及库推以西黄河以东长城各镇军务。

天保十年，叡改任仪同三司、侍中、将军、长史，不久又加开府、骠骑大将军、太子太保。

皇建元年，叡代理并州事务。

皇建二年，叡迎立长广王高湛为帝，任尚书令，别封浮阳郡公。

皇建二年，叡征讨北狄有功，封颍川郡公，代理宗正卿。

河清三年，叡抵御北周、突厥联军，因功进位尚书令、太尉，封宣城郡公。

天统五年，叡上奏帝高纬与太后，要求将和士开调任外职。太后不悦。

这个高叡，以为受历朝皇帝喜爱，以为他累立大功，就可以为所欲为了！他还以为自己是圣人，自述《要言》，叫皇帝遵从，这简直是欺世盗名；他多次上奏高纬帝及太后，请求调离重臣和士开，这简直是无法无天；胡太后赐酒给他，他正色道："我今天来是谈国事的，不是为了喝酒！"说完起身离去，这简直是辱没圣上。

接着就该我出场了，兵士将其押送到华林园，我在雀离佛院将其绑住，用五尺大杖，劈头盖脸地尽情责打，一边数落着他的条条大罪，一边倾听着他的凄凄哀号，直到他血肉横飞，声息全无。高殷是年三十六岁。

当时大齐大雾三天，各种谣言满天飞，说朝野无不痛惜，说上天降下凶兆。简直是愚昧之极，上天的旨意只等皇帝去揣摩，我们做臣子的，这只算是又完成了一道圣令，满足了一次需求。

没等一年，我又接到了新的任务。

平秦王高归彦

北魏永熙元年（532年）生，父高徽，由高岳抚养。

东魏武定元年（548年），归彦官至骠骑大将军、开府仪同三司、徐州刺史，封安喜县男。

天保元年，封平秦王，后征讨侯景有功，拜领军大将军，别封长乐郡公。

天保九年，升任尚书左仆射。

乾明元年，拜司徒，总领宫中禁卫。

同年八月，高演废黜高殷，继位为帝，以归彦为司空，兼任尚书令

皇建二年九月，归彦前往晋阳宫，杀死高殷。

十一月，高演驾崩。归彦前往邺城，拥立长广王高湛为帝。高湛帝加封归彦为太傅、司徒，许带卫士三人佩刀入宫。

河清元年，归彦为太宰、冀州刺史，不准入宫。

同年，归彦到冀州，起兵造反，高湛帝命平原王段韶负责征讨。归彦闭城坚守，将不愿协从的长史宇文仲鸾、司马李祖挹等五人全部杀死。

后冀州城破，归彦单马北逃，在交津被擒获，锁送邺城。

我将高归彦关在一辆露车上，嘴中衔枚噤声，双臂反绑于背后，用刀架着高归彦的脖子，慢慢数落他的罪行：造反，灭全族、诛九族的大罪！密杀前帝高殷，罪该万死！谗害清河郡公高岳，罪加一等。位居将相，志得意满，出言傲慢，旁若无人，所到之处，举座倾倒，满朝贵戚争相结交。你个逆贼，可有话说？当然他想说也不能让他说，露车后面还有上千大齐百姓击鼓跟随呢，他们都等着朝廷斩杀贪官污吏，他们也好再吃一次蘸血馒头，以表达对这世道的重重不满。这次，我将高归彦及子孙十五人全部绑赴刑场，一一祭刀问斩。后来，他全家剩下百余人都赐予宫廷为奴，春桃、秋菊正是我那时挑选的，看来我的眼色尚且不错。

（八）

诛归彦之后又一年，机会又来了！

琅琊王高俨

天保九年（558年）生，高纬帝的同母胞弟，初封东平王。

天统四年（568年），俨成为北齐权臣，代父行政，老成决断，王公大臣莫不畏惧。

武成帝期间，帝甚爱之，先后任开府、侍中、中书监、京畿大都督、领军将军、御史中丞，迁司徒、大将军、录尚书事、大司马。

天统五年（569年），武成帝崩，改封琅琊王。对和士开、穆提婆等人奢侈恣肆十分不满。

武平二年，高俨住北宫，令五日一朝，再不能每天面见太后。

四月，迁为太子太保，兼中丞，督察京师，余职全部解除。

五月，俨指使子宜上表弹劾和士开，子琮将上表夹在其他文书中呈送纬帝，帝习惯于不看上表就勾阅。

七月，俨指派冯永洛在御史台杀死和士开，并杀领军大将军厍狄伏连、书侍御史王子宣、尚书右仆射冯子琮。

七月，士开被杀后，俨想除掉其他奸臣。于是带着京城卫戍部队三千多人驻扎千秋门。高纬帝一看形势危急，急召大将军斛律光护驾，斛律光至千秋门大声说："皇上驾到！"众兵士一看威严的斛律大将军，都吓跑了。

八月，胡太后千方百计保护自己的爱子，把俨接进宫中，跟她在一起。高纬帝以打猎为名诱出俨。

高俨刚走进永巷，我早就埋伏在那里，被捉住后的高俨大叫太后救命。我用布塞住他的嘴，用袍子蒙住他的头，在大明宫内用绳子将其缚住，开始正义的审判：没有皇帝的圣旨，率领京畿三千多军士屯驻到千秋门，这是明目张胆地谋反！没有皇帝的圣旨，私自谋杀权臣，与谋反无异！皇帝派我带禁兵八十人来召你，在很远的地方，我就跪拜宣旨，你却命令将我捆绑起来，这是公开抗旨。其实你早有异心，早年就对先帝说当今的皇上："阿兄懦弱，怎么能指挥左右？"我越说越是气愤，便顺手将其勒死，尸体用席裹起来，就埋在宫内。此时高俨十四岁。这个少年老成的家伙，听说他已有四个遗腹子，皇家的规矩，斩草要除根，结果均"生数月而幽死"。

这些年在庙堂上不断杀戮，我不断平拂自己的内心，做好做稳了刺客和杀手，彻底克服了荆轲式的正气和勇气，让正气回归了正道，让勇气用对了地方。

普天之下，莫非王土。我认为，皇帝是天道的代言人，一切行动听皇帝的指挥，才是最应该倡导的正气。现在我已经不再有自己的任何想法，完全听从皇帝一人的指挥。我在朝堂上也不与任何人来往，不参与任何帮派与师承，不探听任何阴谋与阳谋，不进行任何上书与劝谏，不发表任何是非与政见，最后不管高家谁做了陛下，我都成为他的第一心腹，我就是正气的化身。

皇帝代表天道，他要杀的人，自有天道的逻辑，顺着他的圣手所指，我只管挥刀向前，虽千万人吾往也。只要皇帝下达斩杀谕旨，不管杀的是谁，我不辨忠奸，不分老幼，不论贵贱，不管多少，统统立而决之，不再拖泥带水。

忠君，这是忠孝观念所一再强调的，前些年在大齐却非常缺乏。那时怀朔六镇领军人物和高欢帝是兄弟，是"等夷"，在共同文化认知基础上是平等的社会关系，以兄弟情义联系为纽带的同时，也使君臣意识相对淡薄。流毒所至，造成了君不君，臣不臣。想那侯景，正是"等夷"观念的作祟，其先依附尔朱荣，之后转投高欢帝，在与高澄帝矛盾爆发后，又寻求昔日宿敌宇文泰的庇佑，最后南下梁朝，在政治立场上多次易主，可谓毫无节操。经过我一次次的斩杀，那些不懂得忠君的异类，已经所剩无几了，世界终于清净，秩序终于建立。

当然，被我斩杀的王以下的大臣已经数不清了，这些都不足挂齿，在我心里也引不起涟漪。

（九）

北周素有"屠龙刀"之称的宇文护，他已经诛杀了重量级的王公大臣五十多人，更令人惊奇的是，他连杀了西魏恭帝拓跋廓、孝闵帝宇文觉、周明帝宇文毓等三位皇帝！但细细想来，宇文护只动口不动手，以权势而杀人，算不得真英雄。而我只动手不动口，凭实力说话，这才是杀手的最高段位。

很不幸，光芒万丈的斛律家族遇到了顶级段位的刺客，他们有理也没处说。

居庙堂之高，自该统领一切。作为朝廷的武术总管，作为黄龙帮帮主，我自是江湖老大、武林盟主。但那个金刀门掌门人斛律奚目不斜视，他自凭武功了得，自凭是咸阳王的至亲，自凭是敕勒族的酋长，江湖武林长短也不征求我的任何意见，我的任何指令他也装聋作哑，带坏了一大帮人。这不，前些年我离开皇宫一阵子，斛律奚连同另外几个不大守规矩的掌门人均神秘失踪了。在这兵荒马乱的世界，权力和银两永远是万事的通行证，消失几个人更是小菜一碟，哪怕他们有炉火纯青的武功。自此，江湖归于一统，任何大的江湖纷争，裁决所都是我的大楠木树，金刀门剩下的高手也纷纷转到我的大楠木树下站岗效劳，更多的武林大伽不是在去为我办事的路上，就是在来投靠我的途中。

想想以前斩杀的高家王爷，其实我的内心很少起波澜。高家那些王子王孙凭借着皇亲的外衣，骄奢淫逸，专横跋扈，大多没什么真本事，斩杀他们不用太花心思。若论当朝最勇武正直的权贵，则非敕勒川的斛律家族莫属！那次我出了皇宫，在五台山上悠闲地品着茶，他们把用剧毒制伏的金刀门掌门人斛律奚五花大绑地送到我的面前，我用布塞住他的嘴，让他躺在我的面前，静静地端详，慢慢地品味，直到最后一丝茶香飘散，我才满怀敬意地一掌送他魂归敕勒大草原。

接下来最让我费心思的就是咸阳王斛律金。他跟随高欢帝战尔朱，攻文泰，打仲密，击侯景，可谓百战不败，军功卓著，直到封王。斛律金家出了一皇后，二太子妃，娶了三位公主，尊宠之盛，满朝无人能及。按说，这么显赫的家族，在云谲波诡的朝局中，早就应该轰然倒塌了。非常遗憾的是，没等我动手，斛律金就离开了这个世界，与他在玉壁阵前陪同高欢帝高歌的《敕勒歌》随风飘去。

敕勒川，阴山下

天似穹庐，笼盖四野

天苍苍，野茫茫

风吹草低见牛羊

现在，我的目标硕果仅存斛律光了！

（十）

在当今的大齐，斛律光就是高贵的化身，正义的代表，大齐的明月。他除军功太显、忠勇太过、行事太正、家教太严之外，基本上没什么缺点。昨天，我还是抱着侥幸的心理去了趟文林馆。果然，还是翻到了他的历史旧账：

斛律光，字明月……。武平二年六月，光率军凯旋返邺城，帝未赏军便下令散兵。光不从，军仍前行！

不但是当今圣上，就连我都从字里行间解读出了斛律光胁迫皇上的不臣之心！最近邺城到处传唱的关于"斛树不扶自竖"的童谣，肯定也不是无中生有的。还是皇上圣明。

今天是八月二十二日，我一早就精神抖擞地来到皇宫。为了表示对斛律光的尊崇，我没有带我称心的宝剑，而是背着一张和前咸阳王斛律金一同上阵杀过敌的强弓，既是对落雕都督最后的致敬，也为不致过早地引起他的怀疑，免得引发朝堂的不可控。我向皇上高纬递去"放心吧"的眼神，就远远地肃立在宫外边的凉风堂里静候，宇文化金也靠上来站在角落，一旁的暗厢房里刀光闪烁，空气凝重。

一会儿斛律光在宫外下了轿，和他的家臣隆重地告了别，踱着方步，款款进宫。他穿得特别严肃整齐，外套神武帝高欢亲赏的黄金马甲，高唱着他们家族的《敕勒歌》，在殿外对四周作揖打拱，眼光无限眷恋；再缓步前行，仿佛搜寻着宫内的一柱一桌，进行最后的告别。终于来到了凉风堂，我趁其不备，一个连环腿，一招泰山压顶，从背后偷袭。但他终究是久经沙场的大将，临危不惧，一招金蝉脱壳轻松化解。那飘逸的身姿，那敏捷的步伐，那遒劲的掌风，令我心中乱颤。斛律光回过头来漠然地看看我，惨然地说："桃枝常为此事，吾终不负齐！"我不敢大意，连忙招手，宇文化金和十多位高手及刀斧手一哄而上，而斛律光似乎早知用意，神情肃然地理理马甲，正正王冠，对着宫内高纬帝的身影拜了拜，再无反抗。于是我一摆手让他们退下，用弓弦套上他的脖颈，慢慢用力，缓缓收紧，用身感受这神圣从不可亲近的背脊，让时光飘移得散慢一点，让明月可以把大齐再照耀一程，让他的皇帝女婿可以一贯从容慵懒地告别。

终于，大齐的柱石轰然倒塌，大齐的明月已经熄灭。

第二章　兰陵郡王高长恭

这年头，兵荒马乱，能投胎到帝王之家才是最幸福的事。每天锦衣玉食，花团簇拥，随心所欲，应有尽有。哪像那些百姓之家，每天衣不蔽体，食不果腹，碌碌无为，行若蝼蚁。乱世，百姓之苦哇！

这年头，兵荒马乱，能投胎到帝王之家真是最痛苦的事。每天战战兢兢，尔欺我诈，阴谋阳谋，祸从天降。哪像那些百姓之家，每天简单粗放，无忧无虑，山水田园，自由快乐！乱世，王子太愁哇！

（一）

我已战战兢兢过了三十年。随着斛律明月的倒下，留给我的日子可能也已经不多了。

如今的朝堂上，对大齐帝国贡献最大的就是斛律光了。我仔细回顾了一下，从547年明月亲自统兵到现在的25年间，他与北周的战事约10次，夺取城戍15座，自行修筑城戍31座。史称"斛律治军誓众，式遏边鄙，战则前无完阵，攻则罕有全城，齐氏必致拘原之师，秦人无复启关之策"。我们的主要对手北周命名了对国家最有贡献的八大柱国，以后可以在他们宇文家庙里享祭，当然，现在已经有一人进了他们的家庙，那就是斛律明月一箭射死的王雄！倘若我们大齐命名柱国的话，如果名额只有一个，那就只能是斛律光；如果有三个，那就增加他老爹斛律金和他弟弟斛律羡。如果有幸还可以增加，那段韶大将军和我勉强可以入列了。如今，斛律金和段韶两位老将军已仙逝，落雕都督斛律明月和南面可汗斛律羡明天就将悲惨落幕，国家的柱石如此快速地轰然倒塌，大齐山崩地裂的时日已经不远了。

（二）

能为一起生死战斗、为父为友的斛律明月做点什么呢？斛律皇后悄悄给我送来情报，皇上已经下旨诛杀斛律光了，环伺他周围的那些奸佞小人早就看不惯我们，这一刻他们应该等了很久。皇上已经好久不上朝了，那帮奸臣随时随地把皇上围绕得密不透风，我们想要呈报任何军国大事都已经不太可能，带领几个正直的大臣去面谏担保，让皇上收回圣旨，面圣已经没有了机会。

其实三天前本有一次机会。那天，皇上派太监来兰陵王府宣读圣旨，敕封我为大司马。我一想，定阳之战已过去一年多，对军功的封赏早已完结，现在突然进行什么升官？对了，他们要对咸阳王斛律光下手，心里怕军权在握的斛律家族造反，同时鉴于我和咸阳王之间的战斗友情，害怕我倒向咸阳王。真是一群宵小之辈，以小人之心度君子之腹！斛律家族要造反，可是你这群无能之辈挡得住的？去年，琅琊王高俨杀掉和士开后，带着京城卫戍精锐部队三千多人驻扎千秋门围住皇宫，皇上派第一高手刘桃枝率领一帮武林高手及禁军80多人带着圣旨去平息，不几个回合刘桃枝就全军覆没，高纬帝一看形势万分危急，急召大将军斛律光护驾。斛律光来到千秋门一站，三千将士看到威武的斛律大将军，马上一哄而散。这样的人要造反，谁挡得住？

可是，那么忠心耿耿全族拼死效命的柱国，却要落得这样的下场！我苦着脸进宫去谢恩，在殿内苦等两个时辰，终于等来了皇上，还牵着一个灿若桃花的美女，听人说皇上最近宠爱一个叫冯小怜的，前不久斛律光和我还在前线暗无天日地打仗时，他们就在这殿上搞了什么"玉体横陈"，真不要脸，高家的颜面都丢光了。

我磕完头谢完恩站立堂下，看到皇上只顾和小怜搂搂抱抱，便横下心来：

我：启奏皇上，罪臣有几句话，不知当讲不当讲？

高纬帝：嗯！

我：去年定阳大战后，我脸痈的毛病转移，疾病缠身，请求辞去官职，携带家人回乡下养伤。

高纬帝：哦，不准！

我：咸阳王斛律光忠心耿耿，屡立奇功，国之柱石……

高纬帝：怜怜，我们的那只开府斗鸡还没吃御食，今天它还要和祖瞎子那只铁公鸡争冠军呢……

皇上搂抱着他的美女，眼露凶光，拂袖而去！

（三）

我万念俱灰地从空空的大殿出来，去家庙叩拜高家先祖。名义上我是宗长，高家的大事也应该由我主持祷告宗庙，斛律家族可是神武大帝最喜欢的战将，落雕都督也是我老爹亲自为斛律光赠的名。再说，本来斛律光这样的结局应该先属于我的。我们老爹高澄是神武帝高欢的嫡长子，神武帝去世后，我老爹掌握朝廷权柄，继任大丞相、都督中外诸军事，坐镇晋阳。通过改革官员选举制度，惩治贪贿，整顿吏治，制定法律等手段，迅速确立了权威。在军事上击溃叛将侯景，以反间计乱梁，拓展两淮、河南之地，有力团结统治阶层，掌控东魏政权，对高氏地位的巩固，东魏、大齐间政权的过渡贡献很大，堪比晋景帝司马师。

可是天妒英才，我老爹掌权两年，武定七年八月，老爹从颍川前线凯旋班师后，与亲信大臣们在北城东柏堂内密谋禅代东魏之事，那个早有预谋的奴才兰京假装入内送食，趁机察看情况。老爹认为他行动鬼祟，对他产生了怀疑，令他退下，并对在座的人说道："我昨夜梦见这个奴才用刀砍我，看来我得处死他。"兰京在外面偷听到这句话，更下定了先下手为强的决心。于是藏刀于盘底，再度送食。我老爹怒道："我没有下令，你怎么一再进来？"兰京大喝一声："我来杀你！"随即朝床上扑来。杨愔最先逃脱，崔季舒躲进厕所里，陈元康以身体遮挡老爹，被刺成重伤。老爹从床上跃下时崴伤了脚无法逃走，只得钻入大床底下躲避。兰京的六名同党随即赶来，将前来营救老爹的两名侍卫长砍得一死一伤。众人一齐掀开大床，将我老爹杀死，年仅29岁。

站在金碧辉煌的大齐皇家祖庙里，我仰望着威武高大的高欢高澄及高洋高演高湛等先祖的神像，悲愤交加，泪如雨下，在磕头如泥的同时，在心里向高家的两位英雄的奠基者倾诉，你们最器重的，跟你们一起打天下的，大齐的柱国斛律家族，就要被你这不成器的孙子打发来见你们啦，可能过不了多久也要打发我来报到了。摧毁柱国很容易，重拾人心太艰难，

高氏家庭世系表

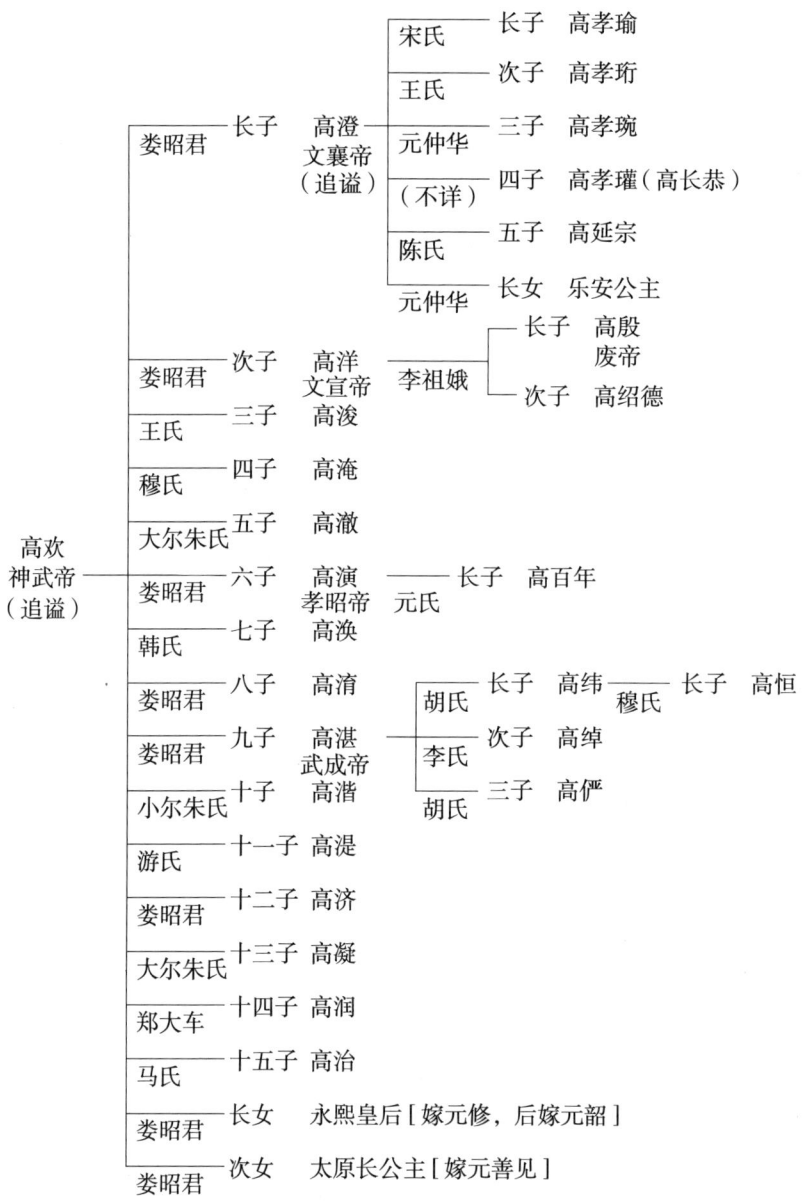

注：高欢共有15子9女，高澄有6子2女，高洋有5子1女，高演有7子，高湛有13子2女，高纬有5子1女。本世系表只列与本文有关的子女情况。

大齐的皇家祖庙能否屹立不倒，可就很难说了。

（四）

功高震主的斛律家命运悲惨，作为过势的皇族嫡长子一家，我们也一直战战兢兢。自我老爹被刺后，那时除高洋外，高家子孙都很小，听到我老爹被杀，假装坐在龙椅上的东魏孝静帝兴高采烈，以为龙椅终于可以坐稳了："大将军此殂，似是天意，威权当归王室矣。"还是平时不显山不露水的高洋，立刻率领一支人马火速杀向事发现场，以其少年时代就具备的"快刀斩乱麻"做事方式，一阵乱砍乱剁，处死了杀害大哥高澄的所有相关人员，并且封锁消息，对外只是宣布：家奴闹事，大将军高澄只受了点轻伤，谁都不用慌！局势迅速被其掌控下来。接下来，高洋带着一票人马来向孝静帝辞行，可怜的皇帝看到，那个熟悉的常年脸上挂着鼻涕的弱智儿彻底消失不见了，取而代之的，是一个面色冷峻全身上下似乎发散着一种叫作"英雄"气味的英武青年。随这人而来的，是八千名似乎早就受过严格训练、个个看起来对其忠心耿耿的佩刀武士，其中随同高洋登上宫殿台阶的有两百多人，个个挽起袖子扣刀露刃，其势宛然面对强敌。孝静帝被这阵势吓傻了，冷汗未消之际，高洋已经让人丢下一句"臣家里有点事，赶着回去处理"，大摇大摆呼啸而去了。可怜的皇帝回想着刚刚高洋脸上两道锐利而透着阴冷的目光，不觉脊梁骨发凉："前狼刚走，后虎又至，朕不知道将身死何时了！"

辞行大戏上演之后，高洋急奔晋阳，稳住军权，一一收过我爷爷及老爹的权柄，高家算是度过一劫。之后，比我老爹高澄更没有一丝军中威望的高洋，要延续巩固高氏的执政地位，要压服和高欢一起打天下的马上英豪，要解除那班桀骜不驯的武将头脑中根深蒂固的"等夷"观念，只能收起挟天子以号诸侯的令牌，亲自坐上龙椅，确立与怀朔勋贵之间的君臣关系。

随着权柄的转移，我老爹嫡长子的身份从此成了我们的负担，虽然我们从此小心谨慎地度日，但该降临的灾难一个也没有少。

首先是我大哥高孝瑜，当时武成帝经常让宠臣和士开与皇后胡氏相对而坐，玩一种名叫握槊的游戏。我大哥进谏说："皇后是天下人的母亲，不能和臣下的手相接触。"那和士开于是就天天向武成帝告发我大哥，说他奢侈得超出身份，又说："山东人们只知道有河南王，不知道还有陛下您。"武成帝因此开始忌恨我大哥。一天宫廷宴饮时，和士开以我大哥和侍奉太后娄昭君的侍女说了一句话为由，参谏有违礼制。武成帝大怒，在酒宴上命令大哥一下喝掉三十七杯酒，并派人用车载着大醉的王爷出宫，然后在车上给他饮下毒酒。到西华门时，大哥烦闷燥热，痛苦异常，于是投水而死。

（五）

接着是我三哥高欢的嫡长孙高孝琬，他的存在始终是龙椅主人的威胁。

河南郡王高孝瑜被冤死时，各王都在宫内，没有一个敢说话的，独有高孝琬大声哭着出去，怨恨执政的和士开，做草人用箭射它以泄恨。和士开与祖珽向武成帝诬告他说："高孝琬做的草人，是指的圣上您。另外，前不久突厥军进攻，孝琬脱下头盔扔在地上，说：'难道是老太婆，需要戴上它！'这是在讽刺大家。"早先，北魏流传谣言说："河南种谷河北生，白杨树头金鸡鸣。"祖珽借此对武成帝说："河南河北，指的是河间；金鸡鸣，指的是孝琬将设金鸡而大赦天下。"武成帝听了，便对高孝琬产生了疑惑。

其时，三哥高孝琬得到一颗佛牙，放在家里，晚上放出光芒。建国寺昙献和尚很想占有，最看不惯昙献污行的我三哥当然不答应。炙手可热的昙献和尚马上将话传给了武成帝，于是皇上让祖珽派人到他家搜抢，那祖珽不但抢了佛牙，顺带还谎称搜得长矛和旗帜数百件。皇帝听说后，认为这是造反的行为。传讯他的妻妾审问，那个陈氏小妾没有受到宠爱，诬告说："他画陛下您的画像对着哭。"然而，这其实是我父亲文襄帝高澄的画像，三哥思念父亲而哭泣。武成帝异常愤怒，命左右将他倒挂起来，用鞭抽打，五十鞭后，三哥大声喊阿叔求救，武成帝怒气冲冲地说："谁是你叔？竟敢喊我为叔！"三哥诚恳地说："我是神武帝的长孙，文襄皇帝正出的儿子，东魏孝静帝的外甥，为什么不能喊你叔呢？"武成帝愈加恼怒，亲自折断他的两条腿，直至死去。

（六）

当然，我们家还有老爹的宋太妃等十数人被各种罪名杀害的，几乎年年都要斩杀一两个，以此立威，提醒嫡长子一家要老老实实。今年本来轮到我了。

听一个皇帝身边的小太监给我说，皇上对我最念叨的是《兰陵王入阵曲》，从22岁开始我上阵杀敌，总能身先士卒，勇往直前，一路建功立业，所向披靡。那个整天无所事事的文林馆的南朝质子萧希逸，总算还和我谈得来，喜欢到我府上，讲讲前线的故事，听听南梁的宫廷绯闻。后来他以齐周战场为型作诗一首：

大风起，尘飞扬，

万里城墙，剑影刀光。

运筹帷幄有良将，攻城拔寨再返乡。

鬼面影，银月甲，

八百快马，沙场称霸。

兰陵醉弹琴与琶，片甲不存宇文家。

  这主要是描写第二次邙山大战的情景。当时重镇洛阳被北周十万大军围得水泄不通，守城部队坚守三个月已经弹尽粮绝，形势岌岌可危。武成帝高湛急派刚在晋阳和突厥北周联军恶战的大将军斛律光、段韶和我率三万疲惫之师星夜兼程前往救援，三军将士竭力拼杀突破了北周军队围城打援的第一道防线后，再也无力向前挺进了。眼看着北周攻城军队逐步地加强攻势，洛阳城的守军心里已经绝望了。如果北周军队攻下洛阳城，转回身再来对付北齐援军的话，我们就是灭顶之灾了。危急关头，我蒙着面（确实比较英俊帅气，在战场上吓不了人，就只好戴着一副恶鬼般的面具），挑选八百铁骑再入周军包围圈，这狰狞面具也给敌人心理上的震撼，我们一路过关斩将，直至冲到金墉城下。城中的人不确定是敌军或是我军，直到我把面罩头盔脱下来核实，城里才派弓箭手放箭保护并入城，这就成功替金墉城解了围。北周军队看攻城无望，加之斛律光、段韶的大军环伺在侧，只好放弃营帐逃走，从邙山到谷水的三十里间的川泽之地，都是他们丢弃的兵器辎重。

  他再将此词谱上曲，配上铿锵简洁的战步，杂以战鼓刀戈之金鸣，让我的将士歌之舞之，从此，战场上每次与敌对阵前，我的士兵都要演唱此曲，场面声势浩大，每壮军威。刚好那次皇上检阅，士兵们先操练了《兰陵王入阵曲》，不想给皇上留下了嫌隙的种子！

小太监还说，我说的那句话刺痛了他。也是那次皇上来检阅，他心痛地对我说："你这样冲进敌阵之中，如果不小心发生意外怎么办？"我诚实地回答："国事就是我们的家事，在战场上我不会想到这个。"皇上因我说的"家事"，便开始猜忌我了。

（七）

战场的功劳招来猜忌，美好的名声反而害人。是啊，当家的可是皇上，家事是他的事，怎么就成了我们的事了？我还是想着自己的高家血脉而拧不清。还是应该好好学学萧何的自污名声、张良的急流勇退。定阳之战时，我统率军队，常常故意收取贿赂，聚敛财物。

亲信尉相愿问："大王受到朝廷的重托，为什么要如此贪心呢？"

我笑而不答。

尉相愿说："是不是因为邙山之战大胜，您害怕功高震主，遭受忌妒，而要做令人看不起的事情呢？"

我手指轻弹说："看破不说破！"

尉相愿说："朝廷如果忌恨你，这件事情更容易被当成是罪名，这不是躲避灾祸而是招来灾祸！"

我说："可有良策？"

尉相愿说："您之前已经立下战功，这次依然打胜仗，声望太大，最好假托有病在家，不要再管国家的政事。"

我也一直想要隐退，但每次皇上都不允许。去年朝廷再次对北周用兵，我恐怕再次被任命为将军，只愿以前脸上长的痈，现在赶快发出来！结果还是上了前线。那天好不容易去面见圣上请求养病隐退，不但没得到想要的，反而增加了皇上眼里的凶光。

当然，隐退也还是有一些成效，目前王府只有很少的人了，家眷子女都已分散各地，过着低调的市民生活，只有荥阳郑氏王妃和贴身侍卫赵五陪着我。我知道，咸阳王府也很想急流勇退，天统三年六月，勇冠三军的斛律金去世，按孔圣人的礼制，斛律光、斛律羡等近十人辞官归家丁忧，那时他们也遣散了王府，到敕勒大草原大碗喝酒，大块吃肉，已经没有回来的意思了。奈何与北周的战事太紧，皇上的诏书，太上皇的谕旨，络绎不绝地送达敕勒草原，最后干脆派和士开带领盛大的迎接队伍前往敕勒川，太上皇的口谕是"如不回、都不回"，斛律家族还是没稳住，礼制规定的二十七个月的丁忧，他们仅仅在草原上潇洒了三个月，斛律光及弟斛律羡就官复原职，斛律光还袭爵咸阳王，并袭第一领民酋长，另封武德郡公，迁太傅。

（八）

皇上就像一只阴阳怪气的变色龙，需要斛律家族时就爱之迎之，一不留神就要斩之灭之，这就是端坐龙椅上的皇帝的一贯行事规则。这一规则是从大规模杀戮元姓皇族开始的，天保年间，从孝静帝禅让过帝位的"快刀斩乱麻"的高洋帝，先是杀害了孝静帝和他的三个儿子。559年六月二十日，天空出现日食。掌管天文的太史对高洋说："今年应当除旧布新。"高洋听后十分疑虑。此时踌躇满志意气风发的高洋帝每天的革命工作不是请客就是吃饭，在醉意朦胧的宫廷宴会上问群臣："当年王莽夺取刘家天下，为何很快就让刘秀夺了回去？"顶尖聪明的彭城公元韶说："因为当初王莽没把刘氏宗室全部杀光。"高洋一听非常正确，马上下令把彭城公元韶等元姓宗室四十四家七百二十一人逮捕下狱，之后押到东市处死，连婴儿也无一幸免。尸体全丢到河里，那时我大齐人很长一段时间都不敢吃鱼。同时，元姓远房宗族也非常恐慌，定襄令元景安提出，脱离元氏，请求高洋赐姓高。元景皓坚决反对说："宁愿玉碎，不为瓦全"，不久宁愿玉碎的元景皓等一批人又被处死。当然对于彭城公元韶来说，乱发言有时后果是非常严重的！

皇上也是一只捉摸不定的老狐狸，需要你时不一定会升你官，不需要你时却可能给你晋爵，这次皇上无故升我为大司马显然就不是好事。有时候被皇帝无故降职并不一定是坏事。原因不明的升官千万别接，原因不明的降职千万别躲，管他刺史、里正，哪怕保长，都先接着再说。有些脑筋好使的皇帝就会在晚年故意让一些人吃瘪，等自己百年之后，儿子即位再往回一提拔，这吃瘪的主儿准得感激小皇帝，还不指哪就打哪？当初神武帝高欢临死前曾告诉我父亲高澄，能平定国内叛乱的人才叫慕容绍宗，自己故意一直不提拔，好让我老爹卖这个乖，收买这人出死力。果然，慕容绍宗一出手，就将侯景那叛贼荡平。至于撤职是福是祸，怎么才能一下子琢磨出究竟来呢？其实简单得很，第一，能使出这招的皇帝一准是个厉害主儿，而且还得是个久经阅历的老狐狸；第二，这老狐狸眼看快不行了，正急着给接班人铺平道路；第三，你够尺寸、够分量，倘不过是个普通朝廷官员，贬你官的又是弱智的皇上，你就别痴心妄想否极泰来了。

其实这些年坐在龙椅上的人已经少有高欢帝的从容与智慧了，他们的手段只有生硬的一招，他们的主要工作就是不停地杀人。高洋帝一看元姓的威胁消失了,现在最大的威胁应该来自高姓,所以就开始刀刃向内。

(九)

高洋帝小时候感觉受到我老爹的逼迫,为了不被猜忌,装出一副质朴木讷的样子,还时常拖着两条大鼻涕嘿嘿傻笑,我老爹便将弟弟视为痴物,对人说:"如果这样的人也能富贵,相书上的内容就无法解释了。"等高洋坐上龙椅后,他也能够如我老爹一样掌握生杀大权,而行为又不受任何制约的情况下,他的压迫症强烈爆发出来。以前他自己曾时刻担心脑袋搬家,现在可以随意让别人的脑袋搬家了。延迟满足也是很痛苦的,那么,抓紧开始!

清河王高岳喜欢邺下歌妓薛氏姊妹,不久高洋也喜欢,就以鸩酒赐高岳而亡。皇帝需要独占,肯定不能分享,你要染指,哪怕是以前,那也需要脑袋搬家。

高洋幼时,宰相高隆之曾对他不礼貌,又曾劝阻高洋称帝,后又与元昶交好。高洋突然记起前恨,下令把"冶炼老祖"高隆之杀掉。后来他还不够解恨,把高隆之二十多个儿子唤到马前,让卫士群刀齐下,尸体随之通通扔到漳水里。即便这样,高洋还是觉得余怒难消,又将高隆之的尸首从坟堆里扒出来砍成数段,再挫骨扬灰,丢到漳水里。

为帝六七年后,高洋东征西战,志得意满,酗酒成性,渐成狂暴,前后判若两人。有士兵在战场上受伤,看来很难救治,他索性下令将他们剖挖五脏,令人分食。此后视人如畜,割烹炙,几成家常便饭。后来高洋猛然想起自己还有"如来"的身份,就一度吃斋念佛起来,当然就要有行善之举,于是推陈出新,将一群死囚集中在三十余丈的高台上,给他们一人一副草翅膀，让他们腾空而下，进行"放生"。很遗憾这些受了恩惠的"鸟人"，没有一个能顺利实现人类最初的飞行梦想。高台上的高洋则看得手舞足蹈，快乐异常。

这时的高洋狂暴成性，杀人如同儿戏。他将大镬、长锯、锉、碓等陈列在金銮殿上，每次喝醉后动辄以杀人为戏。他从早到晚不停地喝酒，同时从早到晚不停地杀人。左丞卢斐、李庶，及都督韩哲、尉子辉，都无罪遭戮。连宰相杨愔都被高洋视若奴隶，时常用鞭笞杨愔的后背，流血盈袍。一次还令杨愔露出腹部，欲以小刀剸开他的肚皮，多亏崔季舒在旁边解围，杨愔才免去一死。经常心惊胆战的杨愔，只好挑选邺下的死囚，号为供御囚，随时放在身边供高洋斩杀，就连外出巡视打猎，都要让供御囚骑马跟随。如果三个月没有被杀，就赦免回家，撞上如此大运的万里挑一。

（十）

其实，高洋帝是我们高家最复杂的皇帝，成就最高，功劳最大；毁灭最多，坏事做绝。先哲曾说，悲剧是将人生有价值的东西毁灭给人看。在高洋帝短暂的生命中，命运将他身上美好的那部分东西一点点地扭曲、腐蚀，最终变得恐怖狰狞、面目可憎；更为残忍的是，它还留给这个帝王片刻间的清醒，让他回首窥视，在悔恨与孤独中惶惶不可终日。待他驾崩后，又以至亲的背叛离弃、皇室内部的残杀作挽歌，将这个他出力甚多曾经辉煌灿烂的大齐推向了万劫不复的深渊。

在治理国家上，他采取了一系列好政策：一是复百官给禄，就是给官员发工资，当时，官员生活基本上靠受贿，人民负担很重，给官员发工资，虽然不能完全制止受贿，但是，毕竟不能明目张胆敲诈老百姓。二是改革赋役制度，使"富者税其钱，贫者役其力"。三是命守令劝课农、关心民生。四是诏百官定官吏升迁制度。五是改革军事机构，撤相国府，别立中兵、骑兵二省掌军机。六是赦免诸伎巧、屯、牧、杂色役吏为"白户"，解放了大量国有和私有农奴手工业者。七是省并州郡，裁撤冗员。这些措施客观上减轻了百姓的负担，缓和了民族矛盾。八是颁布了《北齐律》，这是集此前五百年律令之大成的成就最高的一部法律，文林馆一大堆帝国精英编辑五年乃成。九是积极汉化，祀孔子及古帝庙。诏郡国设学校。重视史学，命魏收等文林馆待诏修魏书，且说"好直笔，我终不作魏太武诛史官"，的确，我大齐高家还没有诛杀过史官的。

他的主要功绩是在军事上：亲征库莫奚、亲征山胡、定石楼、破契丹、突厥、柔然、使之朝贡，突厥畏称之为"英雄天子"。552年开始，高洋帝为了巩固边防，开始对北方用兵，高洋帝亲率大军北伐，在代郡大破库莫奚骑兵，俘获十余万头牲畜。下一年高洋帝再次北伐大破二十万契丹骑兵，俘虏十余万契丹兵，杂畜数百万头。这场战争高洋帝身先士卒，光着膀子，吃生肉喝泉水，一直打到渤海之滨，又直接趁机北伐突厥，一战击败数万突厥骑兵。天保五年，高洋帝亲征山胡，斩首数万山胡骑兵，获杂畜十余万，四月，柔然引十万铁骑南下晋阳，高洋帝亲自率军抵御，晚上进军到恒州时，柔然五万骑兵突然把高洋帝包围了，这时高洋帝的主力都在外边，身边只有一千多骑兵，高洋帝毫不在意，安然高卧，到天亮才起床，神色自若，指划山川地形，果然士兵们毫不害怕，直接击溃五万柔然主力，斩杀三万余人。天保六年，高洋帝再次北伐柔然，在祁连大破柔然主力，俘两万，获牲畜十万余。高洋帝前后筑北齐长城四千里，置边镇二十五所，屡次击败柔然、突厥、契丹，出击萧梁，拓地至淮南。征伐四克，威震戎夏。

投杯而西人震恐，负甲而北胡惊慌，怀有圣主气范，被北方少数民族尊称为"英雄天子"。

（十一）

其实，活得战战兢兢的何止是我们嫡长子一家！随着"英雄天子"高洋的谢幕，他们一家也到了还债的时候。

高洋帝一共五个儿子，嫡长子高殷在龙椅上没坐两年，就入了冷宫，之后就被赐死了。老二高绍德，也被高湛帝怒诛。绍仁绍廉是老四老五，也在前些年死得不明不白，听说一个病逝，一个醉毙。目前也只有老三高绍义硕果仅存。

排在后面的是孝昭帝高演。其实高演帝是我们高家不可多得的一位好皇帝。他561年八月即位后，立即大刀阔斧，整顿政治秩序。他下了一系列诏令：官奴婢六十岁以上的一律豁免为自由人。廷尉、御史中丞等执法官必须以法量刑，徇私舞弊者处以死刑。国子监可广招学生，讲习经典，设置官员，进行督课，大力宣传汉文化。为了及时了解民情、反省自己，高演帝特意命令一些大臣如尚书阳休之、鸿胪卿、崔劫等人，可以随时径直进入他寝宫，讨论历代礼乐、职官、田市、征税和政治得失，逐一分析哪些不合于当代，至今还在沿袭的；哪些是自古以来就有利于天下，但如今已经消失了的；哪些政策得当，哪些不得当。这些大臣和高演帝商谈起来，总是天一亮就进宫，天黑才出来。

在经济上，自神武帝高欢以来，大齐粮价腾升，贡粮转运困难。高演帝即位后，在黄河南北进行大面积屯田，结果每年从屯田中可获得十多万石粮食，河北等地粮荒问题终于得到解决。为了缓解贡粮运输困难，他又在河北等地设立粮仓储存粮食。经过整顿，年旷日久的粮食危机终于得到解决，老百姓饿死的现象才终于绝迹。

在外交上，此前我大齐与北周连年干戈不息，到高演帝执政时期，虽然大齐拥有强于北周的实力，但高演帝认为当时大齐急需的是稳定、建设，而不是去拓地夺民。因而高演帝执政时期偃兵息武，与北周南陈基本上处于和平状态。当然，高家的英雄气概一点也不弱，他亲征北讨库莫奚，北出长城，退敌千里，文治武功兼盛。

高演帝还经常从谏如流。有一次，高演在朝廷里把一个犯人杀了，血溅廷柱。高演问王晞："这人应不应该死？"王说："应该死，但可惜死的地方不对。我听说'在刑场上杀人，死得其所'。朝廷是议政的神圣地方，怎么能擅自在朝廷里杀人呢？"高演马上保证："从今以后，我要为大家做个榜样，不允许这种事再次发生。"还有一次，他对大臣库狄显安说："我执政不久，缺乏经验，请你们大胆说出我做得还不够的地方。"库狄显安说："陛下有时胡说八道。"高演有些惊讶："说下去！"库狄显安接着说："过去陛下见到显祖皇帝殴打臣下，总是苦苦规劝，认为人主不该这样。现在您也常常殴打臣下，您以前说过的话不是等于胡说八道吗？"高演握着库狄显安的手，连声道谢。

高演帝还是个重情的好丈夫。他的王妃元氏是前朝宗室后裔，这让屠戮尽元氏宗族的文宣帝高洋很不爽，想给弟弟换个妻子。他给弟弟找了一堆女人，但高演不为所动，依旧尊元氏为自己的正妻。

可惜，老天无眼，英雄气短。在龙椅上仅仅坐了两年，雄才大略的年仅二十七岁的高演帝就驾崩了。他有七个儿子，嫡长子高百年在他驾崩后的三年即被高湛帝诛杀。其他儿子都还小，他们的天空是灰色暗淡的，扑朔迷离的未来正在等着他们。

我爷爷神武帝高欢非常厉害，开创了高家基业。他的十五个儿子们当然被折腾得更厉害。两年前的570年，高纬帝将高欢帝的第十三子高凝杖杀，当然也是很有原因的：高凝本是为大齐诸王中最为孱弱的，也最没有威胁的，其王妃王氏为以前太子洗马王洽之女，王洽和高纬帝私交甚好。王氏与仓头通奸，但高凝知道而不能也不敢禁制，其后事发，所知甚广，王氏被赐死。王洽愤怒，哭与帝，下诏杖打高凝一百，遂薨。至此，威风凛凛的高欢帝离去仅二十五年，十五个儿子已去十三，目前仅存心灰意冷的任城王高湝和冯翊王高润。此前还有蹀躞薨于晋阳的平阳王高淹，有蹀躞在戒备森严的京畿重地被群盗所杀的彭城王高浟等，这也是龙椅上的王者去除"位不传孙"魔咒的疯狂努力。他们没有死在厮杀的战场，没有牺牲于敌人的刀枪箭雨，但都躲不过高家自家的明枪与暗箭。

（十二）

每况愈下的高家江山，它的越来越剧烈的摇晃，是频繁的高家龙椅的血腥争夺造成的。短短的二十多年，高家的龙椅上已经换了七人，并且每次变换，几乎都伴随着血腥的大屠杀，一批批帝国精英被迫挟裹在龙椅的绞杀战中灰飞烟灭。

我爷爷高欢离世后就曾天崩地裂。嫡长子高澄还未接过权柄，侯景就挟大齐十三州而反，惊天动地的侯景之乱为祸数年，一开始侯景想获得宇文泰的支持而不成，无奈之下率部投靠南朝，南梁封他景河南王、大将军、使持节、都督河南南北诸军事、大行台。后高澄帝派大将慕容绍宗等人进攻侯景，南朝派贞阳侯萧渊明支援，结果侯景大败，萧渊明被俘。之后高澄帝与南朝和解，侯景再次叛变，搅得南朝天翻地覆，数百万人头落地。在付出改朝换代的巨大后果后，王僧辩终于诛杀了侯景，把他的双手剁下来交给了我大齐的高洋帝。

我老爹高澄帝谢幕时更是险象环生。事先毫无征兆的厨奴刺杀我老爹后，只"不知拭鼻"的高洋刚刚成年，皇族元室蠢蠢欲动，怀朔勋贵作壁上观，好在高洋帝快刀斩乱麻，通过阵阵杀伐，终于接过权柄，并坐上了龙椅。

高洋帝驾崩后更是腥风血雨。高殷太子继位后，开封王杨愔、平秦王高归彦、侍中燕子献、黄门侍郎郑颐接受遗诏承担辅政的责任，杨愔等人觉得高演高湛二王权柄太重，商议把二王派出去当刺史，但是考虑到高殷天性慈爱仁厚，恐怕不会批准他们的奏请，于是就直接启奏皇太后，详尽讲述了二王构成的威胁以及皇上的安危。宫人李昌仪，是高仲密的妻子，李娥姿太后因为她是自己同姓的姑姑，便和她很亲近，十分喜爱她，把杨愔等人递上来的奏折给她看，不料李昌仪秘密地把奏折的内容报告给了只想当太后不想当太皇太后的娄昭君。

二王在高殷帝处拜领了外放的新官职以后，在尚书省大宴百官。长广王高湛就在后室埋伏了几十个家童，并对参与宴会的勋贵贺拔仁等人约定说："等我敬酒敬到杨愔等人的时候，我对他们每个人各劝双杯酒，他们必定会推辞。我第一次说'拿酒'，第二次说'拿酒'，第三次说'为什么不拿！'，你们就动手把他们抓起来！"到了宴会时，果真照计划进行。杨愔被抓时大声说："诸王造反谋逆，想杀害忠臣良将吗？我等尊奉天子，削弱诸侯，赤胆忠心为国家，有什么罪！"高演自觉心虚，想缓和一点，高湛说："不行！"于是拳头棍棒乱打，杨愔、可朱浑天和、宋钦道等人都被打得头破血流，最后将他们全部诛杀。

太皇太后娄昭君亲自参加杨愔的丧事，哭着说："杨郎是因为忠君才获罪的呀！"她让人用御府的金子做了一只眼睛，亲自放到被打掉一只眼睛的杨愔的眼眶里去，说："以此来表达我痛惜的心意。"后来二王又根据簿册逮捕了杨愔、可朱浑天和、燕子献、宋钦道、郑颐等五家的人口，王晞一再劝谏，这才下令五家各抄斩一房，孩幼全部处死，兄弟们则全部革除官职，以后不得为官。

高演帝驾崩后还是刀光剑影。高演立五岁世子高百年为太子。他当初杀杨愔一众大臣的时候，曾经答应事成之后让弟弟长广王高湛当皇太弟，将来接他的皇位，后来却立高百年为太子，高湛心中愤愤不平。561年，高演帝患重病，左右谋士劝高湛阴立高殷为帝，号令天下，以顺讨逆，这是万世难得的大好机会。高湛听了这计策，非常高兴，但他性格怯懦，犹犹豫豫不能采用，让术士郑道谦等人占卜吉凶，术士们大多说："举事是不利的，安安静静才是大吉。" 高演临死时，为了不让儿子高百年落得高殷的命运，决定传位于弟高湛。于是高湛封太子高百年为乐陵郡王，但不久将其杀死，还将高演左右的人或诛或贬，数年不得消停。

（十三）

看着龙椅上一代不如一代的高家，他们在窝里斗的同时，最大的失误是用人。看看同神武帝高欢打天下的，文有孙腾、孙搴、司马子如、封隆之、陈元康等人，武有段荣、段韶、斛律金、斛律光、慕容绍宗、唐邕等人，可谓人才济济，如日中天。到高洋时，也有杨愔等能臣的辅佐，听说文林馆已作评论：

齐文宣帝即位数年，便沈湎纵恣，略无纲纪；尚能委政尚书令杨遵彦，内外清谧，朝野晏如，各得其所，物无异议，终天保之朝。遵彦后为孝昭所戮，刑政于是衰矣。

后来高演也有王晞等能臣的尽力扶持。可一看当今的朝堂，乱糟糟的都是些什么人呢？这简直就是一个淘汰优才的朝堂。

看看那个和士开，其实就是个混混，典型的马屁大王。他的父亲和安就是一个很善于观察和曲谄的人，孝静帝曾在夜里和大臣们聚会讨论问题，命和安去看一下北斗斗柄所指的方向。北斗所指方向代表着皇位，当时高欢专制朝廷，有自己称帝之意，和安深谙这一点，因此，他故意回答说："臣不识北斗星。"很明显，这是阿谀高欢，后来高欢果然对和安加以重用。

和士开跟随长广王高湛，授开府行参军。精通琵琶，善于胡舞。高湛和他非常投缘，很快就形影不离。高湛特别喜好一种名叫握槊的游戏，和士开对此非常擅长，这是他得以被任用的主要原因。加上他生性乖巧，善于谄媚，又弹得一手好琵琶，因此日益受到高湛的亲宠。他曾奉承高湛说："殿下您不是天人，而是天帝。"高湛回答说："卿也不是世人，而是世神。"文宣帝高洋觉察到和士开这个人太轻薄，责怪和士开狎戏过度，把他流放到马城，不许他再与弟弟来往。但不久在高湛的反复请求下，又把他召回京城了。

武成帝死后，赵郡王高睿趁机会和娄定远、元文遥等人商议，想弹劾和士开，极力反对和士开依旧担任要职。和士开对太后及后主说："先帝在群臣之中，待我为最重。先帝去世，大臣们都有觊觎权位之心。如果我出为外任，正是翦除陛下羽翼的行为。"他颠倒黑白，反诬高睿有犯上欺君之罪，在永巷把他惨刑处死。又把元文遥贬为西兖州刺史，娄定远也被贬为青州刺史，其余人等都不同程度地受到了处罚。此后，和士开大权独揽，拜尚书令，封为淮阳王，控制了朝政，执掌我大齐权柄达八年之久。

近墨者黑。和士开如此，朝堂上以及围绕在他身边的人马屁术更加精进。一次，和士开患重病，他的心腹现在外放的长史来晋见，正碰上医生给和士开诊治，开药方时医生说，大王所害的伤寒，病势严重，其他药物都没有效，要想活命，只有饮下黄龙汤！当然和士开知道，所谓黄龙汤，就是小孩子的粪便。和士开脸上露出难色，那个长史马上说："黄龙汤容易下肚得很，大王不要担心，我先替大王尝尝。"把盛着粪汁的碗举到嘴边，一口气喝光。和士开被他的诚心感动，勉强服下，病竟痊愈！当然，不久那位长史就官升三级了。

和士开禀性庸鄙，不窥书传，发言吐论，唯以谄媚自资。在八年中，他权倾朝野，任人唯亲，荒淫无耻，坏事做绝，是对我大齐伤害最大的权臣。

（十四）

看看那个瞎子宰相祖珽，其实就是个小偷，典型的德不配位。很早时，祖珽"曾至胶州刺史司马世云家饮酒，遂藏铜叠二面。厨人请搜诸客，果于珽怀中得之"，"神武帝宴僚属，于坐失金叵罗。窦太后令饮者皆脱帽，果在祖孝徵髻中"。在担任仓库主管时，祖珽又私造批文，偷运出粮食十多车，被当场抓获，受审时，他把罪责全部推到上司陆子先身上；后来他又和人合伙伪造公函，向朝廷骗取粟米三千余石，转手倒卖，事发后被高欢鞭笞二百，发配甲坊，戴上脚镣，责令双倍赔偿。

高澄遇刺身亡时，祖珽的好友陈元康也身负重伤，死前让祖珽帮忙写信托付家事，说："我放在祖喜那儿有少量物品，让他快点还给我。"祖珽一看有机可乘，就没有替他写信，而是偷偷逼问祖喜，得知陈元康有二十五金后，给了祖喜两金"封口费"，其余的全部据为己有，还借机盗窃了陈元康的书籍几千卷。

高洋帝时，他先后收受十多人贿赂，卖官敛财，又将官府的《遍略》一书偷走，被人揭发后慌忙外逃。高洋下令将其捉回，念其曾服侍高欢、高澄，并两任丞相的分上，免其死罪除去官籍。复官之后，高洋每次看到祖珽，都打趣地招呼："贼来了。"

祖珽就是这样的人，他虽然文武并驰，才华横溢，一时无双，但品行恶劣，既有盗窃癖，又贪污成性，结党营私，陷害忠良，阿谀奉承。就是这样的人，居然成了我大齐的宰相，每天在朝堂上指点江山，简直滑天下之大稽，会成为大齐永远的耻辱和笑柄。

（十五）

再看看那个太姬陆令萱，其实就是个奴婢，简直辱没天下。现在朝堂上最令人不齿的就是那对奴隶母子。陆令萱出身于反叛之家，她丈夫骆超反复叛乱，就是个卑鄙的小人，当时就应该没其全族。结果放入宫中为奴，阴差阳错地做了当今圣上的乳母，造成那个没有头脑的小孩子越来越离不开她。

569年太上皇高湛驾崩高纬帝临政后。陆令萱的权力也越来越大，成为宫中一切事物的总管，在后宫占有举足轻重的地位。人的权欲是无止境的，权越大，其权欲也越强，陆令萱就是这样，她从一个奴才，一跃成为具有显赫权力的人物，便更加嗜权如命，贪婪追求。她的这种权欲与胡太后的权欲逐渐形成了对立的矛盾，二人都想把小皇帝控制在自己手中，在暗中开始争夺权势的角逐，可胡皇后哪是对手？结果不几个回合就被那个奴婢完胜。

陆令萱控制了后宫后，并不满足，又把魔爪伸向朝廷。高纬帝长期生活在深宫里，过惯了舒适的生活，没有经历过大风大浪，因而不解民情，不懂政务，遇事优柔寡断，毫无主见。陆令萱一手把他抚养长大，自幼听惯了她的话，现在对她仍是言听计从，陆令萱则以此控制了皇帝，干预国政，朝廷中的奸臣大都聚集在她的门下，任她驱使，其中比较有名的奸佞小人有和士开、高阿那肱、祖珽等人，还有她自己的儿子穆提婆。

陆令萱聚集了许多朝廷同党，专擅朝政，秽乱宫闱，贪污纳贿，奢侈享乐，使我大齐王朝政治日益腐败。一些正直的大臣，如太尉赵郡王高叡、琅琊王高俨等人对此非常不满，结果都被除去。今天，他们又对斛律光下手了！

现在站立在朝堂上，都是一群宵小恶心之徒，一群溜须拍马之辈，那陆令萱、和士开、祖珽、高阿那肱、穆提婆、朝长鸾等一班佞徒宰制天下，乱政害国，唯一闪光的正人君子，都是被逐被斩，可怜可叹的斛律家族。其实两年前的570年，琅琊王高俨已将和士开斩杀，他本意是要将陆太姬等一众佞徒全部歼灭的，可惜斛律光干预得太早了，还是心向社稷，心系他女婿，结果功亏一篑。现在他自己落到那班人手里，也在此时就已经埋下了伏笔。这就是大趋势，形势比人强，我当然预知了我的下场，只等他们下手的那一天。

（十六）

　　大齐第一家高家的命运都是如此，想来斛律家也没有什么更大的冤屈可伸，要伸也无处可诉。我们只能感叹时运不济，感叹生不逢时，感叹主宰者的变幻莫测，感叹救赎者的缺位不在。在生死与共的战场，斛律明月亦师亦友，亦父亦兄，在即将永别的当头，能为他做点什么呢？

　　还是要保存好斛律火种。斛律光、斛律羡的儿子比较多，要想方设法让他们活下来，跟随神武帝高欢打江山的众多武将，也只有斛律家还在战场上驰骋。前些天，给斛律明月送过一封示警的信，可能他也找不到跳出陷阱的办法，我只是良心上好过一点罢了。同时也给他弟弟南面可汗斛律羡飞鸽传书，最好他能够做点什么，至少让他们家的血脉在敕勒大草原得以保存，也是为我们大齐保存战神的火种。还得抓紧在城郊租几处民宿，咸阳王府肯定得马上抄家，如果还有活下来的，得给他们找个临时落脚的地方。

　　还是要保存好斛律家庙。斛律家庙里，摆放的都是为我们高家立下赫赫战功的武将，没有他们在战场上的叱咤风云，就没有现在的大齐江山，为此，文宣帝高洋专门下旨，在建造高家皇祠时，在旁边一并建造斛律家庙。如今斛律家族被污被屈，一定要设法保全他们的家庙，让他们继续拱卫高家，让他们的清名得以恢复，让世代人心不至于彻底无法收拾。同时也要想法收葬好斛律家族，以备他们来年平反时得以风光大葬。

　　还是要传承好斛律军功。斛律武功天下第一，战无不胜，接下来要将咸阳王府的参军收集过来，让他们好好回忆和总结，将落雕都督的用兵思想方法、战法战术、功夫武艺等，编成一本《斛律兵法》，在我大齐军队进行重点推广，以此作为对斛律明月最好的纪念。

第三章　乳母太姬陆令萱

这年头，最难的事就是当家。时人常说，当家难，当家难，谁不当家不知难；五更起，半夜眠，披星戴月忙不完；舍不得吃舍不得穿，省吃俭用受熬煎；心操碎来腰累弯，白天黑夜不得安。我觉得普通人家还好点，尤其是当大齐高家的家，这可比写首诗赋、弹段琵琶、建个大佛、偷个菜斗个鸡、杀个人打个仗难多了。

其实我的志向一直都很简单，自从我可以有志向之后，就是想要有个家，一个平平安安、稳稳当当的家。我就像一头母狼，时刻会毫不犹豫地扑向破坏我家、威胁我儿子高纬帝的恶人。这不，斛律光这个恶人即将被咬断喉咙。

（一）

我干儿子、侍中祖珽一直给我说，斛律光要造反，要造我高家的反！起初我一直不信，斛律家从高欢帝开始一直追随，这么多年来专心守边，专心筑城，专心打仗，高家似乎从来没有怀疑过他们，他们也不太关心朝堂上的事。只是近两年来斛律光兼任左丞相，上朝的机会多些了，但也很少发表意见；平时也不上奏折，不收门徒，不和大臣来往，看不出反迹。

其实这些年本来我对斛律家族也有很好的印象，那次儿子穆提婆满脸兴奋地给我说：他看中了斛律家的小女儿斛律婉蝶，想要娶她回家。其实斛律家的女儿可是名满邺城，一个个知书达礼，花容月貌。老大前些年做了废太子妃，太子被斩时她也坚贞地追随而去，令人扼腕叹息。老二是我皇儿的皇后，可是他俩总走不到一块，形同陌路。在后宫如果讨不了皇上喜欢，那命运只有悲惨一途。老三我也见到过，水灵灵的出落得比老大老二更加清新动人，确实是邺城的一枝独秀，好多王公大臣、名门望族都在想尽一切办法，去咸阳府提亲，结果都是败兴而归，为此咸阳王还得罪了好些权臣，好在他好像也从来没得到哪些权臣的归附和拥戴，因此也就不在乎得罪。我儿子还是有些花心，这几年在外花天酒地，带回来的姑娘也很多，一些官宦之家也会主动送过来一些，可是他都是不断地随手翻捡随时丢弃，从没看到他珍惜的女人出现，为此我为他的姑娘们的善后工作而劳苦用心，还不免拿些高官厚禄来填补一些别有用心的朝臣的胃口！现在好不容易看到他喜欢的姑娘了，能给他娶回一位门当户对的姑娘让他收收心也是好的，再说，目前虽然我宫内是太姬总管，宫外的事也是基本上由我拿主意，但如果能援引斛律家族做外应，高家这个家当得就更加得心应手了。

那天我制备了隆重彩礼，精挑了黄道吉日，叫尚书右仆射高阿那肱陪同我儿子穆提婆亲自到咸阳王府去提亲，事前也向皇帝皇后禀报并得到了恩准，只差皇上下旨了。结果好不容易进了咸阳府，知道来意后，斛律光立即变脸，对彩礼看也没看一眼，只鼻孔朝天，轻蔑地哼了一声，把彩礼往王府大门外扔了一地！

虽然我现在位列长公主之前，也是名义上的皇太后，穆提婆也官拜尚书仆射，大齐帝国的人事大权都在他手里，但斛律光还是站位太低、眼光太浅，跟不上形势，还以为我们是奴仆，身份与咸阳王配不上！这个斛律明月，明明那时候我儿子高纬还太小，男女之事什么都还懂不起，他就急吼吼地把她二女儿嫁过来，高纬现在正眼也不想看她一眼，这不是就是想抢皇后之位吗，我看她只能步她姐姐的后尘了？我儿子穆提婆倒是看上了他的三女儿，他却反倒把架子摆起，不答应就算了，还要做各种侮辱之能事！这也就忍了，美女嘛，到处都有，如今想跟我提亲的可是排了好长的队了。但要造反，要破坏我家，那就不是忍不忍的问题，而是必须先下手为强的问题了。

（二）

其实那个不知投怀送抱的咸阳王的确不知好歹，不嫁女儿也就算了，他好像专门要故意与我为敌。那天我儿高纬帝将晋阳附近的两千亩田地赏给我儿穆提婆，如今他封为城阳郡王了，为的是我们经常去晋阳时显示周遭都是我们自家的田地，也借此向世人宣称我们的贵族身份。不承想那个斛律光竟然在朝堂上大声反驳："晋阳的田地，神武帝以来常种佳禾，饲马几千匹，以平寇难，这是祖制传统。如今赏赐给穆提婆，就是破坏军务！"看着威风凛凛的专管军务的咸阳王进谏，我皇儿马上哑口无言，战战兢兢地取消了封赏！

前些天，醉醺醺的穆提婆俯在我耳边说，大街小巷都在传唱一首童谣，烟雨楼的当班花旦转唱给他。他于是有模有样地歌曰："百升飞上天，明月照长安；高山不推自崩，槲树不扶自竖；盲眼老公背大斧，饶舌老母胡乱语。"我一惊，童谣不就是明显的上天示警吗？这不是公然的逆反危局吗？那"饶舌老母"显然是指斥我！真是不知好歹，我呕心沥血为高家操碎了心，为何竟把我传唱为饶舌老母？要塞众人之口，就必须清本正源，把要上天的"明月"灭掉，才能"皮之不存，毛自不焉"。"盲眼老公"应该说的是祖珽。于是我将祖珽宣来，和他对这首童谣进行了分析，结果不谋而合，为大齐计，我们必须先下手为强。

以前的宰相和士开还算顺手，不过他脚踏两只船，也只不过要利用他。是早该下船了。侍中祖珽更加有才能，不几天一件造反的案子不显山不露水地查出来了。那个咸阳王府参军封士让的血书，看来是不容置疑的。自晋以降，姓封的家族一直是功勋卓著，人物辈出，丝毫不输于斛律家族，贵族子弟的血书当然是上天示警的最好印证。在侍中祖珽、尚书仆射穆提婆等的几次反复劝说下，皇帝终于动了杀心，昨天我再给皇儿说：斛律事决，宜早谋断，一旦事泄，终成大患！看到皇儿那不再游离的眼光，我知道斛律家立马就要烟消云散了，得抓紧为我的女儿穆黄花准备皇后的云裳。

（三）

其实我和穆黄花这般大小时，原本也有一个幸福的家！我祖上是八大鲜卑高门之一的步六孤氏（陆氏），从小琴棋书画、吹拉弹唱都略通一二，到了待嫁的年龄，大统四年，北齐神武帝高欢攻打西魏的广州，骆超举城投降，归顺东魏。神武帝高欢为了奖励他，做媒将我嫁给了他。不久有了儿子骆提婆（穆提婆），小日子过得有滋有味，逍遥快活。这个遭天杀的骆超，表面上对我们母子很好，实际上就是个反复无常的小人，早年从莫折念生起义，后投降北魏，遭刺杀后投奔尔朱天光，尔朱氏败后，改投宇文泰，后投奔我们东魏。这投来投去，朝秦暮楚，先后都改了六七个主子了！以前没有家室，俊才择良木而栖，也还情有可原，哪知他就是天生反骨，东魏孝静帝武定五年，他又计划谋反，事发被诛。可谓"君王城头竖降旗，妾在深宫哪得知？"可惜我这幸福的家，转瞬就没了。他这可耻的忙碌的造反的一生，可把我们母子扔进了万丈深渊，本来一死也就一了百了，结果却把我孤儿寡母没入皇宫为婢为奴，从此，我们在东魏的宫里，整天做着最低贱的活，吃着最差劲的食，受着最窝囊的气，挨着最狠毒的打，在暗无天日的灰色角落里等死，可怜我的才两岁的儿子提婆！

就这样没日没夜地干了三年，550年，平时沉默寡言的高洋一反高欢、高澄"挟天子以令诸侯"的惯例，干脆从幕后走向前台，自立为帝。元姓皇族纷纷被迫从皇宫搬到邺城，一些从邺城搬到平城，一些搬到了乡下。新封的高家的王爷们高高兴兴地从元姓皇宫和邺城元姓王族里面瓜分着各类王族桂冠，各类朝堂显位，各类奇珍异宝，各类后宫美女，当然也包括奴仆婢女。我被重新分到了长广王高湛的府上，这时我已46岁了，花开花谢看得多了，应该苟延残喘的时日不多了。

（四）

和以前为东魏孝静帝作奴仆相比，其实长广王府真不错，简直是一个在地下，一个在天上，到了这里我就非常喜欢上了长广王府。孝静帝及其元氏皇族有名无实，朝廷大小事务、朝堂一众官臣，全都是听高家的，皇帝及皇族就是个傀儡，于是他们的万丈怒火，只好撒向宫内的大小奴婢，每天被罚的，被打的，被斩杀的，都不计其数，我和我小儿子提婆在里面当牛做马，连大气也不敢出，只能活一天是一天。我战战兢兢地来到长广王府，简直是从地狱进了天堂。长广王平时事务繁多，对内务不闻不问，全由王妃胡氏打理。胡氏温柔漂亮，当年朝廷选美中被选为长广王妃。

而王妃也是一个爱好热闹、不喜理事的小女子，她见我年长懂事，又吃苦耐劳，又知书识礼，就逐渐将一众事务交由我吩咐安排。长广王见现在的王府外观整齐漂亮，内务有条不紊，又知我以前是贵族的身份，遂将王府的大小事务交我打理，我也逐渐又有了家的归属感，也发誓一定不要辜负上天的眷恋，把这个王府当成自己的家。

在府里平平实安地过了六年，王妃顺利产下了王子，长广王想都没想，就将他的宝贝儿子送入我的怀里，从此我又成了小王子的乳母，家的感觉就更强烈了。

府外的风云变幻我只偶尔知道一点，我的心思都在高纬小王子身上，每天派提婆多次到宫外的乳娘府里收集最好的乳汁，让小家伙吃饱喝足；抱着他一刻也不能放下，让他享受母亲温暖的胸怀；稍大一点就陪着他玩各种游戏，想方设法让他有无限的快乐。本来，经常一起玩的还有太子高百年，太子和我的小王子一年出生。我们都小心翼翼地跟在太子屁股后面，我一边约束着我的小王子，一边逗乐着小太子，可是没过多久，太子突然不是太子了，又不多久，我的小王子神奇地成了太子了！

这魔幻的世界，简直眼花缭乱，精彩得让人目不暇接！在我怀里撒娇的小太子更加可爱，已坐在宽大龙椅上的昔日的长广王既封了太子，也封了胡王妃做皇后，还封了各路的劝进的有功之臣。意想不到的是竟然封了我为"郡君"！以戴罪之身，以奴婢之位，获得和公主一样的身份，这份殊荣，只有加倍看护好太子、看好这个家才能回报。

（五）

其实以前有一个温暖的家，失去后我只是努力想找到一个家，当家的念头以前想都不敢想。在这高家，要当家的女人多着呢。现在最可怜的是南朝的女人，听说都要遵从什么"三从四德"，从父从夫从子，嫁鸡随鸡要从得，公婆管束要受得，丈夫打骂要忍得，当牛做马要累得，完全和奴隶一样！还是我们大齐好，女人可以自由飞翔，可以恣情多彩！展眼邺城：

她们可以掌权。你看娄昭君，自高洋之后，废帝高殷、高演、高百年、高湛及高纬，谁去龙椅上坐着，都是她下懿旨定夺，没有她点头，帝位肯定是坐不稳的。听说她只喜欢当太后，不喜欢辈分更高当太皇太后。的确，辈分越高，就离权力越远，中间的太后就会填补她至高无上的权力真空，那肯定不是她当家所能允许的。所以高家的皇位只能在他的六个儿子间传来传去，即使万不得已当稳了太皇太后，也要找准时机自降辈分成为太后，那两个已进高家皇祠的废太子就是先例。再看我这个中侍，现在宫内宫外，大小事情都需要我裁决！目前我大齐有诸多女官，内司（位视尚书令、尚书仆射）、作司、大监、女侍中（位视二品），监、女尚书、美人、女史、女贤人、书史、书女、小书女（位视三品），中才人、供人、中使女生、才人、恭使宫人（位视四品），春衣、女酒、女飨、女食、奚官女奴（位视五品）等，她们小心谨慎地操纵着帝国的运行脉络，为大齐的发展指点江山，将神经兮兮的高家儿郎时时提醒，让他们在随风奔腾时记得回家。

她们肯定当家。我们的鲜卑男儿、敕勒男儿、六镇男儿都要经常驰骋沙场，后边的家庭当然就交给我们女人了。想那娄昭君，一直就是高家的当家人，高欢对她言听计从，不光家族大事，有时连征战大事都让娄昭君参谋。537年，高欢在沙苑之战中战败后，侯景多次进言，称发精锐骑兵两万，一定能够取得胜利。高欢很是高兴，特意告知娄昭君。娄昭君说："若如侯景之言，岂有生还的道理，得宇文泰而丧失侯景，那有什么好处？"高欢因此停止行动。自从十年前她追随高欢去后，由于胡太后是一个贪玩不管事的主，烂泥也扶不上墙，我才慢慢地下定决心，来管好这个家，决不让我再次失去可亲可爱的家。

她们可以择婿。南朝的"父母之命、媒妁之言"对我们并不适用，我们从不被动接受，当然可以主动选择。当年花容月貌富可敌国的懵懂少女娄昭君，对父亲推送过来的门当户对的公子才俊一眼也看不上，倒是那天偶尔向城头一望，看到手握长矛站岗放哨的小兵高欢，立即一见钟情，心动如潮，马上叫随行女伺去打听姓名，之后偷偷幽会。他父亲当然看不上一个既穷也无丝毫前途可言的小兵。娄昭君把她的钱财首饰等悄悄送与高欢，让其变卖后送来聘礼，之后无可阻挡地要出嫁。之后娄家倾力帮扶，终于成就了高欢。我们大齐的许多女子也和娄昭君一样，都可以一见钟情，可以自由地以身相许。

她们可以再嫁。从一而终当然是个笑话，要不男人先带个头？就不说春秋时的夏姬了，她三次成为王后、七次嫁人，九个男人因她而死，号称"杀三夫一君一子，亡一国两卿"。六年前被高洋帝赐死的尔朱英娥，先为魏孝明帝元诩妃嫔，后为魏孝庄帝元子攸皇后，再嫁与高欢做姿室，再嫁为彭城太妃。再看看我们公主树立的榜样，元静仪公主先嫁崔括，后嫁高澄帝！平原公主先嫁张欢，再嫁北周帝宇文泰！大齐和北周的最高权势者也泰然接受再嫁，帝国的美好风气也就形成了。高家的三位公主都分别嫁了两次，其太原长公主先嫁孝静帝元善见，再嫁杨愔，皇帝的女人也可以再嫁，宰相都愿意接受。彭城长公主先嫁刘承绪，再嫁王肃，三嫁张彝，女人还可以多嫁。王公大臣的女儿一样，尚书右仆射封子绘第三女封宝华，就在斛律光的侄子斛律须达战死沙场后，改嫁范阳卢氏卢叔粲。

她们敢于抗争。彭城长公主的婚姻更显曲折。她的第一任丈夫是有小儿麻痹症的宋王刘昶的嫡长子刘承绪，由献文帝做主，公主当然不愿意，只好暂时委屈，婚后不久就守寡了。之后幽皇后冯氏想把彭城公主嫁给同母弟冯夙，公主并不愿意，孝文帝已然应允，再加上幽皇后强迫，只能勉强同意。但在婚前几日彭城公主改变了主意，铤而走险，带着几个侍婢与僮仆冒雨去见孝文帝，不仅陈述了自己的本意，并且揭发幽皇后与宫廷官员高菩萨淫乱之事，皇后因而被幽禁，彭城长公主的婚事也就不了了之。之后她终于嫁给了她中意的崇拜对象——"旧时王谢堂前燕"的从南梁投奔过来的琅琊王氏王肃。新婚燕尔之际，王肃在江南之妻谢氏也辗转来投奔，看到眼前景象，谢氏作诗一首相询：

    本为箔上蚕，今作机上丝。

    得络逐胜去，颇忆缠绵时？

彭城长公主代替王肃回诗一首：

    针是贯线物，目中常纴丝。

    得帛缝新去，何能衲故时？

王肃对谢氏感到很惭愧，便造箔丝寺让她居住。与彭城长公主成婚次年，王肃就死了。再次成为寡妇的彭城长公主，被权臣司徒高肇与平陆侯张彝争娶，公主选择了为人正直的张彝。不服气的高肇便让亲信罗织张彝的罪名，致使张彝停职数年，后来中风偏瘫。

　　她们可以出墙。遇人不贤又不能再嫁怎么办？当然可以学学男人，他们采花问柳，我们当然可以红杏出墙。看看我们的胡太后，生活得多姿多彩？一百年前刘宋皇帝刘子业的姐姐山阴公主刘楚玉和刘子业一样放纵，她跟刘子业说："我与陛下虽男女有别，可都是先帝的骨肉。陛下的后宫美女数以万计，我却只有驸马一人，这事儿太不公平。"刘子业一听对头，随手就赏了姐姐30个男宠。魏孝静帝博陵长公主之女司马庆云，遇祖珽与陈元康等人为声色之游，祖珽自弹琵琶，高歌"丈夫一生不负身"，司马庆云遂与祖珽赴席，并与诸人递寝。那个南朝"徐娘半老"的徐贵妃，如今他的孙子天启帝萧庄还在我们大齐做质子呢，她时常画半面妆戏弄独眼龙的皇帝萧绎；她放荡不羁，私通于和尚智远、侍从暨季江。嗜好饮酒，心怀妒忌，多次杀害萧绎妃嫔。为此，萧绎帝还亲自写下了《荡妇秋思赋》。

　　她们可以妒忌。大齐的皇室、王侯将相、达官显贵之家，父母嫁女教之以妒，姊妹逢迎劝之以忌。当年孝文帝宠爱皇后冯氏，不久更加宠爱冯氏的姐姐，于是姐姐经常对皇后妹妹谮构百端，寻废后为庶人。"后贞谨有德操，遂为练行尼，后终于瑶光佛寺。"想那兰陵公主，因和驸马刘辉感情不和，"辉尝私幸侍婢有身，公主笞杀之剖其孕子，节解，以草装实婢腹，裸以示辉"。长乐公主驸马高猛，长期无后，为了传宗接代在外面生了儿子，却不敢让公主知道，高猛临终才敢告诉公主，此时儿子已经三十岁了。

　　她们可以复仇。上党王高涣被高殷帝平反后，他的遗骨被埋葬起来，敕令上党王妃李氏恢复自由之身回到王府旧宅。当初，李氏被赐给了冯文洛为妾，文洛过去是帝家的奴仆，因军功做到了刺史官，高洋帝派文洛等人诛杀高涣，是这样的缘由他才能娶李氏为妻。李氏重回王府之后，冯文洛还以原来的身份，修饰打扮一番去见李妃。李妃把身边的人排列成阵势，让冯文洛站在台阶下，责骂他说："我因为遭受大难流离失所，才受到这样大的侮辱，我只恨自己志气节操太差，不能自杀殉夫。现在幸亏皇上恩典，能够回到藩王的闺闱。你是什么狗奴才，还想来侮辱我！"下令手下打了他一百杖，打得冯文洛皮开肉绽，血流满地。

她们可以礼佛。在皇帝崇佛的背景下，身居宫廷的后妃、公主及士族和平民女性十分虔诚地都信奉佛教，她们诵经、写经、持戒、布施、造像，成了寺庙的最坚定群体。在我们的云冈石窟、洛阳石窟、蒙山大佛，甚至沙漠瀚海中的敦煌石窟，到处都有她们张罗操劳的身影；在我们的妙胜寺礼佛的，就有高欢妃尔朱氏、高洋皇后李祖娥及高殷妃李难胜等人。目前我大齐境内有更多的造像由女人组成的邑会完成，前不久祠部尚书呈报，合方邑子数百人敬造释迦像一区，为宇文敬妃、程黑女、斛斯定妃、斛斯回娘、边度女等人捐资完成。

（六）

终于有了家之后，当家的念头也是逐渐形成的。在我的精心照料下，太子越来越依恋我了。皇后太忙，她受刚完工不久的云冈石窟的启示（那是百年前拓跋皇帝们修建的，四十多年前才完工），觉得母仪天下就得为后世留下点什么，就开始去监修蒙山大佛和洛阳石窟，还请了民间最有声望的慧可大法师主持；后来皇后又迷恋上了握槊游戏，这个游戏和士开玩得最好，经常和高湛帝对玩，皇后也要加入，于是和士开开始当起了皇后的教练和陪玩。皇后有太多的事情要做，平时也难得看到太子一眼。娄昭君也离开有些时日了，高家缺少女当家可还真不行，有了郡君的高贵身份，指挥整个皇宫就顺当得多了，太子的衣食住行、游乐交往，一切都在我的视线之内。当然，那些后宫嫔妃的日常用度，那些太监宫女的奖勤罚懒，都慢慢由我操心安排了。

无忧无虑的好日子才过四年，突然还经常需要我背的九岁的太子就坐上龙椅了，虽然高湛还是太上皇，一切事情还是他作主，但名义上大臣们有什么事先要向皇帝奏报的。我的小皇子语无伦次不善表达，又贪玩没有读过那些"子曰诗云，"连认字都比较吃力，面对朝堂那一大群饱读诗书的朝臣所讲的文韬武略，皇帝只能东瞅瞅西看看，手足无措不知该说什么。既然那么多老东西想欺负他，我聪明的儿皇干脆升我为侍中，由我来答复这些深奥的军国大事。一付千钧重担从此就压在了我的肩头，为了我皇儿的快乐，我也就认了！

帮我皇儿拿主意，最开始是一个很累的活，好在我以前有许多书本的基础，虽然他们说的那些事有许多我也不明白，但国和家一个样，家是最小国，国是千万家，以处理家务的思想去解决国家的事，也无不可。

那天吏部呈上一个对定州各县令的考绩。其中一个引起我的注意，有个县令叫元嵩，他的妻子阎氏超忌。一天，元嵩和几个朋友喝酒，并叫了几个歌妓唱歌逗乐。阎氏立马散发光脚，提刀赶去，元嵩吓得躲到了床下。史部考绩时说："老婆刚强，丈夫柔弱，连老婆都管不好，如何治理一县百姓？"建议免了元嵩的官。我一看，马上否掉，怕夫人是好事，让他们表彰他的妻子，并适时给元嵩升官。

那天都官呈上一个奏折，说目前大齐人多地少，草民食不果腹，他们建议幽州境内的梁山泊宽广无边，占地万顷，建议将水放干，以此作地安置百姓，特请示往哪里引导储放梁山泊的水。我一听这不太傻了？让皇儿马上批示：在旁另挖一泊，以储其水。

同时，好像不管我怎么作答，皇儿反正也就是点头，给太上皇呈报后也不见有什么不同的朱批，于是大臣们就将质疑不屑的眼光换成了臣服惶恐的神色，我也又找到了更大的快乐，需要我当的家越来越大了。不几年高湛帝就一命呜呼，天下就真正是我皇儿的了，看来这个家的重担越来越重了。

（七）

要当稳这个家也是不容易的。一山不能容二虎，除非一公和一母。高湛帝在的时候相安无事，她一走，胡皇后变成了胡太后，猛然想起高家该由她做主了，天下该由她说了算了，于是开始指手画脚，发号施令。那天是大齐元日，她想起了她应该主持朝会，以显示威仪：

大齐元日，中宫朝会，陈乐，皇后袆衣乘舆，以出于昭阳殿。坐定，内外命妇拜，皇后兴，妃主皆跪。皇后坐，妃主皆起，长公主一人，前跪拜贺。礼毕，皇后入室，乃移幄坐于西厢。皇后改服，狄以出。坐定，公主一人上寿讫，就坐。御酒食，赐爵，并如外朝会。

看嘛，这么游手好闲的女人，这么端庄的礼仪，这么宏大的场面，怎么能够胜任？为了这个家的长治久安，于是我被迫开始了我的打老虎游戏。

先要把自己人搞得多多的。在宫内，本来我先是看好斛律婉仪的，门第高贵，知书识礼，品德端庄，仪表风范，何况他斛律家族几朝元老，手握军权，这样的家族如果能够引为外援，那是多么合作共赢的美事？可惜斛律皇后和他老爹一样，正眼也不瞧我，皇儿也从来不喜欢她。倒是她的陪嫁奴婢穆黄花很识眼色，天天跟随皇儿左右，很逗我皇儿的喜欢，于是干脆赌一赌，纳她作为我养女，顺便让我儿子也姓穆，那个遭天杀的骆字，还是让他从世界上彻底抹掉为好，如今我儿越来越堪当大用，要防大齐朝堂上别有用心的人时时提起。真是争气，穆黄花和我皇儿在游玩嬉戏间，在耳鬓厮磨间，就生米煮成了熟饭，生下了他们的第一个儿子高恒。

我赶紧去给斛律皇后作深入细致的思想工作："如今你只有女儿，你无子而皇长子已出；高纬帝欲立太子很可能你的地位不保；既保全皇后地位又成全太子地位，只能让高恒成为你的儿子！""现在朝野都知道你生的是儿子，正愁那张纸越来越包不住火，现在正好瞒天过海狸猫换太子，岂不天遂人愿？"

这样两全其美的双赢方案当然成交，反正斛律婉仪也心不在高家，志不在此。于是我把高恒抱给皇后婉仪为儿子，这年头也不知是哪门子的规矩，只有嫡长子才能被立为太子。不久，抱在我怀里的高恒就顺利地被立为太子，穆黄花也兴高采烈地望着皇后的位置了。虽然，我皇儿不久又看上了穆黄花的婢女冯小怜，天天和她黏在一起，但好歹也是穆府的人，有肉烂在锅里，这都在我的掌控之中，她们都还听我的吩咐。其实我皇儿也怪，那些门当户对高高在上的女人他正眼也不瞧，心里还有些许害怕；和她们我皇儿也不可能有"东临碣石以观沧海"之类的交流，他倒是喜欢他们的婢女，脾味相投，嬉戏相随。至于地位，还不是我皇儿随时可予可夺！

在朝堂，宰相之位是和士开的，皇上太后都离不开他。但高湛帝一离开，他一看高纬帝似乎只认我这个妈，便审时度势，马上就认我做干妈，其实可能我两年龄也差不多，我也乐见其成，暂时也可以借力。不久那个盲眼才子祖珽、高阿那肱也都认我当干妈，穆提婆录尚书事，封城阳郡王。放眼望去，朝堂上跪下的一大片乌纱帽里，几乎全都是我们家的人了，原先那些大放厥词话中带刺的王爷和大臣，都是杀的杀，放的放，剩下的如咸阳王兰陵王等几个装点门面的大臣，在朝堂上也是连屁都不敢放一个，这个家总算是理得比较顺了。

（八）

再就是把敌人的人搞得少少的。宫内胡太后还很有想法，手腕也比较花哨，她见我干女儿穆黄花比较受宠，就有样学样，赶紧叫来自家侄女，嫁给高纬帝，预备是来抢皇后之位的，而且志在必得，当然也更是为了巩固她们胡家的地位。我皇儿有个缺点，就是一点也经不起诱惑，看到那个胡妃美丽动人，马上就掉进坑里了，男人嘛都这样！

得先把这个和我皇儿天天黏在一起的受宠正盛的小女子除掉才行，有她在，我女儿的皇后之位只能是梦想。过了一段时间，我见到胡太后，慢慢地叨起家常，我忽然叹了一口气，说道："真是人心不可测呀，亲侄女竟然说出那种话来。"胡太后忙问何事，我故意欲言又止，摆摆手，摇摇头，说："这话可不便说出来。"胡太后追问再三，我才说："胡妃对皇上说：'太后行为多有不法，不足为人母训，更辱没天下之母名'"。不守妇道的胡太后最怕人揭她的伤疤，更何况是自己最亲的侄女？不由火冒三丈，立刻叫人把胡妃唤来，不容分说，命一群侍女把她头发剃光，遣送回家。

听说没过多久，胡妃就出家了，真可惜。穆黄花的皇后位置没人争了，胡太后在宫里也少了帮手和眼睛。

皇太后在名义上是棵更大的树，她在，我还要向她恭迎行礼，她的任何话在名义上都要当作圣旨一样执行，我家长之位名不副实，还是要想办法让她彻底失去还手之力才好。好在胡太后本来就不是省油的灯，和士开被杀后，胡太后寂寞难耐，经常借拜佛之名出入寺院，和建国寺的威猛高大的昙献和尚幽会。

那昙献现在可很有些名气。他一身锦衣袈裟，双目炯炯，英俊潇洒，口若悬河，经常带领一支五十名的鲜衣俊俏的沙弥队伍，华盖笼罩，经幡飞舞，到邺城晋阳的各王府讲坛作法，后来胡太后闲来无事，就将他招来宫中作法，很快就眉来眼去地好上了。知道胡太后需要的更多，于是昙献不断招引他众多的年轻俊俏的沙弥来太后宫里佛堂讲经，这些沙弥一律装扮成女尼，只有高纬一人蒙在鼓里。一看火候差不多了，我就给我的皇儿一番提醒，说最近来太后宫里讲经的女尼那么漂亮，何不宣几个来尝尝鲜？皇儿一听眼睛都大了，以前确实还没找尼姑亲近过，想想可能还比较刺激，当夜，他命人悄悄宣召两名女尼，逼其侍寝，可是两名女尼抵死不从。高纬命宫人强行脱下她俩的衣服，一看，原来是两名男扮女装的少年僧侣！我皇儿又惊又怒，这才一下子明白胡太后的秽行。是可忍孰不可忍！我皇儿马上下令将昙献和这些僧侣斩首，将建国寺查抄烧毁，一众僧侣全都没入军中为奴，并斩杀了后宫中不太听话的胡太后一手培养的元、山、王三郡君。同时他也将胡太后迁居北宫，暂停太后封号，落发居寺，幽闭谢客。

去掉了最大的绊脚石，那侍中祖珽也立即审时度势，在朝堂上为我上书请命，他撰魏帝皇太后故事曰："太姬虽云妇人，实是雄杰，女娲已来无有也，请立为太后。"看来今后的朝堂上还是应该多找些饱读诗书的人才，才能随时找到正确的历史典故。穆提婆、高阿那肱等肱股大臣纷纷响应，可恨那斛律光，平时在朝堂上从来不开腔不出气，现在却以不合祖制等理由坚决反对，高俨等一帮高家的王爷也随声附和。由于阻力太大，我皇儿胆小的毛病又患了。没关系，此时我已经是一个无冕的皇太后了。

（九）

其实这主要是为了高家，为了把这个家当得更好。内心我还是非常欣赏胡太后的，她其实活得很真实很潇洒。听文林馆的那个南梁来的萧希逸待诏说，要评价一种文明，必须问的问题是，它能够产生什么样子的男人和女人。大齐文明所培育的女性最高典范，当然就是皇太后。如今的南北朝，兵荒马乱，民不聊生，人们却钻出狭窄缝隙，寻求昙花一现的人生幸福。这个时代，更懂得生命脆弱、春阴苦短，便养育出了狂热而健美的色情。南方民族缠绵悱恻的性格得到北方民族强悍威猛的新鲜血液，北方民族的慷慨英勇同样被南方的烟雨水气软化，都变得更泼辣、更露骨。在杀伐四起的年代，醇酒、美女成了安顿灵魂的救命稻草，爱欲的放纵被抬举到最醒目的位置。平民百姓尚且爱得起劲，被闲弃的年轻胡皇后找情人，也不应该受到谴责。

胡太后就是这样，只要条件允许，男女的欲望就公然裸露出来，无拘无束，有恃无恐。胡太后的过人之处有三条：一是聚精会神地玩；二是诚心诚意地爱；三是扎扎实实地活。有时想来，不客气地说，这也算人生智慧。

其实胡太后的胃口并不高。不一定非要有高贵的血统、英俊的外表、放浪的品性、忠诚的侍奉……她不过是随遇而安，可着条件物色伴侣。太监、朝臣、和尚……只要两情相悦，定然留在身边。

（十）

在朝堂上，本来胡太后也有一帮铁杆支持者。首先是他的兄长胡长仁，也就是胡妃的父亲，任中书令，封陇东王，朝堂政事，他多参言，什么事都要首先说几句，对有关我的事更是不问来由地否否否，大有盖过宰相和士开的风头，于是宰相在太后那里猛吹枕边风，又央求我的同意（我巴不得坐山观虎斗），把胡长仁的得力参谋左丞邹孝裕等全部迁出地方任职，同时找个机会调他出朝堂为齐州刺史。陇东王大怒，无法无天的老毛病又犯了，找了几个刺客去刺杀宰相，结果被小心谨慎的和士开当场捉住。手心手背都是肉，太后再也无法包庇，在我的催促提醒下，皇上也就公事公办，遂赐死。

胡太后的另一个贴心豆瓣自然是和士开。那和士开日夜陪着她，心一直向着她，身心相融的场面是可以想象的。后来看到风向不太对，赶紧拜我为干妈，开始脚踏两只船。但他居于宰相的位置，是众多大臣的扳倒对象，所做的坏事也太多，时时都有监察他的上书，我也在慢慢找机会落井下石。还是琅琊王高俨勇武，他知道我皇儿懒散，对呈报的奏折看都不看，一律打个勾批准了事。我对这个大家庭还是比较操心的，知道有些大事不能乱处理，以前那些奏折我再忙都还是要粗浅地先看一遍，不能勾阅的都要事先抽取出来，发回重审或压着不办。刚好那几天我要去看看已经修建大半的蒙山大佛，预先没告诉皇儿，但比较自然地告知了琅琊王高俨，我已经探知他有大事要办，何不借给他一个机会？他就踩着节奏送上一堆奏折，中间夹带着请求斩杀和士开的折子，我皇儿当然知道是我预审过的，当然还是一一画勾照准。结果和士开不明不白地就被我皇儿批准，去先皇那里报了到。事后一想，这种两面人，早晚都该清理出场，那个宰相之位就让更有能力的祖珽担任了。

（十一）

其实还是看错了，高俨更不是好人。那天我去蒙山后，他和王子宜、冯子琮骗取了我皇儿批准的斩杀和士开的奏章后，欺骗领军库狄伏连说："奉到皇上的敕令，叫领军收禁和士开。"库狄伏连把这告诉了冯子琮，请他再次向皇上奏报，胡太后的妹夫冯子琮说："琅琊王已经接到皇上的敕令，何必再次奏报。"

库狄伏连听他说得头头是道，便相信了，于是征调京畿的军士，埋伏在神虎门外，并告诫守门人不要让和士开进神虎门。

七月二十五日这天清晨，和士开按常例到宫中早朝，库狄伏连上前握住他的手说："今天有一件大好事。"王子宜从旁边递给和士开一封信，说："皇上有敕令，叫你到台省相见。"并派军士护送，高俨派都督冯永洛在台省中将和士开杀死。

高俨本意只杀和士开一个人，他的党羽却胁迫高俨说："事情已经如此，不可能中止。"高俨便率领京畿的军士三千多人驻扎在千秋门。

战战兢兢的高纬帝派刘桃枝率领八十名禁兵召高俨不成，又派冯子琮去召高俨入宫觐见，高俨推辞说："和士开往昔以来的罪行实在应该万死，他图谋废掉天子，叫亲生母亲剃发当尼姑，臣才假托陛下的诏令将他杀死。兄长陛下如果要杀臣，臣不敢逃避罪责。如果能宽恕我，希望派乳母陆太姬来迎接，臣就去见陛下。"

看看，多么阴险狠毒、多么包藏祸心的不臣贼子，居然还想杀我！在三千真刀真枪的羽林军面前，我拿把尖刀躲在我皇儿后面还真有点瑟瑟发抖。好在后来威风凛凛的斛律光及时出现，才化解了这场令人胆颤的危险。其实斛律光内心也非常憎恨和士开，这点倒和我难得地一致。那天他雄赳赳气昂昂地来到永巷，"闻杀士开，抚掌大笑曰：'龙子作事，固自不似凡人。'入见纬帝于永巷。帝率宿卫者步骑四百，授甲将出战。光曰：'小儿辈弄兵，与交手即乱，至尊宜自至千秋门，琅琊必不敢动'"。有顶梁柱在，大家果然都松了一口气，后来斛律光跟在我皇儿后面出去狐假虎威地一吆喝，拥有三千甲兵的琅琊王还不是束手就擒！胡太后的妹夫冯子琮也同时被处死，我的敌营又少了好些勇士。

（十二）

如今再看看宫里宫外，朝堂上下，我这个家长当得比较舒心顺手了，几个不听话的高姓王爷也是杀的杀、放的放。最后就轮到斛律家了，我正在挖空心思想给他安排个什么合适的罪名，还是侍中祖珽比较懂我的意思，意外地发现了他的反迹。

其实斛律光也还是有些作用的。听说前些年他们家在前线很打了些胜仗，他和段韶、高长恭并称"大齐三杰"。去年段大将军已仙逝，有他在，我皇儿在皇宫也玩得安稳些。不过逆反就不一样了，危险迫在眉睫，敌人远在天边，当然消灭眼前的反贼更为重要。何况还有兰陵王在，还有边境上的万千将士在，还有前些年修的千里长城在，这么多年危言耸听的战火，我和我皇儿可是从没看到过。

斛律光的反迹也是非常明显的。上天的示警深为可信，大街小巷童谣的传唱，那是亘古不变的信使。他府上的贵族参军的血书，说他府里私藏军械武器，可见起事已在千钧一发。他在朝堂上累次与我们唱反调，明显表明他与我们的心相背，矛盾已不可调和。

斩杀之事就让祖珽去办了。不过祖珽也要有所提防，目前他有所恃才放旷，得意忘形，颐指气使，有点不把我放在眼里了。尤其是我皇儿的那些奏折，以前都是我操劳先料理一遍，如今却是祖珽全权处理了，他帮我皇儿票拟的奏折，于情于理，于文采于史实，当然都无懈可击。但是我轻松之余，好像心里空落落的，一大群以前看我脸色的朝臣都围绕在了他的周围。是该放他去地方锻炼锻炼了。

哎，一个大家庭的家长还真的难当！

第四章　魔鬼天才祖孝徵

> 昔日驱驷马，谒帝长扬宫；
>
> 旌悬白云外，骑猎红尘中；
>
> 今来向漳浦，素盖转悲风；
>
> 荣华与歌笑，万事尽成空。

我坐在文林馆旁的雁行酒楼，弹着我久违的琵琶，高歌着我刚写下墨迹未干的《挽歌》，算是为咸阳王斛律光送行。

（一）

其实挽歌早晚都会唱响，凡是阻碍历史的车轮，终将被辗得粉碎。

一年多前，我就从早该逝去的和士开手上接过相印，开始摩拳擦掌，大刀阔斧，将我的万千才华施展于大齐的革故鼎新上。文林馆记载了我的革故鼎新举措：

……班复欲增损政务，淘汰人物。便要奏罢京畿府并于领军，事连百姓，皆归郡县，而宿卫都督等号位都从旧官名，文武服章并依故事。还欲黜诸宦官、内侍及群小，推诚各地名士。

决心如山，信心饱满，其他阻力都已经纷纷攻克，但斛律明月就似一座无可攀援的高山。

要仰止，也不是我的个性，我的榜样是诸葛孔明，为了革新，即使出师未捷身先死，也会常使英雄往前奔。为了大齐江山的千秋稳固，为了大齐子民的乐业富强，就必须破除一切改革的阻力。一句话，挡我者死！

（二）

正是因为这个位置得来的不容易，所以才会加倍珍惜。

高演帝刚立太子之时，我在豪华帝都略显寒酸的草舍里冥思苦想，寻才三顾的刘皇叔在哪里？今天下三分，邺都疲惫，此诚危急存亡之秋也！那跟我们大齐死磕的北周，虽然地贫人稀，但宇文家如今人才济济，战将如云。对内施行民族和解，休养生息，已经逐渐扭转了守势。长江边的南陈，也从侯景之乱中恢复了秩序，逐渐呈现出多年前南北分庭抗礼的实力。而我们的大齐，虽然在军事上仍然攻多守少，但高家龙椅上的主人换得太快，上一任皇帝的诏令还未在地方施行，下任皇帝改元更张的圣旨又到了。这些年整个邺城高度紧张，人心惶惶，基层官吏是胆战心惊，无所适从，普通百姓更是不闻时世，不论魏晋。常言说乱世出英豪，我自认为是不世出的人才，更应该搅动潮流，掌控乾坤。卧龙先生已在，醉眼一望，高家的刘皇叔是谁？

高演？他在娄太后支持下，发动政变，自立为帝。近一年来，他任用贤能,注意民生,释放奴隶,大力屯田,广设粮仓,有效解决北齐粮食危机。同时依法量刑,大力宣传汉文化。亲征北讨库莫奚,北出长城,退敌千里,文治武功兼盛。他最有中兴大齐之势。但我悄悄地给他阴阳占卜,他太满易折,卦象显示应该不久于人世,我就懒得下功夫了。

太子高百年?笑话,才六岁的黄口小儿,乳臭未干,等孝昭帝一走,他是最好的祭奠品。太子那里最近不能再去亲近走动,不然到时更撇不清干系。

对了,长广王高湛!看看高欢剩下的众多儿子,只有娄太后的亲生儿子才有资格染指。两年前高湛和常山王高演密谋杀掉杨愔等人,废掉皇帝高殷。高演即皇帝位,升任高湛为太傅、录尚书事、兼任京畿大都督,现在高湛为右丞相。高演住在晋阳,高湛以至亲的身份镇守邺城,政事都委托给高湛。仔细琢磨卦相,高湛离龙椅不远了。抓紧!

我拿出我最擅长的技艺之一——胡桃油画,我用邺城第一美女李祖娥为原型(嘘……她是文宣帝高洋的皇后,刚寡两年,高湛甚慕之,奈何有高演在,他还必须收敛),综合色彩、明暗、线条、肌理、笔触、质感、光感、空间、构图等多项造型因素,用挫、拍、揉、线、扫、跺、拉、擦、抑等各种技巧,一幅画面由深到浅、逐层覆盖,立体穿透、朦胧含蓄、欲迎还拒的绝色仕女图诞生了。我此以画进之长广王高湛言:"殿下有非常骨法,孝徵梦殿下乘龙上天。"湛看着画上梦中情人似曾相识,不由久久盯视,谓然叹曰:"若然,当使兄大富贵。"

卦象极准,所言极是!及皇建二年,高湛即皇帝位,是为武成皇帝,我喜升为中书侍郎,不离皇帝左右。帝常于后园使我弹琵琶,让和士开伴胡舞,各赏物百段。

这个和士开！草包一个，最大的能力是溜须拍马，最高的见识是见风使舵，最远的眼光是嫉贤妒能，最好的手段是落井下石。他片刻不离武成帝左右，是武成帝肚里的蛔虫，武成帝所思所想他全部应承满足；不但如此，他还成了当今胡皇后眼里的红人，现在是不但皇帝离不开他，皇后更离不开他！隐居皇宫的幕后主管陆太姬，实际上是皇宫的大管家，也审时度势收他为义子。这样的小人，看到武成帝现在经常性的那么喜欢我，连赏物都相同，而我干的是艺术活他干的却是力气活，高低立判，就"深忌之"，不过几天工夫，也不知道他是怎么翻手为云覆手为雨的，我就"乃出为安德太守"，不能在皇帝面前施展我的才能和抱负了。

（三）

和士开要迁我为外职，争宠是外因，内因是忌能。在当今大齐，我的才能早已贯满邺城。

前些年我初为秘书郎，曾以卑微的身份向高欢呈报《清德颂》投石问路：

……平城恢百世之基，洛阳构千载之业。故以超踪炎汉，迈迹昌周。记言盈於五都，书事茂於三代。乃作铭曰：

宵电降祥，乃育轩黄。天姬下俪，是生元帝。分峰玉衡，郁为削成。
望日齐照，比月钧明。肤寸写惠，触石抽英。弄璋伊在，璧粹金贞。
冲鉴外发，睿质内朗。蓝田是嗟，黄中招赏。曾墉已秘，清潭自广。
皎皎不群，昂昂孤上。春诗秋礼，师暇功殊。雕虫绿绮，尽丽穷模。
惠芭舟称，辩同日馀。临碑可复，在骑非虚。入朝誉洽，登庸风委。

慎深曳踵，文工操纸。丝纶有蔚，缄籯无褫。异署追芳，同列归美。
延华蕃邸，结采戎章。貂组共映，剑玉同锵。式静中禁，雠艺西堂。
隐敌有托，悬金载光。敷风上京，流范下国。宿讼有归，片言无或。
易使有规，爱人有则。暂为冰击，将举霞翼。彼苍如何，与善虚假。
颎影河上，罢驱芒下。原隰为尘，草木涂野。泣重徂光，怨深逝者。
弃明初夏，即阍始秋。泉途寂寂，垄道悠悠。山回去翼，路泫行眸。
嗟乎千载，终为一丘。

大丞相高欢见读，喜之，遂召见口授三十六事。我第一次近距离见高欢，虽然心潮澎湃，诚惶诚恐，但也很快镇静下来。作为秘书郎，博闻强记是我的特长，我知道他说的这些军国大事非常重要，大丞相一说完我就赶紧回到秘书舍，关门谢客，把他的话一一记录下来，之后再构思，再润色，再将其整理成《大丞相训示》，三十六条一点不少，所记内容丝丝入扣，没有半点出入，呈报上去，高欢大为所赞，惊为天人。

魏孝文帝女儿兰陵公主出嫁柔然。当时我们大齐的国策是和柔然可汗和亲，柔然是大齐北边的强悍政权，以前我们沿晋阳、平城一线修筑长城，但还是挡不住柔然的铁骑，更何况我们的主要敌人是宇文泰，于是高欢毅然改变策略，和可汗进行和亲，反正公主们姓元，姓拓跋，不姓高。看了看文林馆的记载，这些年我们北朝共有二十一位和亲公主，其中匈奴6次，前燕2次，大夏1次，北凉1次，氐2次，突厥2次，吐谷浑1次。其中柔然最多，前后送去了6位公主，这一招还真管用，从此柔然就开始骚扰北周去了。为了营造热闹气氛，除了宫宴歌舞演出外，当时的著作郎魏收奉命作《出塞》《公主远嫁》诗两首，我那时名气稍小，待魏收诗作出后，我作诗和之，在座的王公大臣一遍叫好，大名鼎鼎的魏收脸色立即黯淡了下来。管他呢，他现在还不是成了我的一个小喽啰？时人对我的诗都广为传抄，至今还在邺城晋阳的各处烟雨楼里吟咏表演。

那年，为纪念正式受禅登基，高家的并州定国寺正式建成，高洋帝欲请人作词，问相府功曹参军谁能胜任，他们当然异口同声地推荐我，不但是我的才高八斗，而且是我的精通鲜卑、柔然、突厥等八种语言。在犬牙交错的边境之城立碑，不精研周边各族人的经典传唱，不通晓各色人等的人情事故，那坚固的石碑注定不能千古。功夫在平时，我领命后仅二日成之：

盖闻珠林琁室，现昆仑之中；银阙金宫，居蓬莱之上。居之遂幽，登之乃灵……及于金台罗汉远住东海，琼树声闻遥家西域。承风问道，此实阙如。岂落太圆所都，化作径行之境；真人所府，翻成息心之地。黄河之北，忽出育王◇之龛；蓬莱之东，别有迦维之国。然灯避风之处，服药息务之所，和合庑止，有朱山焉。其地则上应旋星，下分全赵。邑迩灵丘，念黑貂之为珥；峯连牛饮，吐白陆之滋川……光风新静，暾晖初丽。极目相望，地乘天际。月升南北，日转西东。遑遑驰骤，抵迷人中。地煎热水，天坏灾风。愿将此处，悬置虚空。

大齐天保八年岁在丁丑　祖珽

文甚丽，词甚丰，用汉、鲜卑、柔然三语写就，高洋悦之。从此，我的名声就和这座石碑永存。

（四）

天纵英才，就这样我被小人算计了。被迁到穷乡僻壤，怎么还能实现"隆中对"之伟业？还是得想办法尽早回到皇帝身边。

痛定思痛，皇帝身边的红人可得罪不得。我们都是来自五湖四海，为了一个目标走到一起来的，所以我们要团结，要抱团取暖。于是我深埋仇恨，开始补足短板，给陆太姬和和士开几天一封驿书，开始是悔过，之后是报告地方情况，之后是寻求指示；隔几天送上一堆人参、珍珠、玉石等土特产，送给和士开穆提婆的还有安德的形色各异的民间女子，中间有几批佳人还被斛律光的营门关卡查到并解送回原籍了，这些账我只好给他暂时记着。当然，看到陆太姬勇不可当的上升态势，我也赶紧在驿书的开头尊称她为"干妈"。没过多久，朝廷圣旨到，我回邺城任太常少卿了。

看准了道路就不要停歇。当时太子虽立，但皇帝皇后更爱少子东平王高俨。高俨勇武敢决，比高纬太子小一岁，十一二岁就大权独揽，处理政务时老成决断，一干王公大臣莫不畏惧。我私下对和士开说："君之宠幸，振古无二。宫车一日晏驾，欲何以克终？"只会溜须拍马的和士开当然想不出对策，只好请教于我。我说："宜命皇太子早践大位，以定君臣。若事成，中宫少主皆德君，此万全计也。君且微说，令主上相解，我当自外表论之。"当时有彗星出，太史奏有易主之象，我于是上书言："陛下虽为天子，未是极贵。案《春秋元命苞》云：'乙酉之岁，除旧革政。'今年太岁乙酉，宜传位东宫，令君臣之分早定。且以上应天道。"并上魏献文帝禅子故事，高湛从之，自为太上皇，禅让皇位与儿子高纬。高纬即位后，由是拜我为秘书监，加仪同三司，大被亲宠。

（五）

我退了一步，进了两步。但要实现我的抱负还远远不够，宰相之位还在和士开那里，朝堂上我也还人言微轻，我必须铤而走险。我在秘书监的殿堂里冥思苦想，一个疯狂大胆的计划在我大脑中成型。后来我总监文林馆时，史官们给我读了对此事的详尽记载（此为我任文林馆总监之前的记录，我以人格担保绝对没做任何修改。后来他们给我抄制了该文档，我口述了批注，以期让他们加入史册中）：

于是珽先与黄门侍郎刘逖友善，乃疏侍中尚书令赵彦深、侍中左仆射元文遥、侍中和士开罪状，令逖奏之（欲射一人，三人掩之。珽注）。

逖惧，不敢通，其事颇泄（交友的重要性！保密尤其重要！珽注）。彦深等先诣高湛陈说。

高湛大怒，执我诘曰："何故毁我士开？"

珽厉声答曰（要让对方信服，先在声势上压制，珽注）："臣由士开得进，本无心毁之。陛下今既问臣，臣不敢不以实对。士开、文遥、彦深等专弄威权，控制朝廷，与吏部尚书尉瑾内外交通，共为表里，卖官鬻狱，政以贿成，天下歌谣。若为有识所知，安可闻于四裔？陛下不以为意，臣恐大齐之业堕矣！"（已经没有退路了，奋勇前行或许还有生路！珽注）

上曰："尔乃诽谤我。"

珽曰："不敢诽谤，陛下取人女。"（本想岔开话题，结果却拐进了死胡同。珽注）

上曰："我以其饥饿，故收养之。"

珽曰:"何不开仓振给,乃买取将入后宫乎?"(口舌之利,悔之晚矣!珽注)

上怒,以刀环捣祖珽口,又鞭杖乱下,欲扑杀祖珽,祖珽遂大呼曰:"不杀臣,陛下得名;杀臣,臣得名。若欲得名,莫杀臣,为陛下合金丹。"(炼金丹也是我苦练的本领之一,早时皇上甚喜之,奈何现在道士太多,天天都有献金丹者。珽注)

上闻言而稍稍宽放,那知道祖珽又曰:"陛下有一范增不能用,知如何!"(有骨气的求饶,奈何听者不懂。珽注)

上又怒曰:"尔自作范增,以我为项羽邪?"

珽曰:"项羽人身亦何由可及,但天命不至耳。项羽布衣,率乌合众,五年而成霸王业。陛下藉父兄资财得至此,臣以谓项羽未易可轻。臣何止方于范增?纵拟张良,亦不能及。张良身傅太子,犹因四皓,方定汉嗣。臣位非辅弼,疏外之人,竭力尽忠,劝陛下禅位,使陛下尊为太上,子居宸宸,于己及子,俱保休祚。蕞尔张良,何足可数!"(皇帝和老婆一样,就是不能和她讲道理,和士开的奉迎之术,并非浪得虚名,在主子生气之时,说什么都是多余的!以后切记切记!珽注)

因此高湛盛怒,令以土塞其口,珽且吐且言,无所屈挠。高湛乃鞭祖珽二百,配甲坊,为深坑,置珽于内,苦加防禁,枷梏不离其身,家人亲戚不得临视,夜中以芫菁子烛熏眼,因此失明。(呜呼,可惜我的赤胆忠心,可惜我的满腹才斗,可惜我这双洞察时世的眼睛!珽注)

(六)

我刚进两步,就又退了何止十步?从此变成了瞎子,马上就要死在狱中了。确实，天将降大任于斯人也，必先苦其心志，劳其筋骨。我为何要与高湛帝论战，言辞犀利无礼？究其表象，我当然会恃才放旷，自负傲慢，为追逐功名而抗上不礼，听狱卒说，现在我骂皇帝的故事早已传遍朝野，大家无不敬佩我的赤胆忠心，我的敢逆龙鳞。追其本源，那是我占卜观察，发现太上皇也将不久于人世了，为了搬开和士开这座大山，值得一搏。只是我没及时止损，让自己搭进去太多，可惜了一双眼睛。

在狱中不知过了多久，反正双眼已瞎，白天和黑夜一个样，他们也禁绝身边任何人来探监。那天，破天荒地穆提婆来到狱中陪我喝酒，我意识到马上要被处决了？于是好酒好肉的大快朵颐后，穆提婆才一再恭喜我，扶我出了牢笼。原来，高湛已死，果然应了我的卦相。高纬帝忆我扶立之功，决定委我以大任。以下是当时文林馆的记录：

当时陆令萱、穆提婆在朝，斑乃与令萱弟悉达书曰："赵彦深心腹阴沉，欲行伊、霍事，仪同姊弟岂得平安！何不早用智士邪？"和士开亦以斑能决大事，便欲弃除旧怨，虚心待之以为谋主。又与陆令萱言于纬帝曰："襄、宣、昭三帝，其子皆不得立，令至尊独在帝位者，实由祖孝徵，又有大功，宜重报之。孝徵心行虽薄，奇略出人，缓急真可凭仗。且其双盲，必无反意。请唤取，问其谋计。"纬帝从之。遂入为银青光禄大夫、秘书监，加开府仪同三司。

真是不入虎穴，焉得虎子？高湛已是只死老虎，如今那只爱贪玩的儿老虎即将在我手掌里。你就放心地玩去吧，大齐有我的鸿鹄大志就可以了。正在我焦躁地思考那个和士开为什么不追随先帝的脚步时，真是人算不如天算，他就被琅琊王高俨大快人心地斩杀了，当然，我也跟着高纬帝和胡太后悲痛了好多天。如今，放眼朝堂，独一无二的能治国平天下的人已经站在这里，天时地利人和的劲风一阵吹过，我心花怒放。后边就顺风顺水了，听听当时文林馆的记录：

和士开死后，珽说陆令萱出司空赵彦深，以珽为侍中。在晋阳又通密启，请诛琅邪王。其计既行，权势日大。后来胡太后被幽，珽欲以陆令萱为太后，便撰魏帝皇太后故事，为令萱言之。令萱亦称珽为"国师""国宝"。由是拜尚书左仆射，监国史，加特进，入文林馆，总监撰书；封燕郡公，食太原郡，给兵七十人。所住宅在义井坊，旁拓邻居，大事修筑。陆令萱亲自往行，自此威镇朝野。

（七）

那些史官们说得也有些过了，威镇朝野确还谈不上，至少有几个人是不服的，其中一个就是尚书右仆射高元海。

高元海为神武帝高欢从孙，河清二年，为和士开所谮，被捶马鞭六十，出任兖州刺史，迁并省吏部尚书。他的头脑也很灵活，通过联姻陆太姬等人一番操作，高湛帝崩后拜尚书右仆射，和我共同执政。那个太姬倒是很有些手腕，知道鸡蛋不能放在一个篮子里。我和高元海以前同病相怜，又有共同的敌人和士开，于是团结一致；如今共掌相印，印章太小，手掌太大，总是不免碍手。

精彩的对决开始了！高元海首先发招。高元海是陆令萱的外甥女婿，他故意经常把陆令萱私底下的话，尤其是一些不利于我的话告诉我，其目的就是想刺激我对陆令萱不满，从而螳螂捕蝉让我下手对付陆令萱。我听到这些私下言论，不动声色。看到时机差不多了，那天我主动打破政治平衡，直接上旨，请求封我为领军。兵法讲究攻其必救，高元海不想我增加权力，果然密言于帝曰："祖珽是汉人，双目失明，怎么能做领军！"并且说我和广宁王高孝珩有勾结，因此高纬帝没有任命。

我马上求见高纬帝，为自己辩白说："臣和高元海素来有怨仇，一定是高元海诽谤臣。"帝脸皮薄，不能回避，只得把实话告诉我。我于是说高元海和司农卿尹子华等人结成朋党。又把高元海所泄露的秘密话告诉陆令萱，陆令萱大怒，叫帝立即下旨把高元海贬为郑州刺史。尹子华等人都被罢官。我从此专门主管朝廷的枢要机关，总辖执掌北齐的骑兵、外兵军务，内外亲戚都得到显要的官职。帝常常叫亲近的太监搀扶我出入，一直送到宫里的长巷，时常同帝在御榻上商量决定朝廷的政事，托付给我的重要任务，是别的臣子所不能比拟的。

（八）

我可以大刀阔斧地进行我的各项事业了吗？

目前大齐经过那么多牛人的折腾，已经疾在腠里，不治将病入膏肓。那些军国大事的各路奏折，我终于说动高纬帝，先交由我票拟。细看那许多事情已经到了非常危险的边沿。

一是朝局的极度不稳。从神武帝高欢驾崩算起，短短二十年时间，龙椅上的主人已经换了七个。伴随着的是一次次皇族的骨肉血洗，一次次朝堂的乌纱更迭。前朝皇帝的远大理想还未谋划定型，龙椅上就换上了一位只知享乐的新主子。前朝的诏书下达给地方还未及禀报，马上又有相反的政令需要施行。看看现在年轻的皇帝坐在龙椅上，他似乎应该活得比较长久，应该比较稳定；他也没什么想法，他也不愿意做主，这是一个宰相所梦寐以求的好主子，我就放手大干吧！

二是最要紧的整顿军务。目前大齐西有周南有陈北有突厥，都想磨刀霍霍逐鹿中原，和其他几家相比，此前我大齐是有相当的军事优势的，晋阳洛阳邺城的经济基础也名列前茅。到如今我们不但没消灭敌人一统天下，反而正在失去所有的军事优势。这里面一看就有斛律家的消极不作为有关：斛律光总领军事，主要负责抗击北周，他弟弟斛律羡号称南面可汗，主要在抗击北方柔然突厥。然而现在北周已扭转军事被动，并联合北方突厥呈凶猛进攻之势。这样的军事世家，只能成为大齐前进的障碍。

三是经济和社会秩序。老百姓有多穷有多苦，这不重要，他们生来就是这个命运，是为大齐帝国埋单的。重要的是目前大齐国库空虚，数十万座寺庙和数百万僧侣占有大量的田产，浪费着我大齐的大量人力物力和财力。世坤地主控制着大量财富，前些年推行的均田制也因高洋帝的极早过世而半途停歇，边境的军事屯田制也因王室的进退兴灭而名存实亡。同时一些地方已经出现了灾民暴动的事例，少数州县的刺史县官已经被逐被杀。

大齐已经严重到了非彻底整顿不可了。

（九）

整顿朝政，必先整顿人事。

目前皇上对我比较信任，一切军政大事都是由我票拟。那个胸无点墨的乳母也似乎不难对付，反正她实际上已经失去了朝堂上的表决权，对她表面上多尊重些就可以了。必须搬掉的是咸阳王。不杀他不足以立威，不杀他就没人信服我，他对我的诋毁可以说是罄竹难书：

在我刚升侍中时，斛律光甚恶之，曾遥见窃骂："多事乞索小人，欲作何计数！"又谓诸将云："边境消息，处分兵马，赵令恒与吾等参论之。盲人掌机密来，全不共我辈语，恐误国家大事。"

有次斛律光入朝较早，便在朝堂前垂帘而坐。我不知道也看不见，骑马从他面前经过。斛律光大怒，对人说："这瞎子竟然敢这样！"

有次在朝堂与一大臣辩论时言语高昂，平时不太言语的斛律光十分恼怒，马上对我大骂一通。

那次，我贿赂斛律光的随从奴仆且问他："相王很恼怒我吧？"奴仆答："自从您掌权后，相王每夜抱膝长叹说，'盲人入朝，国家一定破灭'！"

我对他全是尊重忍让，他却对我充满无尽的恨！消灭敌人只有两种方法，要么让他变成朋友，要么让他灭亡。既然第一条路走不通，那为了大齐计，只好委屈您啦！

（十）

正在我苦思计策之际，正是说曹操，曹操就到。那天一心腹悄悄带我去烟雨楼，目前我的身份不再适合和韩长鸾、穆提婆那些档次的人一起去。在巷子里听到几个孩童唱歌，开始没注意，和鸾裳双胞胎姐妹吃酒作乐一翻后，突然想起里面好像有些不对劲，于是草草结束战争返回小巷，那几个小孩还在，我让他们又唱了几遍刚才的童谣，听清楚了，大约是"百升飞上天，明月照长安；高山不推自崩，槲树不扶自竖"。

我狂喜回到丞相府，开始深入思考：这首童谣到处传唱，肯定会进入皇上的耳朵里。而高家历来深信巫谶、星相等虚幻之事，童谣更被当作上天示警。这首童谣显然针对斛律光，不过小皇帝对他既有敬畏之心，也有依重之心，这首童谣如果失手，那理出头绪的斛律光可就会有应对之策了。还是应该借重太姬之力，毕竟她的话对皇帝最有影响力。

让她加入战团，最好不能让她置身事外，童谣里面有她的内容才能激怒她！这童谣肯定不是凭空而生的，既然别人能编童谣，我也可以再编！于是，我又加上两句："盲眼老公背大斧，饶舌老母胡乱语。"索性将我也编造在内，以增加童谣的可信度。

第二天，我叫我的几个心腹，带上许多小铜钱，一些小礼物，来到那条熟悉的小巷，以及其他众多的小巷，叫住那里贪玩的小孩子，重新来唱多了两句的童谣，唱熟悉了就奖赏，并约定每天都要传唱，每天都会有奖赏。我的心腹回来给我说，任务很快完成，那些小孩子已经得到了铜钱唱那首童谣，哪知现在多唱两句还可以得到另一份钱，并且天天都有！这世道也太可爱了！

（十一）

又过了几天，太姬那天来宣我，我知道火候差不多了。她果然对这首童谣很惶恐，并说目前整个皇宫都人心浮动，虽然大家不语，但都满脸紧张不安。我让她主要是让皇上下定决心。虽说有上天示警，但肯定还要有证据，最重最累的活就由我去办吧！

堡垒只能是从内部攻破。我让人拿来咸阳王府官史随从的名单，让人逐一念给我听，我慢慢定格里面的人物，脑海里浮现他们的家庭背景。还不得不佩服，近朱者赤，咸阳王用的，都还是一些生性憨直、勇猛进取、缺根筋少看路的人。停！封士让？这不是大名鼎鼎的渤海封氏的子孙吗，封家西晋末年就发迹，永嘉之乱时，渤海封氏作为慕容鲜卑政权的佐命之臣，获得了极高的政治地位，从此进入名门望族之列。目前渤海封氏以律学著称，为大齐最负盛名的律学世家，我文林馆里好几个分馆馆主都是封姓子弟呢！目前他还是个参军？凭着他们封家的追求，肯定早就不会满足于此的。就是他了。

我派人秘密地找来封士让，让他在貌似审案的牢房里坐着，那些吓人的刑具一应俱全，远处还有撕心裂肺的求饶声和鞭打声，看得见他的老婆和两个可爱的儿子在我旁边的一个房间里，门口站着两个杀气腾腾的刀斧手，手里拿着血淋淋的快刀。我慢慢地给他讲形势：

我：渤海封氏可是名门望族，久仰久仰！

封：向丞相赎罪！

我：那咸阳王真不是东西，你跟他这么些年还只是个参军，太埋没人才了！

封：嗯……！

我：咸阳王的罪行皇上已经知晓，应该马上就会问罪被斩。他府上应该藏了许多盔甲？至少有三千副？

封：哦……！

我：他应该还私养了许多甲士？至少有五千名？一些甲士藏在邺城近郊？

封：哎……！

我：去年汾水大捷后，他率军进逼京师，拒听散兵敕令，欲行不轨。当时你也在军中，当然深知阴谋？

封：呀……！

我：他经常和他弟弟斛律羡商议，说是近期要共同举兵？斛律羡派出的精锐骑兵三日后就将来到城外？

封：啊……！

我：你把你所知道的事情详细写下来，你就可以领着你的老婆孩子回家了。对了，皇上已经封你为领军将军，建功立业可是你们渤海封氏一直的期望。你的几个叔叔也都在我的文林馆当主管，他们的荣辱，他们的死活，都全在你的掌握之中了。

我丢给他一匹锦，远处发出求饶声和鞭打声处的刀斧手端来一盆还充满热气的活人的鲜血。不一会儿，一份充满血泪控诉的血书就完成了。之后，我让新任的领军将军封士让带着我的便条，连夜到城外最近的骑兵营，连续几天率领这营骑兵在邺城周围放马驰骋，以显示他升为领军将军的荣耀，声势越大越好。

（十二）

我禀报了陆太姬，第三天相约进宫，向皇上呈上了血书。此前皇上已经知道童谣的事，也非常震惊，这下看到上天的示警在地上找到了人证物证。同时城防太守惊慌万分地进来禀报，说城外黄沙弥漫，数千骑兵奔腾而来，已令城门紧闭，加强防守，具体缘由还在探知中。陆太姬在旁抓紧坚定皇上的信心，皇上终于下达了明确的斩杀斛律光的指令。

斩杀咸阳王可是一个技术活，弄不好会惊天动地。我向皇上借用了他的宝马，派太监给咸阳王府送去，同时传达皇上的口谕，皇上明日去东山打猎，特先赏赐宝马。得到皇上的赏赐，他就必须来皇宫谢恩，只能将他在皇宫中了结。

斩草要除根，斛律家族必须连根拔起，必须同时了结，否则后患无穷。我又说动陆太姬，一同去向皇上陈述利害关系。皇上左听听，右想想，看到乳母也连连点头，于是就下了诛全族的圣旨。这时正好看到远处的斛律皇后，想想还是不忍，便又说，他们家不满十五岁的男子就免了吧！

我连夜进行了安排部署，杀人的事交给刘桃枝那个奴才就够了，皇上也亲自向他下达了指令，他一向也只听皇上的。这个奴才以后要想办法驾驭才好。我又向涉及斛律家族的几个地方官下达手令，交代好所有的善后工作。最后让一个心腹带上密信，去邺城附近的骑兵营，让他们以前的将军恢复原职，同时让他立即秘密斩杀封士让。有些秘密只能让上天知道。

第五章　无愁天子高后主

我今天在昭阳殿宽大的龙椅上坐着，稳稳当当，一颗石头落了地。

我平时都懒得上朝的，那些乱七八糟的杂事，有祖珽、穆提婆那些奴才处理就放心了，宫内的事也有乳母陆太姬办理得妥妥帖帖。但今天有天大的事要办，那个不知天高地厚的想造反的家伙即将提着脑袋过来，我多年的惶恐终于可以消除了。

（一）

世界上最危险的职业是什么？一个是当兵。自大汉亡国以来，先是黄巾军等各路起义，魏蜀吴三国混战奔杀，好不容易三国归晋，又是八王之乱，之后各地诸侯混战，匈奴、羯族、石勒、慕容、桓温、拓跋、吐谷浑、六镇、葛荣、尔朱荣，纷纷登上舞台，你方唱罢我登台，带着豪迈的英雄气概，带着遍野的白骨横尸，三百年间，荒芜的华夏大地上，停止了各种其他的探索，只有这类战争的游戏连年反复上演。我大齐以及华夏境内的男儿，绝大部分都是死在当兵的路上。一个是当皇帝。文林馆做过统计，说这之前的皇帝，被杀的，早死的，不明不白地离世的，多如牛毛，皇帝的平均年龄不到三十九岁。自神武大帝高欢之后，我们高家的前几任皇帝，都还没有达到平均值，目前还没有活过三十五岁的。这似乎是我们高家的魔咒。正式称帝的高洋三十三岁，齐废帝高殷十七岁，孝昭帝高演二十六岁。我老爹高湛似乎知道这一魔咒，才在龙椅上坐了四年，二十八岁就急不可待地禅位于我，高高兴兴地当起了太上皇，以为如此操作就可以骗过神灵，平安着陆，哪知在他三十二岁那年就离奇驾崩。看来，人在做，天在看，我一时半会也还找不到解除魔咒的神秘钥匙。

套在我头上的魔咒还有一重，那就是"位不传孙"。我爷爷神武帝高欢的帝位只在他的十五个儿子间传来传去，严格说来是在他和娄太皇太后的六个嫡子间传来传去。学曹操挟天子以令诸侯的神武帝高欢去世后，先是嫡长子高澄稳稳地接过权柄，正在和琅琊公主秀恩爱的柏堂密谋抢班夺权的高澄，竟被厨奴杀死。自高洋代东魏自立以来，先后为高演和我老爹高湛。其间也有孙子辈试探，先是高殷，文宣帝高洋嫡长子，五岁册立为皇太子，十四岁正式即位为帝，不到一年就被高演帝罢黜，十七岁被杀。接着是高百年，和我同年生，高演帝的嫡子，五岁册立为皇太子，高演帝崩前万不得已传位给我老爹，仅想保全太子之性命，但百年还是在九岁时被我老爹斩杀，其太子妃也是我岳丈之女、我皇后之姐斛律婉蕊。

（二）

头顶两重魔咒，我还怎么活？

忧愁是一天，担心是一天，对了，还不如学我老爹，推卸责任，忘掉义务，活一天算一天，专心寻求快乐逍遥为好！

谁最容易寻找到各种快乐？当然是皇帝。普天之下，莫非王土，率土之滨,莫非王臣。要快乐需要各种资源源源不断的积累,其他人都有各种限制,但皇帝除外,所有资源唾手可得,天下都是朕的。

就不要去思考江山的永固、国家的意义、神州的福祉、天下的一统这些骗朕的鬼话了,趁现在还坐在这个位置上,趁现在还活着,赶紧快乐享受吧!

(三)

其实我也很容易满足,很容易快乐。

我刚生下来时,就钻进了乳母陆令萱的怀中,她准备了充足的奶水让我猛吃。陆令萱是我的母亲胡太后在被斩的遗属中找来的一个比较听话的奴婢,她早在外边的乳娘府准备了充足的奶水喂养我,他的儿子穆提婆也就顺带成了我的玩伴,我们也时常在一起玩耍。乳母和穆提婆对我百依百顺,事事帮我安排和照料,小时候我过得很是开心。

既然丰衣足食了,那还是要搞些游戏才能快乐!其实我老爹偶尔也想管管我,给我任命了一大堆德高望重的老师,他们成天拿着《诗经》《春秋》《大齐律》等滔滔不绝地来说教,可是他们都在享福,为什么要我来吃苦?反正又没哪个来督促,我高兴了就去听两句,不高兴了去都不用去。宫里的奴才也知道这些,我乳母、穆提婆、和士开、高阿那肱、韩长鸾等一帮人带着一大帮太监宫娥,整天围着我,每天换着花样搞游戏。具体什么游戏,后来大齐文林馆的诗人对我们的玩法都作了精彩描绘:

投壶:分朋闲坐赌樱桃,收却投壶玉腕劳

双陆:各把沉香双陆子,局中斗垒阿谁高

六博：有时六博快壮心，绕床三匝呼一掷
樗蒲：锦褥花明满殿铺，宫娥分坐学樗蒲
　　　欲教官马冲关过，咒愿纤纤早掷卢
藏钩：管弦声急满龙池，宫女藏钩夜宴时
　　　好是圣人亲捉得，便将浓墨扫双眉
握槊：十五红妆侍绮楼，朝承握槊夜藏钩
长行：井底点灯深烛伊，共郎长行莫围棋
　　　玲珑骰子安红豆，入骨相思知不知
射覆：隔座送钩春酒暖，分曹射覆蜡灯红
簸钱：春来睡困不梳头，懒逐君王苑北游
　　　暂向玉花阶上坐，簸钱赢得两三筹
斗鸡：生儿不用识文字，斗鸡走马胜读书
　　　贾家小儿年十三，富贵荣华代不如
斗花斗草：水中芹叶土中花，拾得还将避众家
　　　　　总待别人般数尽，袖中拈出郁金芽
曲水流觞：参差碧岫耸莲花，潺湲绿水莹金沙
　　　　　何须远访三山路，人今已到九仙家

这些节目中我最喜欢斗鸡，有段时间我太子宫的几座偏殿全部养了斗鸡，一时鸡声鼎沸，好不热闹！我其中的两只鸡斗遍天下无敌手，我便给它两也封了个爵号，分别叫"开府斗鸡""郡君斗鸡"，待遇当然也跟着上去了。为了不厚此薄彼，我把我的几匹爱马也封为"赤彪仪同""逍遥郡君""凌霄郡君"，鹰和狗也相应封了。

这些游戏玩久了也就索然无味，要有新的游戏被开发才行。

那天有人告发我兄弟南阳王高绰的暴行："在定州任上恣情淫暴，前不久见一妇女抱小孩在路上走，上前夺掉妇人怀中小孩，丢在地上喂他养的一群波斯狗。妇女号哭，高绰大怒，纵狗咬妇人，狗刚吃饱小孩，不去咬，他就把小孩身上的血涂抹于妇人身上，众狗一扑而上，把妇人撕裂食尽。"

我一听还有点刺激，便下令将战战兢兢的高绰押解至邺。见面后，我马上就为高绰去掉枷锁，询问他在定州时有什么事最开心。惊魂未定的高绰说："把蝎子和蛆混在一起观看互相啃咬最开心。"我忙叫穆提婆派左右连夜搜寻蝎子，早晨时获得两三升，放进一个大浴盆，一看周围那个胖大力士不顺眼，几次在游戏中赢过我，便令左右绑了他放进去，一同看他被蜇得号叫翻转，不久就没有声音了！我大喜，埋怨高绰："这么高兴的事，为什么不早点告诉朕！"于是拜高绰为大将军，早晚一起游玩。

蝎子的个头太小，力量微不足道，还是要凶猛点的才起劲。这时想起以前曾经看过的猛兽园。于是制作了两个牢固的大铁笼，一个放入狮子，一个放入猛虎，先是叫人把死牢里的囚犯带过来，我慈悲之心很浓，规定凡是打败狮子老虎的均可以马上释放，并赏赐银两。于是我们一群人每天兴致勃勃地观赏激动人心的搏斗，可惜那些家伙太不中用，畏畏缩缩地都是没几个来回就成了狮子老虎的美食。刚好韩长鸾等人悄悄告诉我说高绰要谋反，证据确凿。我勃然大怒，这个高绰，早就知道你有反骨，以前还敢和我争嫡长子的位子！于是我叫大力士胡人何猥萨与高绰玩相扑游戏，摔倒后再把他放入狮笼，让他去造狮子的反吧！本来狮子老虎没遇到对手，我还有点扫兴，考虑是不是叫个武功高强的比如刘桃枝进去，压压那些畜生的威风，但一想以后朝堂上杀人还用得着他，一时也就算了。

（四）

　　其实最想放入狮笼里的是那个斛律婉仪小丫头片子。刚宣布我当太子不久，我爹就把她从斛律家接过来，成了我的太子妃，后来顺理成章地成了皇后。她有样学样，跟她老爹斛律光一样，整天板着脸，对我一二三四地说教，《诗经》《春秋》《尚书》那些圣贤之语滚瓜烂熟，张口就来，什么"济济多士，秉文之德"，什么"君子所依，小人所腓"。对我的行动，她是一切都准，就两样不行："这也不行，那也不行。"她的力气也大，跟他武功独步天下的老爹学过几招，打还不是她的对手。她为什么就不能学学穆提婆、和士开、穆黄花这些人，和我一起找乐子？我乳母对我多关心呵护，多百依百顺，只要我开心，她说什么都成。有时真想让她去铁笼里和狮子老虎说下教，可是一想到岳丈斛律光那大义凛然的形象，在战场上杀人如麻的场面，心中就不寒而栗，惹不起躲得起，还是少招惹她为妙。

　　光做游戏也太单调了。反正当皇帝也没事情做，有太上皇在那里顶着，我自己的事尚且还不能做主，难道还能真为大齐万千民众指方向？还是继续找乐子吧。先是看戏。在众多的戏中，我最喜欢在我的太子宫里观看傀儡戏：

　　第一号丑角"大头"的额头比脸部的下半段大了近三倍，额头上半部涂以朱红，下半部绘以对称的飞扬皱纹，黑森森、圆滚滚的眼珠与眼白、眉毛形成强烈的黑白对比，再配上粗黑的胡须，一幅凶神恶煞的模样。还有其他众多演员，凡"三十六身，七十二头"，角色分为生、旦、净、末、丑及龙、马、虎、狮、飞禽等动物，一时在我殿内翻滚舞转，插科打诨！

　　这时众多舞台外围的乐师正襟危坐，上百名侍者准备应和，我拿起金

玉包边的琵琶，跟着台上的表演节奏，开始奏唱我的《无愁之曲》：

日短短，苦未足

夜游还秉烛，琵琶弦拨无愁曲

斗鸡开府鹰仪同，无愁天子欢无穷

欢无穷，起相和

杞人莫自忧天堕，女娲宫中捧石坐

接着扮角色。那天在宫墙头上看到墙角有一群乞丐在争抢食物，感觉很是有趣，于是叫穆提婆在华林园建"贫儿村"，由我亲任丐帮帮主，将宫娥彩女侍卫太监分成两拨，一拨换上破衣烂衫，投入丐帮门下；另一波依旧锦衣玉食，等着我带着弟子们去乞讨。那天我又带着一众高级弟子"沿街行乞"，走到一个大家闺秀面前一躬到地："行行好、行行好，赏我一件破棉袄！"那宫女直接吓趴了："万岁爷，折杀奴婢了！"那宫女趴在地上死活不敢起来，不管我怎么"低眉顺眼卑辞求乞"，那宫女两股战战即将晕厥，眼看这场乞讨大戏即将穿帮，我正要叫人将其拉出去杀了，旁边峨冠博带的刘桃枝扮演的富家翁赶了过来。刘桃枝一把拉起那个宫女，对着我抱拳拱手："这位英雄器宇轩昂，虽然身在丐帮，但是难掩英雄之气，我看英雄日后必成大业，这些许银两，不成敬意，还望英雄笑纳！"说话间刘桃枝抓起一大把银子，毕恭毕敬地呈献给我。正火冒三丈的我一听此言浑身舒坦："这位善人姓甚名谁？我看你可以开府封王了！"于是将跪地谢恩的刘桃枝封为瘟山王。

有时也去打仗。贫儿村的四周还仿照西部边境城邑的样式筑造一些城池，我让卫士穿着黑衣扮成羌兵，摆成阵势，呐喊着进攻，表演攻城，我则亲自率领近侍"抵御"，看到不顺眼的卫士就真的用箭射翻在地。

可惜好景不长，我老爹竟然挂了，我十分不情愿地从傀儡皇帝变成了实实在在的皇帝，在昭阳殿前和斛律婉仪接受王公大臣的亲政膜拜。

（五）

真当皇帝了，那些小游戏得在严肃的朝堂上放下了。在正襟危坐的龙椅上，我接下来的快乐在哪里？既然"率土之滨，莫非王臣"，既然"独乐乐不如众乐乐"，那睥睨天下，大家最快乐的是什么？当然是得到皇帝的封赏。

宏大的封赏其实从高欢帝就开始了："尚书令高澄尚冯翊长公主，生子孝琬……三日，帝幸其第，赐锦彩布绢万匹。于是诸贵竞致礼遗，货满十室。"我老爹也应该是深谙此道，他就经常封赏，没有理由创造理由也要封赏："二月，高纬加元服，大赦，九州职人各进四级，内外百官普进二级。""十一月，以晋阳大明殿成故，大赦，文武百官进二级，免并州居城、太原一郡来年租赋。"

那还等什么呢！老爹武成帝十二月初十驾崩。十五日，我立即大赦天下以示——哀悼。九州凡有做官的人，全都各升一级；朝廷内外百官都各升两级。十七日，给太上皇后上尊号为皇太后。二十三日，我下令所有从事密探的军奴以及各地百余工妓全部罢黜。又令宫廷、晋阳、中山宫等处的宫人，以及邺城、并州两地的太官官府内所有被发配来充当奴隶的罪人家属，其年纪六十岁以上的，以及有衰老患病的，命令主管官员将他们释放。二十九日，我下令天保七年以来，凡是家庭因受到牵连而获罪被流配的，各地都让他们返回家乡。后来，我每年都要进行一次大赦天下，善行惠及天下苍生。

众乐乐，首先要让我皇宫中围着我转的五百多个宫女快乐，于是我开天辟地把每个宫女都封为郡官，对每个宫女都赏赐一条价值万金的裙子和价值连城的镜台。由于宫内的珍宝太多，我往往是早上第一眼爱不释手，晚上便视如敝屣，随意扔弃，随手赏给了哪个宫女。

今年六月，因皇子高恒出生，我又一次大赦天下，朝廷内外百官，都又晋升二级官职。九州有职位的人，普遍晋升四级。当然，高恒可不是那个斛律后的，她那么凛然不可侵犯，我可从来没敢亲近过她，但为了讨好那个杀气腾腾的岳丈，还是做了些功课，依稀记得今年正月大约生了个女儿，但我让人严格保密，对外尤其是对斛律老大人宣称生了皇子，为此还大赦天下，我大齐草民倒是有福了。倒是她的侍婢穆邪利小黄花，来到宫里后不是去为皇后端茶倒水，而是挖空心思懂事地跟着我到处跑，这时就珠胎暗结，不久生下了高恒，于是我听乳母陆太姬周到的安排，先封她为弘德夫人，并把高恒许给斛律皇后为儿子，把皇后半岁的女儿换给穆黄花，刚好神不知鬼不觉地来了个狸猫换太子，好不容易圆了开始的谎，从而使高恒被立为太子。

大家都升官怎么办？晋级晋到顶怎么办？笑话！在皇帝眼里，想设置什么官就有什么官，哪里用得完？我说上面有多少级就有多少级，哪里能够到顶？于是，一时之间，奴婢、宦官、娼优等人都被封官晋爵，皆大欢喜。拥有开府一职的官员达到一千多人，仪同官职难以计数。仅领军就增加到二十人，由于人员庞杂、职权一时半会儿还不太明确，中央下达的诏令、文书，二十个领军都是在文书上照葫芦画瓢写个"依"字，没人执行。

管他呢，让众人快乐起来先，现在我逐渐明白，升官、晋爵、赏赐、奖励、表扬、给予，大家快乐了，我心里更快乐！

（六）

给天下人升官不重要，给宫女升官也不重要，反正就是一个名义，也不浪费我一丝一毫，落得皆大欢喜，多么值得！最重要的是给我身边的人升官，他们一天围在我周围，鞍前马后，跑上跳下，嘘寒问暖，装傻卖乖，极尽逗乐之能事，没有功劳也有苦劳。这么忠心耿耿的臣子，不给他们升官，天理难容。于是，我乳母陆令萱成了宫内总管，看以后能不能有机会升为皇太后，朝堂上的一些大事也让她参谋参谋。和士开就封他做太宰，在朝堂上总领一切，免得有人说长道短刺耳，也省得我要不要就必须去朝堂正襟危坐。什么，斛律光已经是太宰？我高家的太宰想叫谁当就让谁当，他一天那么重的军事任务，北周、突厥南北虎狼相视，先给朕把边关守好，免得她女儿被宇文家抢了，先给他弄个高帽子清河郡公，太宰的位子就不要兼了。穆提婆录尚书事，把选人用人的关把好；封城阳郡王，整天跟在我左右，没有王的帽子，我也掉价。祖孝徵拜秘书监，银青光禄大夫、加开府仪同三司，侍中、尚书左仆射，监修国史。笔杆子也很重要，写书这些重要的事情一定要掌握在自己人手中。听说魏收原先掌管文林馆，听说那老儿头脑不够用，该记录的不记录，不该记的什么都要记。就让祖孝徵去把关好了，将来的大齐史，所记录的我的一言一行、我们高家的丰功伟绩，都要经得起历史的检验。高阿那肱，曾跟随神武帝高欢作战，屡立战功，拜右仆射、领军大将军，封淮阴王。要在军队中多找一些心腹和耳目，如今是北斛律，南也斛律，针插不进，水泼不进，这很危险。韩长鸾，擅长骑射,以前就是禁军都督,负责保护太子我。拜侍中、领军将军、开府仪同三司、封昌黎郡王。总管机要,统领奏折,作我近身侍卫,并且必要时也要掌握军队。还有哪些听话的人,你们都开了府,就由你们去任命和使用了。

(七)

做皇帝表面上毫无束缚,但我坐在龙椅上慢慢品味,觉得我的生活还有三大限制。一是居住在大齐有限的地面没法离开,神秘浩瀚的星空深不可测,只有那些星象天官、那些巫觋、那些童谣,可以帮我解读一二,帮我传递上天的旨意。二是大齐这有限的地面所有人都不是唯一成员,那么多人也不可能杀完,还不如你好我好大家好,得让周围的人高兴才好。三是我们人好像是由两种性别组成的,我慢慢省悟,要尽情快乐,关键还要把宫里那一大堆女人照顾好。

首先是我母亲胡太后。我该进的各种礼节都进到,该给的待遇都按最高规格给。尤其是不止一人状告她和大臣和士开私通,我看确也如此,这在以前肯定是杀头的大罪。这年头,男人到处寻花问柳,还看作是应酬高雅,女人也不应看管得太紧,那些汉人的三纲五常、繁文缛节不听也罢。何况我老爹高湛帝似乎早就知道这事,还一再纵容她,对此事也置若罔闻。听说她后来还喜欢上了昙献大和尚,经常取国库中的金银珠宝连箱累车地送给他。我老爹都不管,皇帝不急太监当然也不急,我还多管闲事干嘛?为了讨得她的欢心,我还不断将和士开升官,并引为心腹。

最重要的是我乳母。她命运很悲惨,听说她以前的丈夫谋反伏诛,她被罚入宫中为奴,分配给我当乳母。她将他儿子穆提婆放在一边,母爱全是我的。我童年的记忆里，只有她和穆提婆的亲情。她们都无条件地喂养我，服侍我，教育我，保护我，服从我，尊重我，可以说是我一生中最重要的人，比我亲生母亲更亲近。武成帝和胡皇后对她也比较恩宠，封她为郡君，和皇宫公主的身份相同，这是一个奴婢能达到的最高殊荣。我即位后，便顺理成章命她为宫中一切事物的总管，号称"太姬"，视一品，班列在长公主之前。同时，我还一再给提婆封赏。

我名义上的夫人是皇后斛律婉仪。我七岁时刚当太子不久就送过来了，这可能与我老爹要稳固我们的地位、安抚斛律家族的军心有很大关系。从小我俩就合不来，记得生了女儿也不知道取没取名字，一年半载也难得见一回，早晚放她出宫似乎更好一点，不过怎么个放法倒是大伤脑筋。还记得前些年高百年太子被我老爹赐死，他的太子妃、斛律婉仪最亲密的姐姐斛律婉蕊，也已握玦哀号，绝食而死。想到这，还是先给皇后最丰厚的供养才是，目前她至少是我太子名义上的母亲，有时候招牌很重要。

我喜欢的女人是斛律皇后的侍婢穆邪利，也叫穆黄花，我乳母也已收她作养女，并将他儿子骆提婆改为穆提婆。为了让小黄花高兴，我以前整天拉她在身边，一起游戏，一同玩乐。皇宫里的珍稀珠宝，她看上什么尽管拿。后来我想给她做一条珠裙裤，以前我老爹高湛帝曾经给我母亲做过一条，这条价值连城的珠裙裤在皇宫失火时被烧毁了。这时敌国北周的太后死了，我就趁机派大臣去参加葬礼，专门派人带了三万匹锦缎，从北周换取珍珠，终于把珠裙裤给制成了。

（八）

阅美女就像探秘，而秘密总有穷尽。那天去穆黄花宫里主要是去看我的才出生不久的小太子，突然眼睛电光一闪，全身战栗，内心澎湃，跪在第二排的那个侍婢叫什么来着：叫冯小怜？很久没有这种奇妙的感觉了，当天从小黄花宫里带回来的冯小怜，从此就占据了我心灵及生活的全部空间。我的小怜，她曲线玲珑，在寒冷时，软如一团棉花，暖似一团烈火；在炙热时，则坚如玉琢，凉若冰块，真是一个天生尤物。我的小怜，她精通脉络按摩，以槌、擂、扳、担等手法，夜夜为我消除身心的疲惫。不几天，我就封小怜为淑妃，将最豪华的隆基堂赏给她住，为了消除以前的主人曹昭仪的痕迹，我命人把地面及陈设都换了一遍。

为了获取小怜的芳心，让她到处都有宫殿可住，我在邺都大兴土木，加盖各种宫殿；又在晋阳广建十二座宫殿，丹青雕刻，巧夺天工，比邺城的更为华丽。为躲避夏暑，又在中皇山上建娲皇宫，此处三面环山，左青龙，右白虎，山下是漳河，于是开建娲皇阁、梳妆楼、迎爽楼、钟鼓楼、六角亭、木牌坊、皮疡王庙等，既满足女娲"抟土造人、炼石补天"的需要，又专供我和小怜巡幸洛阳时在此消暑。

我的小怜漂亮至极，吹弹可破，吐气如兰，凹凸有致，我一刻也不能离开，于是坐时同席，出则同马。不得已要去朝堂和大臣们议事，也把她拥在怀里或放在膝上。那天在朝堂上，我突然想起"独乐乐不如众乐乐"，如此可爱的人，只有我独享美艳，未免暴殄天物，不如玉体横陈让他们都来欣赏？当即就让小怜原生态地躺在案几上，让众大臣以千金一视，排队一览秀色。

我的小怜，她聪明灵巧，善弹琵琶，精于歌舞，时时在我宫里边弹边唱：

一笑相倾愁便亡，何劳荆棘始堪伤

小怜玉体横陈夜，再抱夫君入洞房

巧笑知堪敌万几，倾城最在著戎衣

朝野奏谏休回顾，更请君王猎一围

（九）

当然我的宫里还有众多的女人，我母亲胡太后为巩固胡家恩宠送来她的侄女胡氏；有左娥英李氏，右娥英裴氏；有被赐死的曹昭仪，被剥去面皮赶出宫的曹昭仪的姐姐；有董昭仪，有毛、彭、王、李等夫人，还有许许多多叫不出名和姓难得一见的美女。

高家皇宫中喜欢美女，这是有传统的。神武帝高欢，当初还是一个城墙上站岗的不起眼的小兵，多亏贵族美女娄昭君看中了他，之后娄家联合其他部族鼎力相助，才有高家现在的江山。后来，高欢帝和曹操所见略同，喜好人妻。后宫中的嫔妃，不是通过选拔进宫，而是被他抢夺过来的，其中很大一部分都是东魏皇宫的妃子。传说，只要是被他看上的女子，都会被他纳入后宫，哪怕是大臣的妻子。

文襄帝高澄也很有个性，他也特别喜爱美色，四处寻找美女填充后宫，还经常做出一些超常的事情。十四岁就和父亲最漂亮的妾室郑大车好上了，还被高欢打了一百棍。后来觉得他老爹的蠕蠕公主还很有异域风情，本来开始也是准备和亲给他的，于是将其从寺庙中隆重地接出来作为侧室。之后调戏高慎的后妻李昌仪，导致高慎投降北周并献出虎牢关，直接诱发了与北周的邙山之战，死亡十万将士，当然最终李昌仪被俘获，无奈做了高澄的小妾。之后又接收了北魏高阳王元雍的两孙女元玉仪和元静仪。当然他还染指了一些大臣的妻子，甚至是自己的弟媳。

　　高洋称帝后，经常醉酒疯癫，曾经赤裸身体在花园追赶宫女，"好捶挞嫔御，乃至有杀戮者"；有时会跑到大臣家里，把自己相中的女子带回宫，也不管是什么身份。有次他到彭城王高浟的家里，高浟的母亲尔朱氏虽已中年，但风韵犹存。高洋突觉欲火中烧，当下拉住尔朱氏，欲与行乐。尔朱氏不从，高洋大怒，拔刀将尔朱氏头砍落。高洋又去安乐王元昂家，元昂的妻子李氏是皇后的姐姐出迎。高洋入室后，便将李氏拥住，李氏不敢拒绝。从此高洋一再去元昂家里，并打算纳李氏为昭仪。他召元昂入便殿，引弓射了元昂百余箭，血流满地，当场身死。高澄娶的是孝静帝的妹妹冯翊公主元仲华，容色美丽，性情和顺。高洋念及旧怨，毫不迟疑地把嫂子给奸污了。后来他更加疯狂，经常遍召娼妓到宫中，让她们脱去衣裳，与周围的侍卫从官云雨为乐。自己兴致勃发后，就让娼妓躺卧榻上，任意行乐，不避众人。甚至将东魏元氏和我们本族高氏妇女都征集起来，先选择几个上前，逼令脱下衣服供其行乐，诸女稍有不愿，立即拔刀将其杀死。高洋帝还喜欢男色，他见彭城王容貌俊秀，就把他召入后宫，为他剃去胡须，涂上粉黛，充作嫔御。

　　我父亲高湛相对来说还比较专一，他一直喜欢的当然不是我母亲胡皇后，而是高洋帝的皇后李祖娥，高湛听说故帝高演的皇后元氏有一种美颜的奇药，就想把它取来献给李祖娥，派人去元氏那里索取，不料被元氏一口回绝了。高湛怒从心头起，令阉宦当面叱辱元皇后，并将她降居顺成宫幽锢起来。可是李皇后既不要礼物也不顺从，于是恐吓她说："如果你敢不从，我就杀了你的儿子。"李祖娥被迫答应，从此颇受宠爱。之后李祖娥怀孕，她的儿子太原王高绍德想见她，她羞而不见。等到生下女儿后，竟亲手杀死。高湛见女儿被害，怒不可遏，将高绍德捉到宫里，举刀对李祖娥怒喝："你杀了我的女儿，我为什么不杀你的儿子！"高绍德惊慌求饶，高湛又骂高绍德："想当年我被你父亲毒打，你也没来救过我！"当场用刀环击杀高绍德，并亲自将高绍德埋葬在游豫园。李祖娥得知儿子被杀，伤心痛哭不止。高湛更加愤怒，脱光李祖娥的衣服将其乱打一气，然后命人将李祖娥装在用绢织的袋子里，鲜血淋漓地扔到水沟中，很久才苏醒过来，之后用牛车载着把她送到妙胜寺出家为尼。

其实，一件事情反复做，久了也就厌倦。半年多前将我亲妈关进了寺院，本来说气消了过段时间就接她回宫，可她却乐不思蜀还不想回来。又听说目前我大齐十分之一的民众都出家当了和尚尼姑，寺庙里那些泥菩萨怎么就有那么大的吸引力？一定有非常好的乐趣瞒着我，那我肯定也要去体验体验！

（十）

在我大齐崇佛，不外乎诵经持戒布施写经造像等，这些只要有钱即可，而我最不缺的就是钱。当然，我的几位前任在崇佛上已经登峰造极了，我就只有沿着已有的路径继续。

那就继续建寺。自河阴之变，北魏的宗室大臣几乎一扫而光，他们的家宅往往被当作寺庙，一时"洛都第舍，略为寺矣"。早些时秘书监杨衒之在《洛阳伽蓝记》就记载了我大齐洛阳佛寺盛况：

逮皇魏受图，先宅嵩洛。笃信弥繁，法教愈盛。王侯贵臣，弃象马如脱屣，庶士豪家，舍资财若遗迹。于是招提栉比，宝塔骈罗。争写天下之姿，竞模山中之影。金刹与灵台比高，广殿共阿房等壮。岂直木衣绨绣，士被朱紫而已哉。

看了看祠部尚书呈上的奏章，现在我大齐皇家立寺四十三所，另有四万余所寺庙，有僧尼三百万人。早在文宣帝时，就已经在朝堂设置昭玄寺官署，设大统一人、统十人、都维那三人，令其管理佛教。仅晋阳一地，就修建了晋阳大庄严寺、石窟寺、曲水寺、甘露寺、大崇皇寺、大基圣寺等二十四座。当然，建造最雄伟的是在洛阳的永宁寺，"中有九层浮图，举高九十丈。上有金刹，复高十丈；合去地一千尺。去京师百里，已遥见之……中有丈八金像一躯，中长金像十躯……作工奇巧，冠于当世。僧房楼观一千余间……"。我老爹高湛帝也爱建寺，他即位的第二年五月，就下令建造大兴圣寺，当年八月，又"诏以三台宫为大兴圣寺"。我要建就要建大工程，开始"凿晋阳西山为大佛像，一夜燃油万盆，光照宫内。又为胡昭仪起大慈寺，未成，改为穆昭仪大宝林寺。穷极工巧，运石填泉，劳资亿计，人牛死者不可胜纪"。看嘛，人牛死者不用记，关键是地上寺未成，心中人已去，宠爱的胡昭仪就突然下岗了，前台来了穆黄花，那大慈寺只好改名为大宝林寺了。后来听祖瞎子说，现在已经有点寺满为患了，比建寺更有难度的是造窟，需要更高的艺术天分。那我也就来造几个，于是下令，在我大齐开凿天龙山、姑姑洞、瓦窑村、石佛寺、开河寺、圈子山、响堂寺等石窟，当然，云冈石窟、龙门石窟也应该继续营造。后来，有个龟兹国派使者来朝贡，给我绘声绘色地描绘了他们的似天堂般的佛教圣境，于是我又派人到黎阳临黄河修建城戍及寺庙,"急时且守此作龟兹国子,更可怜人生如寄,唯当行乐,何因愁为?"

那就继续弘法。此前弘法的有道高僧较多,他们在朝堂上也地位凸显,如佛图澄、释道安、鸠摩罗什等。高洋帝倍宠高僧僧稠,下诏召之入邺,帝"躬举大驾,出郊迎之"。僧稠年过七十,"帝扶接入内,为论正理,因说三界本空,国土亦尔,荣华世相,不可常保,广说四念处法"。帝闻之大受震动,毛竖流汗,即从之受禅道,后并"受菩萨戒法,断酒禁肉,放舍鹰鹞,去官畋渔,郁成仁国。又断天下屠杀"。帝欲以国储三分之一供养三宝,佛法自东传以来未曾有此盛况。当然皇帝如来也会发怒,554年夏大旱,高洋帝亲自弘法祈雨,但没有效果,于是他摧毁了西门豹祠堂,并发掘其墓。如今则是一代不如一代了,那个不遵戒律徒有虚名的昙献已被我砍了,听说那慧可大法师在民间倒是名声在外,看来应该召他进宫,由他来开坛讲法了。那修行制经的事业也该进一步提倡,想那开国功臣崔暹与梁通和的时候,就"密令沙门明藏著《佛性论》而署己名,传诸江表"。前些年高德政听闻高洋对他不满,"乃称疾屏居佛寺,兼学坐禅,为退身之计"。那高元海为了博得前程曾在林虑山两年"修行释典"。祠部尚书的奏章还说,目前佛经流通,汇集大齐,凡有四百一十五部,合一千九百一十九卷。这些经书,着文林馆及大兴圣寺合力抄录,力争做到每寺千卷。

那就继续巡幸。高洋帝就是"敬信内法"的典范,555年,高洋帝颁布《废李老道法诏》,禁止道教信仰,令道士改信佛教,出家为僧。高洋帝还将寺院当作行宫,不时巡幸小住。天保十年正月"甲寅,帝如辽阳甘露寺……二月丙戌,帝于甘露寺禅居深观,唯军国大政奏闻"。我老爹高湛在未即位时就有"中兴寺内白凫翁,四方侧听声雍雍,道人闻之夜打钟"

的谶纬，即位后尤其是当上太上皇后，更是经常在寺庙居住，数月不出。为了躲避那些讨厌的大臣，为了少听那些烦心的杂务，这半年来，我和小怜也迷恋上了寺院，大多时候就在寺庙缭绕的香烟和经幡里嬉戏追逐，大臣们有重要的事情来上奏，当然需要走很多寺院才能找到我，要的就是这种感觉。

（十一）

寺院是修行的地方，以前听那个常到宫里来的昙献大和尚说，修行不是每天念多少经、点多少香，磕多少头就成的，要想达到真缘真相境界的修行，就必须要在修行中，用自身心中的灵气、灵感、感应、灵力和感知力去感知、去悟道，才能真正地达到灵气和你的灵感相合、灵感和你的感应相合、感知和你的灵力相合、灵力和你的心观、眼观、众观的灵感与开悟相合。达到内心的清净如水，与自身的心灵境界相通、与万物自然的法场相通、与因果慧根的缘分相通、与生命和命运的机缘相通……。那个叨叨客，那个碎碎嘴，说得那么魔幻，皇帝即如来，我还要修什么行？我拉着小怜逃离寺院，坐在久违了的龙椅上，睥睨天下，到底还有什么更快乐的事呢？看着底下跪着一大片瑟瑟发抖的大臣，想着狮虎铁笼里的喜人场面，我清楚了——杀人！

世界上杀人最多的地方是哪里？一个是战争前线，想那英雄白起，一次就可以坑杀赵卒四十万，那场面是何等的壮观，那心情是何等的亢奋！这些年，我们和北周宇文家年年都要打上一架，偶尔也和南陈互攻一通。大齐的男儿，绝大部分都死在了黄河长江沿岸。一个是朝堂，在这个昭阳殿和凉风堂被斩杀的，到底有多少，十个指头反复都数不过来，已经记不清了。我总觉得，皇帝的最主要工作，就是杀人。

杀人需分忠良吗？笑话！看看四十多年前的尔朱荣。528年四月十三日（那时我爷爷高欢还是尔朱荣手下的亲信都督），尔朱荣胁迫胡太后和幼帝元钊离开洛阳，当军队行进到河阴时，尔朱荣下令将胡太后和元钊投入黄河之中。之后尔朱荣以祭天为名，逼迫朝中百官到河阴的陶渚。当天，孝庄帝循河西至河阴，引导百官于行宫西北，告之朝臣说要祭天，不能请假。百官聚集之后，尔朱荣登上高台四处观望，大声叱责说："天下丧乱，肃宗暴崩，都是因为你们贪婪暴虐，不能辅弼所至。你们个个该杀！"说完，令铁骑将百官包围，纵兵大杀。刀劈斧砍，飞矢交加，血流成河。上至丞相高阳王元雍、司空元钦、义阳王元略，下至正居丧在家的黄门郎王遵业兄弟，包括孝庄帝的兄弟元劭等人，不分良奸，王公大臣一千多人无一幸免。

杀人需要理由吗？笑话！看看我们的榜样高洋帝，他宠爱薛氏，连带薛氏的姐姐也入宫受宠，因一小事，就亲自用锯子把她姐姐锯死，亲自砍下薛氏的头，将之藏在怀中赴宴。酒席中，他拿出薛氏的头放在盘子里，在座众人大惊失色。他叫人取来薛氏的遗体，当众肢解，取出薛氏的髀骨，制成了一把琵琶，边弹奏，边饮酒，边哭泣，叹息"佳人难再得"，伤痛不已。最后，他披头散发，哭着将薛氏下葬，用的是隆重的嫔妃之礼。

我才坐在龙椅上，因不喜欢与朝臣见面，不轻易与人交谈，他们就认为我性情懦弱，肯定总想欺负我。现在听说高洋帝的杀人逸事，终于理解了他的行为，并且也像他那样开始寻求更大的快乐。

首先拿来练手的是博陵王高济，我老爹刚驾崩，他就在定州对手下人说："计次第亦应到我。"皇位轮流坐今年到他家？这种大逆不道的谋逆言论，当真欺负我软弱？老爹驾崩的第十天，我就秘密派人杀死了他。能不能让他接上班是我老爹的事，我的任务是让他去见我老爹。

接着是赵郡王高叡，老爹刚一咽气，他就联合冯翊王高润、安德王高延宗、娄定远、元文遥等人上奏，请求将和士开调离朝廷。这不是明显地欺负我们孤儿寡母吗？我和母亲胡太后赐酒给他，高叡正色道："我今天来是谈国事的，不是为了喝酒！"将帽子扔到地上，拂袖而去！这种嚣张跋扈之徒，是可忍孰不可忍？我又试探着看看我到底有多大的能量，就叫奴才去把他斩首。不一会就执行到位，第二天朝堂风平浪静，不但天没有塌下来，下边跪着的那帮大臣也规矩多了。

于是我不再和他们讲理，凡是我看不顺眼的，通通杀掉省事。随后杀掉的有南阳王高绰、平秦王高归彦、琅琊王高俨等人，宫内那些不听话的美女也隔三岔五地消失一两个，还有好多记不清了。反正我事过就忘，无愁天子，就不要让任何不愉快的事情占据心灵的空间。

（十二）

历代的皇帝，最想杀谁？当然是谋逆者。

西边的宇文家和南边的陈家也非常可恨可杀，他们时常在边境骚扰，随时都想冲进邺城，灭了我们高家。但是他们北周南陈那么多男儿，每天都在边境守卫着，我一时半会儿也不能奈何。何况，敌人都在明面上，今天是敌人明天也可能结盟，想想心底里也没有马上杀了他们的渴望。

迫在眉睫的是谋逆者。看看我们的高澄，那次宫宴时，东魏帝元善见喝醉了说，"我怕是要成了亡国之人啊"，高澄让崔季舒打了元善见几拳，破口大骂他狗脚朕："皇帝你为什么要造反？"皇帝也可能是谋逆者，当然一样要被收拾。

那天听说我兄弟南阳王高绰要造反，我想也没想就让人丢进了狮笼。这次谋逆者的实力更吓人，也和我的心理预期相吻合，我岳丈斛律光！

前一阵子，邺城大街小巷里传唱着一首童谣：

百升飞上天，明月照长安；

高山不摧自崩，槲树不扶自竖；

盲眼老公背大斧，饶舌老母胡乱语。

祖珽他们在我耳边一转唱，这不是太明白了吗？百升为一斛，明月不就是斛律光吗？我们高家要摧要崩？姓斛律的要自立？后面两句虽然不太明白，但总体上就是说那个经常要从心底里蹦出来的斛律光就要造反了！我战战兢兢，浑身发抖；我勃然大怒，血脉偾张；我狂笑三声，身心解脱！天要下雨，娘要嫁人，该来的终归要来，那么多小孩子传唱童谣，这不是上天的最明显的示警吗？这个老不死的，去年就在谋逆了，密报还在我的案头上。

臣左仆射那肱启：

咸阳王斛律光与北周柱国木包罕公普屯威、柱国韦孝宽战于汾水之北，大败周军，俘杀千余人。后率五万步骑沿平阳道进攻姚襄、白亭等城戍，均克，俘房城主、仪同、大都督等九人及数千士卒。是月，北周派柱国纥干广略围攻宜阳，斛律光率五万步骑赶往援救，大败周军，夺取北周建安等四戍，俘获周军千余人，凯旋。

然斛律光率大军向邺城进发，虽接到皇帝敕令散兵，令归其家。光以

兵士未赏而仍然前进，军行至紫陌，离邺三十里，驻营，动机不明，情似甚危。

叩请圣裁

武平二年　那肱叩首

打个胜仗算什么？那是本分，打了败仗是要被砍头的。奖不奖赏那是朕的事，我高兴了就大为奖赏，不高兴就要砍几个头哪里还能奖赏？去打胜仗难道不是我大齐男儿的义务吗？居然率军到我皇宫外边扎营示威了。那几天我和小怜正玩得起劲，没得功夫理那些奏折，他居然就敢来威胁朕！好汉不吃眼前亏，我赶紧派舍人请斛律光入见，然后慰劳奖赏兵众，令其放散，并拜斛律光为左丞相。一想起我大齐还有这样跋扈的将军，我心里就紧张得很，卧榻之侧，岂容他人酣睡？

虽说上天示了警，还是要在地面上找些证据才能服人。不几天，祖珽就呈上一封血书，一个姓封的咸阳府的将佐的告密信，堡垒最容易从内部攻破。我也懒得看了，照准！

还是祖珽办事越来越周到了。以前什么事都是和士开帮我拿主意，自从他被高俨那个谋逆犯杀了之后，一段时间我还很不适应，好在有祖珽及时补位。看来我大齐有的是人才。祖珽的忧虑也是我的心病，怎么斩杀那个武夫呢？大齐的绝大多数兵士都掌握在他们家族，听说咸阳王府里有三千装备精良的甲士，就连单打一也没人是他的对手。祖珽给我说，陛下就不必担心了，我只借你的宝马一用就行。可惜了我的"赤彪仪同"！

（十三）

斛律光非杀不可，这不但是我思想深处的恐惧，更是和那个下任突厥可汗叫佗钵的约定。前些时，佗钵可汗送来了大批异域珍宝、几个突厥美女和她的亲女儿宝姗公主，并派他心腹大臣悄悄地给我说，现任木杆可汗和斛律光是结拜兄弟，结盟之情深不可测；木杆可汗已经病入膏肓，他任突厥可汗后，将对大齐永久称臣，每年突厥都会按期给大齐朝贡。而现在斛律羡却频频与他们开战破坏和平，目前大家都叫他南面可汗，突厥、柔然、敕勒、鲜卑等都只知有南面可汗，不知有陛下！如果大齐除去反叛意浓的斛律家族，突厥与大齐愿意百年和好，永远称臣朝贡。道理也是这个道理，看看娇翠欲滴的怀中的宝姗公主，再想想凶神恶煞的斛律家族，孰去孰留不是很明显了吗？

斩草要除根，除恶需务尽，这是历来皇帝杀人的准则，也是我们高家一贯的行事原则。本来开始给他们下达的只斩杀斛律光的旨意，但在和宝姗公主共赴巫山云雨时突然背上一凉：那个南面可汗斛律羡手里可有重兵！大齐高家的兵权几乎都在斛律家手里，随便哪个起来闹个事，我头上的两顶魔咒就要马上变现，这些吃里扒外的东西！那还等什么，叫祖珽再去准备。谋逆之罪当诛九族，看在斛律光去年轻松化解琅琊王高俨造反包围皇宫一事上，就把他们家族十五岁以下的男丁豁免了。至于斛律皇后，就送到妙胜寺出家吧，那里已经有一大堆皇后、公主、贵人等人在那里颂经念佛，她的斋舍早准备好了。皇后的封号也怪诱人的，好多人眼巴巴地望着呢！

（十四）

今天一大早，我莫名的兴奋，和小怜也没有特别地做什么！也无比的轻松，这时候才深刻地理解，高洋帝说"蓝田公高德政经常用精神威逼人"

的意思！这些年，朝堂下豪气冲天、目光如炬的咸阳王给我的感受不正是如此吗？难怪心灵深处老是藏着一丝惶恐、些许不安，现在才终于找到根源。

我照样抱着我的小怜坐在我的腿上，龙椅足够宽大。以前只要有斛律光上朝，我都不敢带小怜来的，他的刺人的眼神我不敢直视，佳人更不敢。她今天也异常兴奋，知道她离所能到达的巅峰位置又切实地近了一步；同时也比较害怕，当廷诛杀威名赫赫、武功独步天下、战场杀敌如麻的斛律光大将军，那份不安以及那份期盼，都显现在她那如花似玉的粉脸上、那不染尘埃的眼睛里。

在昭阳殿和凉风堂之间的过渡带，有几间存放朝堂办公器具的房间，这时高阿那肱已率领五十名弓箭手隐藏其中，他们都张弓以待，以防凉风堂万一失手。那些杀人奴才也早早地到了凉风堂，还有好些生面孔，他们也一一隐藏。这一触即发的开战前的阵势，让我的小怜紧张、兴奋而期待。

那个傲骄的咸阳王终于过来了！在宫外磨磨蹭蹭，东张西望，有说有唱。我的心提到了嗓子眼，我的瓮已烧好，请君快入！是不是皇后听到了风声，提前通风报了信？对了，今天也应该带她来大殿，让她亲眼目睹一下大场面！还好，咸阳王好像也没犹豫，就慢慢地踱进来了，只三下五除二的工夫，外边的几个奴才就把他放倒了，精彩的好戏也只一瞬，本来我还在想，是不是应该去和他隆重地道个别。

第六章　落雕都督斛律光

我们斛律家最感兴趣的地方是战场，我们的目标是名将。

自古名将，有的潇洒。他们专注前方，指挥若定，攻城拔寨，建功立业，如王翦、如卫青、如高欢，他们能掌握自身命运，没有后顾之忧，只要掌控战场奋勇杀敌就可以了。军力补给、粮草供应自会源源不断。

还有名将，往复挣扎。他们顾盼后方，环视左右，心神不定，目标游离，如白起、如李牧、如韩信，他们没有充足的信任、没有可靠的供应。他们要在战场上拼杀，还要时刻躲避来自后方的暗箭。

确实，国家不如别人，武器不如别人，人数不如别人，装备不如别人，甚至连吃的都比敌人少，这些都没关系，名将可以用自己高超的指挥艺术来弥补这些不足。这种名将，他们在战场上没有缺点，不可战胜。但他们肯定躲不过的，是后边的暗箭。

（一）

这不，已经躲过了无数的暗箭，又一支暗箭射过来了，呼呼巨响，臂力无穷，喂着剧毒，闪着神光。这次肯定躲不过，我也不想躲了，心太累。

前两天，斛律皇后派她的心腹送来一封密信，提醒我说皇上要对我动手了，让我想法远避。普天之下莫非王土，我又能躲到哪里去？当然也可以远走周陈，但我们斛律家族世代忠良，专心不二，不忠不孝的恶名我们永远也不会背。该来的就让它来吧。恰好，今天皇上就赏赐给我一匹宝马，并约我明天去东山打猎。

当然，我也知道，打猎只是借口，如今的皇上早没有神武大帝的威风，早没了骑马围猎这个兴趣，刀林箭雨只会让他瑟瑟发抖。他如今最大的兴趣只是在皇宫众多美女之间打猎。他仅有的几次打猎，如约琅琊王高俨，都是以打猎为名骗出猎物，而后斩之。这次当然也不例外，他想要的，是我这个猎物，以及去皇宫向他谢恩的猎机。打猎之外的其他理由以及打猎的地址他都懒得再编了。

看着咸阳王府周边凭空多出来的暗藏的一双双眼睛，以及那帮奸臣在皇宫进进出出难得的忙碌的身影，还有我的贴身封参军全家凭空消失多日，咸阳王府平添了些许紧张气氛。

（二）

其实这一紧张气氛也有些时日了。前段时间封参军向我汇报，说听到一些不利于我的童谣，大街小巷议论纷纷，说什么："百升飞上天，明月照长安；高山不推自崩，槲树不扶自竖。""盲眼老公背大斧，饶舌老母胡乱语。"

童谣是什么？皇帝相信的，童谣就是天意。《尚书》说，"天视自我民视，天听自我民听"，上天通过老百姓的眼睛和耳朵来观察皇帝的统治，无论满意或不满意，都会通过老百姓来传递。怎么传递呢？就是通过民谣和童谣。当然，童谣代表天意，最主要是其产生的神秘性，既然找不到何人所编，那就是上天所言。

一些童谣是调侃，比如说玄汉皇帝刘玄的"灶下养，中郎将，烂羊胃，骑都尉，烂羊头，关内侯"。说东晋海西公的"凤皇生一雏，天下莫不喜。本言是马驹，今定成龙子"。

一些童谣是预言，如魏蜀吴三国时童谣"三公锄，司马如"，如西晋太安年间童谣"五马游渡江，一马化为龙"。

一些童谣更是谶纬。如刚刚大一统国势如日中天的大秦帝国时的童谣"亡秦者胡"，秦始皇花大力气派太子领兵三十万去边境修筑长城，抵御和打击胡人，结果上天偏偏说的是他的二皇子胡亥！如前秦皇帝苻坚时童谣"阿坚连牵三十年，后若欲败时，当在江湖边"。

童谣的威力是无穷的，抵得上千军万马，本朝好多王公大臣也是死于神秘的童谣上。只要皇帝相信，只要皇帝相信是你，那你就得到了阎王的眷恋可以去报到了。现在是百口莫辩不如不辩，虽然月前有北周的军鸽传回了两条秘信，说是北周正在密谋一次对大齐很不利的行动，并派出数批人马潜入大齐进行秘密行动，估计这些童谣也与北周有关。但传回的密信所指不确切，大齐境内的案件调查如今由祖珽把控，类似童谣的案件也从没有调查过。我也只能听天由命了。当然，这与战场的敌阵差远了，我也就等闲视之吧。还有最后一天的时光，得抓紧处理我的后事。

（三）

最紧要的是先把我的两件宝贝处理好。

我的小女儿儿斛律婉蝶可是我的掌上明珠。回想起来，如今斛律家我最对不起的是我最心爱的女儿。我大女儿斛律婉蕊刚十岁还在我怀里撒娇的时候，那天突然在朝堂上听到高演帝非常庄严地宣布，立五岁的高百年为太子，同时公布的太子妃名单为我的女儿斛律婉蕊，我没有丝毫思想准备，一时目瞪口呆，五味杂陈，还是众臣簇拥着我上前跪谢皇恩！

我们斛律家可是几世忠良，以不世军功傲立于世。我们斛律家的男儿都在战场上叱咤风云，奋勇杀敌，为的是报效朝廷，同时可以给我们家的女人留下优雅的空间。我们倾其所有，相继为我们家的女儿们延请天下名师，既授之诗词礼仪，又包括琴棋书画，还辅之骑射斩伐。只一心想让她们充满正气，满载力量，期望能让她们远离朝堂，回归草原，去寻找无忧无虑的幸福。哪知人算不如天算，我女儿的良才与美貌早已名满邺城，尤其是引起了高家的注意，这不，我大女儿就这样进了牢笼！

其实高演帝的想法我也是知道的，他的太子才五岁还太小，不管是巩固现在的太子地位，还是要坐稳以后的皇帝龙椅，有德高望重、军权在握的斛律家的保驾护航是最重要的，更何况这些年来高家皇帝似乎被施了魔咒一样，除了神武帝高欢之外，都英年早逝了。高演帝既是想借重我，也是想表彰我们家的功绩。其实我压根就不愿意委屈我们家的女儿，可是在高家威严的朝堂上，要么山呼万岁顺从，要么严词拒绝被斩，没有第三条路可走。

事实证明我的软弱坏了大事。高演帝宣布后我依依不舍地将女儿送进了太子宫，她整天陪着小孩子读书玩耍，一切似乎进入正轨。哪知文治武功都可圈可点的27岁的高演帝，即位翌年即得重病驾崩。他考虑到高洋传位太子高殷，导致高殷被杀害。为了保住儿子高百年的性命，决定传位给他甚为宠信、权倾朝野的九弟长广王高湛。临死前宣我在旁，拉着高湛的手说:"百年无罪,汝可以乐处置之,勿学前人。"于是封高百年为乐陵王。河清三年五月,不祥之兆多次出现,高湛想用百年压制镇服灾祸。此时急于邀功请赏的博陵人贾德胄教百年写字,他故意唆使百年写下具有帝王诏命的"敕"字,偷拿去报告给高湛。高湛发怒,使人召百年入宫。百年自知不免,割下带上的玉玦留与我女儿,以示即将永诀。高湛让百年写"敕"字,对照贾德胄所奏上的字,笔迹相似。于是百年被高湛用刀头活活打死,气息将尽之时,曾对高湛说:"乞命,愿与阿叔作奴!"死后被弃尸于池中,池水尽赤,高湛于后园亲自看人埋他。

我女儿与太子共同生活了四年,由于高墙深院,无依无靠,姐弟的情谊已经很深。得知百年死,她握住玉玦哀号,不进食,一个多月后也死去,时年才十四岁。高湛帝允许我去收尸,我才能饱含热泪地去抱抱她。摸着她仍然紧握的手,我慢慢将其分开,原来是一半的玉玦。前两年高纬帝扩建改造宫院,掘得一具小尸体,绯袍金带,一髻一解,一足有靴,一手握断玦,推断就是百年太子。我就将两具尸体重新安葬,将合上的玉玦重新放到我女儿的手边,愿他俩在世界的另一边开始青春的美好岁月。

(四)

我的大女儿至少已经找到了一个宁静的去处,以及一个还算称心的玩伴,与此相比,我二女儿斛律婉仪的命运可能更加令人悲伤!

高湛刚刚坐上龙椅,除了取消百年太子的封号外,同时封他的儿子高纬为太子,并宣布我的二女儿为太子妃!我们斛律家就这样神奇地两次跌入相同的历史河流!

高纬和高百年同年。可能高湛帝和当初的高演帝考虑相同,同时还有安慰我的意思，毕竟，在可预见的将来，我大女儿将走上悲惨的道路，那么，让我的二女儿有很好的命运作补偿。

作为高家皇室来说，太子妃的位置可是能够赏赐的最大的权力和荣誉，作为满朝文武来说，也无不拼命削尖脑袋来争抢这个位置。在朝堂众臣充满嫉妒的一片恭贺声中，我悲苦的泪水只能吞咽进肚里。想来这就是我们斛律家的命运，天子要江山稳固，要掌控人心，只好再次将我的女儿作为人质，作为人情，送上目前女人能达到的最高位置。皇上是权力的最高掌握者，他要送出的大礼，除了权力，还是权力，至于小女子想要的幸福、爱情，自由、优雅，他这里统统没有。

我再次将十岁的二女儿从我温暖的怀抱和坚硬的羽翼下，送入冰冷的尔虞我诈的后宫，去陪伴那个七岁的太子。天使和魔鬼确实永远走不到一起，可怜我孤苦伶丁的女儿，顶着那摇摇欲坠的皇后之冠，在那牢笼囚禁中苦苦挣扎。好在三年前的569年生下了太子，她终于有了些许依靠和寄托。但我偶尔看到她那郁郁寡欢欲言又止的痛苦神色，我就心如刀绞。随着我明天的消失，或许她终于可以解脱，也可以来陪伴我了，到时我一定给她最好的庇护！

还是我老爹斛律金能洞悉时事。他在尔朱兆逆乱时，"高祖密怀匡复之计，金与娄昭、厍狄干等赞成大计，仍从举义"，之后又在抗击西魏时立功。神武重其古质，每诫文襄曰："尔所使多汉，有谗此人者，勿信之。"大齐正需要这些北人出身的镇将来巩固政权，因此当我老爹生病时，高澄"因谓金曰：'公元勋佐命，父子忠诚，朕当结为婚姻，永为蕃卫。'仍诏金孙武都尚义宁公主。成礼之日，帝从皇太后幸金宅，皇后、太子及诸王等从，其见亲待如此。"可见，与我家联姻只是手段，"永为蕃卫"

才是目的。那天他不无忧虑地对我说："我虽不读书，闻古来外戚梁冀等无不倾灭。女若有宠，诸贵人妒；女若无宠，天子嫌之。我家直以立勋抱忠致富贵，岂可藉女也？"确实，这也是我们家族一直忧虑的事，我老爹死前官居丞相，高湛帝崩前一年去世时，时年八十高寿。赠假黄钺、使持节、都督朔定冀并瀛青齐沧幽肆晋汾十二州诸军事、相国、太尉公、录尚书、朔州刺史，酋长、王如故，赠钱百万，谥曰武。这一连串的死后封赏，比百年前代晋自立建立南宋的宋武帝刘裕还要显赫。

目前我为大将军，弟弟斛律羡及子斛律武都开府仪同三司，出镇方岳，其余子孙皆封侯贵达。一门一皇后、二太子妃、三公主，尊宠之盛，当时莫比。

其实，我们家的向往之地都在战场，战场上很简单，有过硬的兵力，有严密的纪律，有后勤的保障，有熟悉的地形，还有统帅的计谋，一切都在明面上，真刀真枪地拼杀下来，那些北周的懦夫们都不是对手。朝堂是我们的弱项，两面三刀，尔虞我诈，埋坑设雷，阴谋阳谋，对于刚毅直率、表里如一的斛律家族来说，简直就是赶鸭子上架。斛律家的女孩子也流淌着憨直、忠厚的血液，那波涛汹涌的后宫，哪里有她们的立足之地？但皇上任命的朝堂上的重要位置还不得不去站立，皇上赠送过来的公主还不得不礼敬，皇上恩赐的太子妃的桂冠还不得不戴上。身在朝堂，身不由己啊！

上天垂怜，我还有硕果仅存的掌上明珠，我还有小女儿斛律婉蝶，一定不能让她重蹈覆辙。那个叛国背主的贱奴，那个无恶不作的人渣，那个偷鸡摸狗的盗贼，凭着他卑贱的丑恶的权倾朝野的老妈，也敢人模狗样地来我咸阳王府提亲！这倒是提醒了我，盯着我们家的污秽的目光多着呢！应该早把斛律婉蝶送出是非之地。好在前些天已经做了充分准备，敕勒的负责看护的酋长已经叮嘱好，护送上路的江湖高手也在沿途整装待发，是

时候上路了。我挥手泪流满面的女儿，今生算是永别了。

（五）

我的第二件宝贝是我的无敌神弓。

当年范蠡给文种说了"飞鸟尽，良弓藏；狡兔死，走狗烹"，功成名就的范蠡急流勇退，携带美女西施，西出姑苏，泛一叶扁舟于五湖之中，遨游七十二峰之间，忠以为国，智以保身，商以致富，成名天下。如今飞鸟未尽，也已经来不及身退，我的良弓还必须传下去！

当世最好的技艺是射箭。在我大齐境内，最好的师傅是射师，许多王公大臣和贵族子弟都喜欢拜射箭名将为师学武学射，我在名义上都是前几任皇帝和太子的射师。

北魏孝武帝时期，射箭已成为重要的观赏表演内容。"魏孝武即位，茹茹等诸蕃并遣使朝贡，帝临轩宴之。有鸱飞鸣于殿前，帝素知(窦)炽善射，因欲示远人，乃给炽御箭两只，命射之。鸱乃应弦而落，诸蕃人咸叹异焉。"554年，一位精通射箭的梁朝使节来到邺都，"求访北人，欲与相角"。"梁人引弓两张，力皆三石"，我老爹斛律金遣我就馆接之，"光遂并取弓四张，迭而挽之"，梁人嗟服之。凡萧梁射箭高手莅临邺下，一些久经沙场磨砺的神箭手都主动接待迎战。在我们邺城，还经常举行盛大的射箭比武活动。558年，文宣帝高洋举办马射比武较技活动，敕京师妇女悉赴观，七日乃止，凡出众者，有些还以驸马之位待之。前些年高欢也"乃诏群官仰射山峰，无能逾者，欢弯弧发矢，出山三十余丈，过山南二百二十步，遂刊石勒铭。"

斛律家族的第一武功是射箭，小男孩子三岁起就开始练习，上阵杀敌时一般都能百步穿杨，箭无虚发。武定四年十一月，高澄至晋阳打猎，见一大鸟在云际飞翔，我马上用我的神弓射之，正中其颈，大鸟如车轮般盘旋而下，落地后方知是一只大雕。高澄取而视之，对我大加赞赏。丞相见后慨叹道："此射雕手也"，于是我就有了"落雕都督"的称呼。

我十七岁那年，首次跟随父亲出征，就初试锋芒，出手不凡，用我的宝弓一箭射落敌首宇文泰身边的长史莫孝晖，并将之擒获驰归。

564年，北周宇文护率领大军攻打我大齐，包围洛阳。在遭遇战中，那个北周著名的柱国将军王雄，带着一大队精兵悍将，驰马冲入我军营里。我左右一时皆散，只剩一奴一矢。我且战且退，王雄执槊紧追，与我相距不过丈余，对我说："吾惜尔不杀，当生将尔见天子。"我用我的神弓沉着反手发箭，正中王雄额头，他抱马而逃，回营后死去，北周军大惧。我收拢将士乘势掩杀，斩敌三千余人，尽收其甲兵辎重，尉迟迥、宇文宪仅以身免。这个王雄，听说是北周八大柱国中唯一一位战死的。

这张神弓是在我十三岁时，由当时敕勒酋长、我的伯父、金刀门掌门斛律奚赠送。那天他到我们府上和我老爹喝酒，一边看着我们在跑马场上射箭，一看到我几乎百发百中，便将他随身携带的宝弓交给我老爹。说这把弓乃是当年楚霸王项羽的随身之物"霸王弓"，威力无比，弓身乃玄铁打造，重一百二十七斤，弓弦传说是一条黑蛟龙的背筋。楚霸王十五岁那年，乌江中有黑蛟龙作恶，危害四乡。项羽听说后，当夜单枪匹马来到乌江，找到黑蛟龙。与黑蛟龙搏斗了一天两夜，把黑蛟龙杀死，取得此筋搓股为弦。黑蛟龙乃至寒之物，坚韧异常，故此弦不畏冰火，不畏刀枪。后来楚霸王垓下被围，自刎乌江，宝弓不知所终，后来辗转竟为敕勒酋长所得。

武将最钟爱的是利器，我老爹不愿夺人所爱，但经不住他堂哥斛律奚的再三诚意劝说，就将我家珍藏的削铁如泥的一柄金刀相赠，从此金刀门也算是名副其实了，我也从此得到了称心如意的宝器。如今我即将离去，绝不能让这件珍宝染落凡尘，更不能让她落入敌手。看看我的如今祸凶难卜的儿子们，还是7岁的嫡孙斛律钟比较稳妥，他射箭的武艺已经有了我当初的神韵，最难得的是他是义宁公主所生，皇族的血脉更容易保存。我叫来我的嫡子斛律武都及嫡孙斛律钟，不动声色地将我的宝弓赏赐给他。

（六）

邺城的天气燥热，王府的空气令人不安，天空的明月也被一团团紧簇的乌云笼罩，看来暴风雨就快来了，斛律家族已到了谢幕的时刻。接下来要抓紧处理最棘手的军务，自从去年段韶大将军仙逝之后，几乎所有大齐的军务都在我身上。想当年跟随高欢一起打天下的怀朔勋贵，一些分奔北周，一些叛逃南陈，一些战死沙场，一些追随高欢去了地下，这批老将已经没有了。怀朔勋贵的后代们，也大多追随高纬帝的路线——纵情享受，只有我们斛律家才一门心思地继续在战场上奔杀。当年的带头大哥高欢的子孙，愿上战场和能上战场的也越来越少了，硕果仅存的只有兰陵王。兰陵王高长恭虽太年轻，但上阵杀敌已是一把好手，统率军旅也已经驾轻就熟，在战场计谋实施上，在帝国军务统筹上，还需要多多历练。不过，大齐的未来，就只有指望他了，能托付的军务只有他了，但愿他能长久地保全自己，以保全大齐。

必须先给兰陵王留下一封信。今日上午，兰陵王府派人送给我一封信，是一幅画，一个带着皇冠的人向黑暗的天空射箭，天上的月亮中箭掉到了地上。我知道他的示警，可是我无处可寻，只悄悄地烧了那信，免得给他留下后患，之后再给他写一封公函。

其实兰陵王的境况也好不到哪里去。以前内人给我讲过他纳妾的故事，说是兰陵王功高盖主，胡太后怕他夺了自己儿子的帝位，就以皇帝的名义，将一个叫张香香的妃子赐给他，目的是刺杀他。听说张香香天姿国色，使尽百般手段，高长恭却恪守君臣之礼，不为所动。半年过去，她不仅没有刺杀高长恭，反而被他忠心报国的行动所感动，讲出了胡太后的阴谋。胡太后大怒，要召回张香香加以杀害。高长恭却在这一过程中爱上了这位美丽善良的女子，真的收她为妾了。

上次斛律奚还给我讲过他的武侠故事。赵五本是黄龙帮门下的高手，后来做了洛阳胡太守的杀手，几次奉命暗杀高长恭未逞。一次，他到京城给胡太守的堂兄胡国舅送信，得知他们暗中勾结敌将陷害高长恭的计划，便暗中潜往伏地。当伏兵冲出，他飞刀杀死用弓箭瞄准高长恭的射手，从空中抽走奉旨官怀中的镇国宝剑，杀败伏兵，将镇国宝剑交还高长恭。高长恭敬佩他深明大义，不计前嫌，收为义子，后来赵五不离其左右。

目前大齐的主要敌人是北周。此前我们对北周有非常明显的军事优势，奈何此消彼长，如今优势已不明显，但也并非无可作为。高洋帝时期，我们围绕着北周建立了四国联盟，柔然、吐谷浑和南梁都是我们的朋友，对北周形成了天然的合围之势。但随着形势的发展，朝堂上的人要么不懂这一战略，要么鼠目寸光被短期眼前利益所蒙蔽，这个四国联盟已经名存实亡了，倒是北周从中捞取了这么多好处。能重构这一战略的只有兰陵王了。

（七）

晋阳是抗击北周的中心，晋阳的军务首先应该彻底整顿。晋阳是四塞之地，他金城汤池，东边是太行山，西有汾河、吕梁山，北有雁门关，南有霍太山、高壁岭，是一个名副其实的四塞之地。千年前战国七雄的赵襄子正是靠着晋阳城，以空间换时间，"牢不可破"地称霸一时。先前的尔朱荣把洛阳洗劫一番之后，就把晋阳当成大本营；我们的高家，更是把晋阳城当成心头肉，建成了更坚固的军事重镇，在晋阳城开府、遥控中央，邺城的命令不一定有人听，可是从霸府晋阳城发出的命令那就必须切实执行。

晋阳的民风彪悍，六镇边民有其五，原本都是镇守在帝国的北疆，成分极其复杂，有老牌的鲜卑贵族，有汉族大宗，还有大量的流放犯，经历过六镇起义的大洗礼。六镇军人分散在恒、云、燕、朔、显、蔚六州，不但形成了拱卫晋阳的格局，而且经常驻扎在晋阳城，形成了战力彪悍的晋阳兵，高家的多次用兵出征，靠的都是晋阳兵！可以说是晋阳城养育了晋阳兵，而晋阳兵则拱卫着晋阳城！

晋阳还是大齐的经济中心。大齐已有三个皇帝在晋阳称帝，有三个驾崩晋阳。这使得晋阳霸府，华丽转身成了北齐的别都，相比之下，国都邺城的地位反而黯然失色。王公大臣们，贵族财主们，也纷纷搬家晋阳，很多人活在晋阳，甚至连死都葬在晋阳城，南来北往的商贩也超爱晋阳，这是外来商贩进入中原的第一站、中转站！修建了以晋阳为中心，辐射平城、洛阳、长安和邺城的宽阔驿道。马、刀、酒、丝绸、茶叶、瓷器、珠宝各种硬通货都在这里进行交易或者中转。

北周也一直记挂着我们的晋阳城。高湛帝即位的第三年，想要更加提高威望以驾驭北周的宇文护联合突厥，兵分两路，浩浩荡荡地杀奔北齐。北路由隋国公杨忠率领，目标直指晋阳。南线由达奚武率领，目标先是佯攻平阳，之后南北夹击晋阳。那么重要的晋阳，高湛帝只能亲征，但他东准备西耽误，等我们大齐援救大军来到晋阳附近，看到城下刀光斧闪黑压压一片的周突联军，高湛帝就想班师了！的确，论战场的帅才将才，高家是一代不如一代了。我和段韶赶紧劝住，高扬着高、斛、段的大旗，在城外和周突联军对垒。杨忠虽是北周名将，但他们远道而来，人疲马乏，看到早就威名远播的斛、段大旗，心里好歹也还稳得住。但是突厥却怂了。他们最见不到"高"的帅旗，高洋帝的余威尚在，当年我们的百保鲜卑铁骑那都是以一敌百还不要命的主，几仗下来，差点把草原都荡平了。听说这次突厥人本来就打算跟在宇文护屁股后面捡便宜，我到了晋阳外围才探知他们的木杆可汗也来了，于是出去单独会了会我结拜弟弟阿史那可汗。高家的主子疑心还是挺重的，会个人见个面都像做贼一样。我们说过话喝过酒，突厥马上调转马头就走了。北周军队突然一乱，不知所以的杨忠也只好慌忙撤退，我们的大齐军一阵追杀，牢不可破的晋阳城更加名副其实。

正因为晋阳的关系重要，历代高家皇帝都亲自掌管那里的军政大权，外人不容置喙。但自从高湛帝以来，鉴于他们的无为而治，从邺城发往的诏令已经越来越少了，现在干脆没有，晋阳大营的众多战报，都是泥牛入海，皇上不管，太上皇也懒得管，那个狗屁太姬，懂什么军国大事？在那些前方战报上都说了一些什么牛头不对马嘴的话，幸好还有宫廷秘书用"子曰""诗云"来润笔，不然我大齐的颜面早都荡然无存了！晋阳军营现在是各自为政，处于严重的无序状态，更不要说平时的训练和值守了。更危急的是，如今晋阳的守军只有一万余人了，是今天这个征调，明天那个派遣，都用在了不务正业的虚途，而将河阳作为战略重点部署甲士三万多。如果这一状况不改变，再发生北周的晋阳围城，后果不敢设想。现在兰陵王可凭高家皇族的身份，对晋阳军备进行强力整顿。

（八）

　　再就是给北边的斛律羡大营作最后的安排。目前大齐军力最强的就是斛律羡的幽州军团，这些年来不断和北边的鲜卑、柔然、突厥及吐谷浑作战，基本都没有输过，于是那些草原英雄尊称我弟弟为南面可汗。这次的事态，他大约也不能幸免，给他的信还是用谍报系统的信鸽比较稳妥，还是要让他给部下传导好防御之术。北边的主要威胁不是军事，而是外交。吐谷浑是我们的盟友，前些年我们将广乐公主嫁给了他们的夸吕可汗，从此他们对大齐"朝贡不绝"，不过在突厥连续的强势攻击下，他们已经势微。前些年我们对柔然可汗进行和亲通好，嫁过去一些公主，柔然的"蠕蠕公主"也嫁给了高欢，娄昭君也以大局为重毅然让出了正妻之位。强悍的阿那瓌可汗果然调转马头不断去北周骚扰。可是近些年我们大齐没有睁眼看世界：如今阿那瓌可汗已经作古，他的铁骑也已风消云散，倒是北周眼光独到另辟蹊径多年扶持的给柔然作煅奴的突厥，如今在我结拜弟弟木杆可汗的带领下，已经联合敕勒族十万众而称霸一方，在期望与柔然高层和亲被拒绝与羞辱后，北周马上与之和亲并结盟，突厥调转枪头打得柔然遍地找牙，柔然好几次求救于我们，可是大齐要么在宫廷内斗，要么早已忘了还有那么一个亲戚需要帮衬，如今柔然已经名存实亡了。可以预见，北周联合突厥再次进攻大齐已经是指日可待，但是朝堂上能够看到这一点的人好像还没有，得马上告诫幽州大营做好准备，私情是私情，国事高过天。

　　这方面有三点可资利用，一是我们早期修筑的四千多里的长城，对来去如风的草原铁骑，长城是他们难以逾越的障碍。这些年已经有些破旧的长城应该抓紧进行修整，对沿边的军备进行补充完善。二是我的结拜兄弟阿史那，他是突厥的木杆可汗，自我俩在敕勒大草原结拜后，一直惺惺相惜，互通问候。他可是草原上的大英雄，听说举目四望无人争锋，所属疆域已经方圆万里，这些年来一再邀我前往，一直避免与我直接兵刃相见，只因忠臣不事二主，我俩也只有过几次短暂的相见。在最后诀别的时刻，应该给他以最隆重的兄弟情谊遥空膜拜，也好让他关照北齐。三是可以好好利用佛教，目前北周皇帝正在全力灭佛，北周境内的佛寺均被征占，佛像被凿毁，僧侣被强迫还俗，部分僧侣逃往大齐和突厥。而目前突厥的可汗和民众最尊崇佛教，所谓"道不同不相为谋"，我们正可以派出德高望重的慧可等法师进入突厥，对突厥可汗等高层稍稍游说，突厥与北周反目成仇的可能性是很大的。

（九）

慧可大法师可是佛教中兴第一人，是中国禅宗的第二祖。听说他在少林寺得第一祖天竺高僧达摩祖师真传，在大齐北周南陈以及漠北到处讲坛弘法，天下佛寺到处都是他的学生和拥趸，尤其是突厥高层，更是将他奉若上宾。但他孤傲清高，在大齐的王室贵族大多与他不对路。反而是他隔门徒弟昙献法师喜欢走高层路线，天天出入皇宫，一时风头正劲，众沙弥都只知拜昙献不知有慧可，邺城及周边的佛寺都是昙献大法师的势力范围。看来还得我亲自给慧可大法师一封信，让他再去突厥弘一次法。

目前佛教正处于生死存亡的紧要关头。北周风头正劲的周武帝在灭掉权臣宇文护之后，正在全力灭佛，寺观三万充作官民之宿，僧尼道二百万还俗，一时租调年增，兵师日盛。照此发展，和我大齐无愁天子高纬比起来，雄才大略的周武帝是我大齐的最大威胁。当然，突厥王庭应该很不满意，他们顶礼膜拜的众神转眼间被北周打入地狱，他们崇敬的大法师像乞丐一样逃离长安，最终极的敌人来自信仰的敌对，以前的友谊完全可能转化为仇敌。当然，慧可大法师肯定更不满意，为佛献身是他的心愿，弘法是他毕生的事业，救北周众佛寺于水火是他义不容辞的责任。当然还有更远的思考，如果北周那个无法无天的宇文邕吞并六合，那天下还有佛教的立足之地吗？在这一点上，大齐，突厥，还有佛教，以及慧可，目标都是高度一致的。

我和慧可，平生只谋面一次，虽然我两相慕已久，那天我们在晋阳附近的开化寺，也只共诵了禅语：

菩提本无树，明镜亦非台

本来无一物，何处惹尘埃

但我和他已是莫逆之交，相托之事必倾力办好。

（十）

以前对大齐最没有威胁的是南陈。以前南梁的实力还可以，自从侯景之乱发生——高欢帝刚驾崩，那个高欢得力的爱将侯景立即挟十三州反叛我们大齐，经过六七年的南征北战，大齐损失倒是最少，不但全部收回了失地，还占领了南梁的黄淮之地，与他们的王城建康只隔江相望了。北周占的便宜最大，趁势占领了他们的汉中、巴蜀和江陵，有天府之国的滋养，苦寒之地的北周从此过上了温饱的日子。损失最大的却是接纳叛将侯景的南梁，不但大齐的十三州没得到，在龙椅上坐了四十七年的梁武帝，都被侯景再次反叛而活活饿死，不久南梁也改换成了南陈——目前的南陈已经初步恢复了当初的军事实力。

其实，以前大齐对南梁还是很有战略眼光的。南梁在军力上一直较弱，以前也一直承认我们的宗主国地位。当年宇文家围攻江陵之时，我们马上出兵相救，梁元帝萧绎为宇文泰所杀，我们马上送回以前俘虏并长期康养在邺城的萧渊明，派兵护送至建康登基，并同萧渊明杀牲歃血，订立盟约。后来我们没有很好地巩固这一胜利局面，主要是我们派出的将领不得力，被天生反骨的陈霸先造了反，十万大齐将士在江南水乡灰飞烟灭，据说现在建康著名的盐水鸭还是那时陈霸先发明的南梁战士吃的荷叶鸭肉饭呢。最后姓陈的还人模狗样地称了帝。当然后来我们再一次派萧庄为帝，配合王琳反攻，也只坚持了四年。可惜那里不是大齐皇族的经营重点，如果由我亲征，肯定不费吹灰之力，那些南陈小儿，手无缚鸡之力，还不是手到擒来！可惜没有这样的机会了。

目前，宇文家在他们靠近南陈的边境，还像模像样地建立着西梁政权，对萧姓皇族还有很大的号召力；虽然我们大齐还养着天启帝萧庄、南梁质子萧希逸等，在他周围也聚集了一帮萧姓逃难皇族，这本是我们手里影响南陈的唯一一张好牌。这张牌好像越来越得不到重视，萧希逸仅在文林馆当当招牌，写写诗歌，他的复国之志不知是否已经烟消云散？大齐对他复国的支持是否还有承诺和行动？朝堂上认识和理解他的人都很少了，更谈不上支持和利用，听说一些萧氏子孙都开始乞讨度日了！得找个可靠的人叮嘱一番才行。

（十一）

还有一件最隐秘的事务该交给谁呢？长期以来我们大齐建立的谍报系统，人员精良而忠贞，情报准确而高效，当初神武帝高欢亲自把这个重任交给我老爹斛律金，在征得高演帝的旨意后，老爹又将这套复杂重要而隐秘的系统交给了我。目前我们在南陈、突厥都有完备的谍报系统，在北周有最丰富和复杂的谍报资源，前些年我们胜多败少的战争几乎都与谍报系统的高效工作分不开的。

看看我大齐的朝堂，能够可以托付的人确实没有，兰陵王事太多，他似乎已经不受皇上的待见，他都自身难保了。可怜当年叱咤风云的怀朔勋贵，如今早已凋零，受邺都"浮巧成俗……士女被服，咸以奢丽相高，其性所尚习，得京、洛之风矣"风气的影响，享有特权的怀朔勋贵子弟也已迅速腐化。如娄昭兄子娄叡"以外戚贵幸，纵情财色"。韩轨子韩晋明"好酒诞纵，招引宾客，一席之费，动至万钱，犹恨俭率。"这群人很难再适应军规管制，骄纵奢华的生活方式，也令其无法忍受征战四方的艰苦生活。现在，很多怀朔勋贵子弟已蜕化成既无军事才能，又无行政能力，凭借父辈的功勋，就可轻易获得显赫权势的军功寄生阶层。他们在邺都朝廷中享有高官显爵。如尉景子尉粲，少历显职，袭爵为长乐王，官至司徒、太尉。娄昭次子娄定远，少历显职，别封临淮郡王，高湛帝病逝之际还被指定为顾命大臣辅佐高纬，官至司空。即使担任军职，怀朔勋贵子弟也更愿担任待遇优厚、地位崇高、不用亲临战场的禁军和军令系统的高官。如可朱浑道元子可朱浑孝裕以"勋门之胤"任直阁将军、武卫大将军、右卫大将军。库狄干孙库狄士文任领军将军。如今将军倒是很多，能干事的人却没有。

倒是只有那个瞎子小偷，既得皇帝重用，又有谋略可圈，为大齐计，就把这些情事书写与他了！

（十二）

送走我的宝贝，写罢众多的信件，东方已白，在最后一次见到太阳前，应该先去家庙和祖先告别。

斛律家的宗祠得到高家的恩宠，专门修建于皇祠之旁。与高大巍峨的皇祠相比，斛律宗祠就像是个守祠偏殿，这正合当初高家的心意，在生时守护高家的基业，死后拱卫高家的神灵。

我们敕勒族的祖先生活于塞北地区，"为性粗猛，党类同心，至于寇难，翕然相依"，作战时"斗无行阵，头别冲突，乍出乍入"，极为骁勇善战，家族祖先就曾经因其辅佐北魏戍守六镇有功。那尊最中间的神像是祖先斛律倍侯利，他是敕勒部落首领，在武装振兴和团结族人，守护家园方面勇往直前，让长期生活在敕勒大草原的族人有了主心骨，他"以壮勇有名塞表，道武时率户内附，赐爵孟都公"。排在第二的是高祖父斛律幡地斤，他跟随北魏拓跋皇族南征北战，先击北燕慕容氏，再灭北凉沮渠牧犍，立下了不世战功，被封为殿中尚书。第三尊是祖父斛律大那瑰，他在六镇之乱中奋力保护族人，护卫北魏，被封为光禄大夫、赠司空公。而被封为六镇高车人所能获得的最高官职——"第一领民酋长"大那瑰之子、我老爹斛律金，则在北魏末年的六镇大乱过程中，"统所部万户诣云州请降"归属于高欢部下，"翼成王业，忠欸之至"，他追随高欢征战四方，参与了高欢发动的绝大多数的战役，还征讨过茹茹、山胡，以其弓马娴熟和能征善战，为高欢建立东魏以及高氏此后取代东魏建立北齐政权立下了赫赫战功。由于连年征战，功绩卓著，受到高欢的信赖，正是这些战功，为斛律家族的极盛奠定了基础。高家称斛律金为人"性敦直，善骑射，行兵用匈奴法，望尘识马步多少，嗅地知军度远近"，神武帝高欢临终前，在向其子文襄帝高澄所留遗言中，对其给予"斛律金敕勒老公，并性直，终不负汝"的高度评价，将其认作是能够托付幼主的可靠重臣了。

当然还有一些牌位放在一边：有定阳郡公、追赠太尉的我老爹之兄斛律平，有龙骧将军斛律羌举，有政见不同的北周的大司马、常山郡王的同族近房的斛斯椿，还有不愿在朝的不知所终的金刀门掌门人斛律奚等人。

我率领十多个斛律家儿孙，一齐跪在众祖先面前叩头膜拜。之后我站起身，走到旁边的斛律奚神像前，擦拭掉他身上的尘埃，悄悄告诉他宝弓的传承。最后来到最新的神像——五年前搬进来的我老爹斛律金面前，忍不住老泪纵横，悲苦地向他诉说，向他谢罪。倾巢之下岂有完卵，的确，是我对不起斛律家族，没有保护好家族，即将使大家遭遇灭顶之灾，就连这座宗祠可能也无法保全。

我悄悄拭去泪水，转身带领大家离去。临时还是决定去皇祠叩拜，对着高欢、高澄、高洋、高演、高湛等众神像一一作别。这世道，只有不是的臣子，没有不是的君主，我还有什么怨恨呢？只可息可叹，旁边的斛律宗祠即将烟消云散，离开了拱卫，愿孤零零的高家皇祠的神灵，永远傲立千古。

（十三）

如今的咸阳王府，可是邺城最简陋破旧、最孤单落幕的王府了，他处于邺城一角，和市井百姓为邻，平时除了宫里很少的传令车马过来，基本上无人登门。以前安排守防的三十兵士，也由于长期无人可守无事可防，就象征性地留下五人。

我将以前神武帝赏赐的衣服翻捡出来穿戴整齐，意外地看到一张免死金券，隐约记得是高洋帝赏赐给我老爹的。高洋帝后期时天天醉酒痴狂，以杀人为乐。后来杀一般的人已经没有感觉了，需要杀级别和爵位越来越高的人，好多王公大臣均死其手。一次行军途中，昏醉的高洋帝骑马捉矛，三次欲刺我老爹大丞相斛律金，我老爹强忍悲愤，岿然不动，毫无惧色，高洋帝只好怏怏缩手作罢。清醒后高洋帝很是惭愧，便赏赐给我家免死金券。但我知道，这免死金券只能装装样子，君要臣死臣不得不死，《大齐律》规定，免死金券可免一切死罪，只一宗大罪除外——谋逆，而皇帝硬要杀的人，罪行都是谋逆！

（十四）

我和家里人一一作别，最后拉着长孙斛律钟的手说："记住，斛律家人，以后终生不得入仕！"

我们斛律家人，始终流淌着憨直、忠勇的血液，这在世上是难能可贵的，也是世上应该勇于倡导的。可是，这一品性似乎永远在朝堂上行不通，适合他们的，是敕勒大草原。还是回去吧，权力、地位、富贵、名声，都不是我们斛律家要追求的。

也罢，先去凉风堂，魂归敕勒川。

第七章　北周柱国韦孝宽

大千世界，芸芸众生，我们最在乎最动情的是两类人：朋友与敌人。

最可亲的是朋友。朋友是与我们相扶同行的人，是两肋插刀的人，是一起大碗喝酒大块吃肉的人，是一同出生入死有难同当的人；更是处事爱好相似的人，嬉笑怒骂同时的人，思想观念一致的人。人的一生，随着时间的不断检验，朋友越来越少，知己更是难求。

最可恨的是敌人。敌人是与我们针锋相对的人，是处处挖坑为难的人，是话不投机食不同席的人，是放你暗箭置你死地的人。更是行事偏好相左的人，悲欢情仇相对的人，方法观点悖立的人。人的一生，随着心怀的不断宽广，敌人越来越少，死敌更是难求。

当然，朋友和敌人是可以转化的。最好的朋友可能变成最坏的敌人。由于境遇不同，利害相关，你的朋友或主动或是被你清理出列，最主要是被时局、利益和人心所控，他们清楚你的身世，洞悉你的人心，深知你的行事套路，最后主动或被迫成为你最可怕的对手和敌人，成为朝堂上你的对手，成为战场上你的克星。如孙膑和庞涓，曹操与袁绍。其实仔细想来，正是我们思路不清，行事不慎，欲望太过，要求很苛，才万千树敌。其实，佛教有云，人有贪嗔痴怒哀怨妒等七个弱点，每个弱点都是阻挡我们前进的拦路虎；同时我们害怕贫穷，害怕批评，害怕不健康，害怕失去心爱的人，害怕年老，害怕死亡，这些恐惧都很难克服，人最大的敌人是自己。

最恨的敌人可能成为知心的朋友。长时间和你作战的敌人，在万千战阵中横刀相向，对你阻力最大，杀你战士最多，最初恨不得寝其皮食其肉，笑谈渴饮敌人血。时间是块磨刀石，慢慢地大家互有攻守，互有胜败，互探消息，互知套路，逐渐悄悄探知，相互佩服，彼此欣赏，惺惺相惜，最后你发现，世界上最了解你的，一直不离不弃的，却是那个敌人。如齐桓公和管仲，如既生瑜何生亮？其实认真思考，正是敌人处处研究你，时时考验你，让最坏的境遇磨炼你，拿最苦的战场洗礼你，从而成就了你的丰功伟绩。其实，最知心的朋友是敌人。

（一）

今天是我最高兴的一天，我们最大的敌人被消灭了！昨天深夜从邺城上空飞回的信鸽传回对大周最振奋的情报：斛律光被斩了！

我一夜未眠，等着皇城大门的开启。天未及亮，我拿着这粒蜡丸，飞奔上马疾驰进皇宫。那些守卫都认识我，也知道有紧急军情时可以纵马进宫的规矩。直到正殿才下马紧跑，一眼看到宇文邕帝已经在正殿龙椅上正襟危坐，拿着一本奏折在慢慢翻看。

我们的宇文邕帝可是难得的一代明君。560年四月，宇文护派人毒死周明帝，立十七岁的宇文邕为帝，是为周武帝。至此，专横跋扈的宇文护已经废三帝、弑三帝了。

战战兢兢的宇文邕即位时，我大周政局十分不稳，关键原因就在于宇文护垄断了大周实权。宇文护是宇文泰的侄子，西魏时，曾任大将军、司空。556年，宇文泰病重临终之前，曾郑重地对宇文护表示过，自己的诸子都年幼，而且外敌势力庞大，所以要求宇文护总揽军政，继承自己的志向。宇文护表面许诺下来。第二年，他拥立宇文觉为帝，建立了大周政权。宇文觉秉性刚烈，特别厌恶晋公宇文护的专权。经过几轮杀戮，目前宇文邕已经蛰伏了漫长的十二年。

宇文邕深知宇文护的势力已经长成，故而采取了韬光养晦的策略。即位伊始，他不敢暴露自己对宇文护的不满。561年正月，宇文邕就以大冢宰、晋公宇文护为都督中外诸军事。而且在日常极力讨好宇文护。周梁躁公侯莫陈崇随宇文邕一同到原州，夜里，他执意回到长安去。众人都认为这件事有些奇怪。侯莫陈崇自以为聪明，便对自己周围亲近的人扬言宇文护已经被诛杀。有人把侯莫陈崇的话传了出去。宇文邕听说后，立即召诸公于大德殿，当着众人的面责骂侯莫陈崇，侯莫陈崇惶恐谢罪。就在这一天夜里，宇文护派兵冲进侯莫陈崇住所，迫使他自杀了。宇文邕通过实际行动，表明自己对宇文护绝无二心。不久，宇文邕又用韬晦之计表彰宇文护，诏称："大冢宰晋国公，亲则懿昆，任当元辅，自今诏诰及百司文书，并不得称公名。"在诏书之中不得称晋公宇文护之名，可见宇文邕对宇文护暂时"尊崇"之程度。

宇文护的母亲被北齐俘虏，母子分离三十五年，后来北齐将她放回，宇文邕对她也竭力奉承，凡是赏赐她的物件，一定是极尽奢华。每到四时伏腊，宇文邕都是率领皇族亲戚向宇文护之母行家人之礼，被称为"觞上寿"。用此来博得宇文护的欢心。由于宇文邕表面上的尊重、曲从，宇文护没有像对宇文觉、宇文毓那样对待他。然而在暗中，宇文护还是时时要挟宇文邕，专横跋扈，总想取而代之。

564年，宇文邕在宇文护的策划下发兵攻打北齐。十一月，柱国、蜀国公尉迟迥率大军围困洛阳，齐国公宇文宪于邙山围困齐军，晋公宇文护的军队驻扎于陕州。十二月，权景宣攻打北齐豫州，齐刺史王士良在内外夹攻之下投降了大周。但因为北齐武成帝高湛派大将军斛律光、高长恭与并州刺史段韶前往洛阳救援。这次战役最终失败，使得宇文护在大周的威望大大降低，为周武帝宇文邕后来的夺权创造了一定条件。

宇文邕吸取两位兄长的教训，表面上与堂兄相安无事，任其专权。暗中却在慢慢积聚力量，寻机诛护。今年初，宇文邕决心铲除宇文护。宇文护从同州返回长安，宇文邕便与他一同来见太后，宇文邕一边走，一边对宇文护说："太后年事已高，但是颇好饮酒。虽然我们屡次劝谏，但太后都未曾采纳。如今兄长入朝，请前去劝谏太后。"说着，又从怀中掏出一篇《酒诰》交给宇文护，让他以此劝说太后。宇文护进到太后居处，果然听从宇文邕所言，对太后读起了《酒诰》。他正读着，宇文邕举起玉珽在他脑袋上猛地一击。宇文护跌倒在地，宇文邕忙令宦官何泉用刀砍杀宇文护，何泉心慌手颤，连砍几刀都没有击中要害。这时，躲在一旁的宇文邕同母弟卫公宇文直跑了出来，帮忙杀死了宇文护。随后下旨将宇文护的儿子、兄弟及亲信斩尽杀绝。诛杀宇文护之子宇文会、宇文至、宇文静，以及伏侯龙恩、大将军万寿、刘勇等人。随后大赦天下，改元建德。

诛灭宇文护势力，是周武帝宇文邕一生中的大事。它使宇文邕避免了走短命皇帝的老路，把我大周从内乱倾轧中解救出来。宇文护被杀后，大周的大权才真正开始掌握在宇文邕手中。宇文邕除去了心头之患，在今年的几个月内就开始了一系列的改革措施。削弱大冢宰的权力，规定六府不必总听于天官大冢宰,使它的权力虚化,以加强皇权,又改诸军军士为侍官,表示军队从属于皇帝和国家化。再取消兵源的种族限制,境内凡男悉可为兵,大大扩充了军力。又限定地方行政长官与其僚属的关系,以防止地方上的私人化。总体上说,目前周武帝取得了最了不起的三大成绩,一是他大智若愚韬光养晦十二年,是常人办不到的,只有大丈夫能屈能伸。二是他终于诛杀权臣,实现了权力的平稳过渡,为我大周的繁荣打下了坚实基础。三是他前几年就开始,实行了对我大周更加正确的国策,那就是灭佛。

(二)

佛教传来中土已有五百年历史,早期我大周的皇帝都崇佛,前些年宇文泰还曾为大僧统道臻建中兴寺于长安昆明池南,"池之内外,稻田百顷,并以给之;梨枣杂果,望若云合,凡厥良沃,悉为僧有"。那时我大周在长安附近的天水大造麦积山石窟,如大都督李允信所造《七佛龛》都闻名长安。早期周武帝也信佛,宣扬佛教是胡人之神。但问题是太多,大周全境有寺三万有余,僧尼达二百万。"寺夺民居,三分且一。"并且道教也有后来居上之势,全国的道观如雨后春笋般建立起来。佛教、道教势力的扩张,这么多的不向帝国纳税服役而占有大量土地的僧、尼、道士,对于国小民寡的大周来说,实在是一个严重的损失和巨大的经济负担,也妨碍了经济的扩展。佛教"捐六亲,舍礼义",以及佛、道的虚幻假说等,日益与帝国倡导的忠孝等儒家观念相悖。

在权臣宇文护还在前线一心准备建立不世功勋时,周武帝宇文邕开始最重儒法,励精图治。567年,蜀郡公卫元嵩上书说:"国治不在浮图,唐、虞无佛图而国安,齐、梁有寺舍而祚失。大周启运,远慕唐、虞之化,宜遗齐、梁之末法。"他的意见深受周武帝的赞赏。此时道士张宾也上书请求废除佛教。于是，周武帝召集群臣及名僧、道士，讨论三教的优劣。意在压低佛教的地位，定儒为先，道教为次，佛教为后。可是笃信佛教的大冢宰宇文护不表同意，加上道安、甄鸾等上书诋毁道教，因此，虽经多次讨论，三教未能定位。年初周武帝诛宇文护，始掌朝政大权后，马上召集群臣、道士、名僧进行辩论，始定出以儒教为先，道教为次，佛教为后的位次。由于名僧僧勔、僧猛、静蔼、道积等奋起抗争，极力诋毁、排斥道教，又使这次的位次未能付诸实现。五月，周武帝再次召集大臣、名僧、道士进行辩论。在会上，佛、道两家斗争非常激烈，智炫在辩论时力挫道士张宾，周武帝为道教护短，斥佛教不净，智炫答道："道教之不净尤甚！"

武帝这次原来只想罢斥佛教，由于道教的迷信方术和教义的虚妄，经道安、甄鸾、智炫等人的揭发，已经彻底暴露，因此，武帝下诏"断佛、道二教，经像悉毁，罢沙门道士，并令还民"。诏令发布之后，立即实施。"融佛焚经，驱僧破塔，……宝刹伽蓝皆为俗宅，沙门释种悉作白衣。"

周武帝雄才大略，他的所谓灭佛，在方式方法上不同：这次灭佛，是经过多次辩论之后作出的，各方面都有思想准备。没有采取坑杀僧、尼、道士和捣毁寺、观的作法，而是将寺、观赐给王公，让僧尼等还为编户。对于那些知名的高僧、道士，或以帝国官员的身份送到信道观进行研究工作，或者量才任以官职，如以昙原为光禄大夫，法智为洋川太守，普旷为岐山郡从事，等等。

新设立的信道观也起了很大作用，传来大周的印度早期佛教只奠定了基本教义，围绕人生观，集中解决生死、苦乐、自由和因果四个问题。通过信道观的儒释道的辩论融合，在注重现实主义的儒家文化面前，我大周的佛教逐渐搁置了恶生和厌世的倾向，主要以现世为重心。佛教与礼制终于在大周相互结合，使调整世俗人伦秩序的规范带上了神圣和神秘的色彩，佛教的部分戒律规范被采纳用以规范百姓的生活，于是出现了道德宗教化和宗教道德化的现象。总之，方式方法比较温和，效果非常明显。这次灭佛，我大周帝国不仅获得了大量的寺观财富，而且获得了近两百万的编民，遂使生产日益发展，"租调年增，兵师日盛"。从而为强国强军提供了雄厚的物质基础。而信道观的建立，促成了儒、道、佛三教的交流与互相渗透，为建立以儒家为治国之本，辅以佛道的三教结合的新的思想体系，奠定了基础。

（三）

我将那枚蜡丸颤抖着交给魏公公转呈给周武帝，他反复看了几遍小锦条，一时大德殿上寂静无声，时间似乎凝固。过了很久，周武帝才小声询问？"消息是否可靠？"

我跪答：绝对可靠。从北齐定州方面也已传回消息，咸阳王斛律光的弟弟斛律羡全家也已被斩。

周武帝涨红了脸，光脚来到大殿，提提我的衣领让我站起来，他怔怔地望着我，喃喃地说："怎么会这样？怎么会这样？那北齐还有什么可怕的！？"

"天助我也！天助我也！"

周武帝终于完全醒悟过来，狂笑三声："我们要先举行一场盛大的宫宴来庆贺，马上再来一场大赦天下，虽然年初已经赦过一次，但这次的意义更加重大！要让我大周的百姓一起庆贺狂欢！"

想想两年前，也是在这里，周武帝朝议讨伐北齐，公卿咸曰："齐氏地半天下，国富兵强。……且大将斛律明月未易可当。"挡在我们面前的不可逾越的大山终于神奇地不在了！

收回飞舞的思绪，我赶紧取出我昨夜通宵写成的《灭齐三策》献与武帝：

第一策曰："臣在边积年，颇见间隙，不因际会，难以成功。是以往岁出军，徒有劳费，功绩不立，由失机会。何者？长淮之南，旧为沃土，陈氏以破亡余烬，犹能一举平之。齐人历年赴救，丧败而反，内离外叛，计尽力穷。传不云乎：'雠有衅焉，不可失也。'今大军若出轵关，方轨而进，兼与陈氏共为掎角；并令广州义旅，出自三鸦；又募山南骁锐，沿河而下；复遣北山稽胡绝其并、晋之路。凡此诸军，仍令各募关、河之外劲勇之士，厚其爵赏，使为前驱。岳动川移，雷骇电激，百道俱进，并趋虏庭。必当望旗奔溃，所向摧殄。一戎大定，实在此机。"

第二策曰："若国家更为后图，未即大举，宜与陈人分其兵势。三鸦以北，万春以南，广事屯田，预为贮积。募其骁悍，立为部伍。彼既东南有敌，戎马相持，我出奇兵，破其疆场。彼若兴师赴援，我则坚壁清野，待其去远，还复出师。常以边外之军，引其腹心之众。我无宿舂之费，彼有奔命之劳。一二年中，必自离叛。且齐氏昏暴，政出多门，鬻狱卖官，唯利是视，荒淫酒色，忌害忠良。阖境嗷然，不胜其弊。以此而观，覆亡可待。然后乘间电扫，事等摧枯。"

第三策曰："窃以大周土宇，跨据关、河，蓄席卷之威，持建瓴之势。太祖受天明命，与物更新，是以二纪之中，大功克举。南清江、汉，西翦巴、蜀，塞表无虞，河右底定。唯彼赵、魏，独为榛梗者，正以有事三方，未遑东略。遂使漳、滏游魂,更存余晷。昔勾践亡吴,尚期十载;武王取乱,犹烦再举。今若更存遵养,且复相时,臣谓宜还崇邻好,申其盟约。安人和众,通商惠工,蓄锐养威,观衅而动。斯则长策远驭,坐自兼并也。"

周武帝大喜,召来宣旨太监:"马上召集群臣上朝议事,我们要对北齐的局势好好评估,是时候启动对北齐的灭国战争了!"

(四)

醉醺醺地从皇宫出来,我逐渐褪去兴高采烈的外衣,开始体验来自心底的悲伤。是的,今天其实是我最失落的一天,我最知心的朋友仙逝了!

是的,当今天下,我知心的朋友只有斛律光一人了。朋友越来越少,首先源自我的英勇无敌。如今的北齐,我基本上是打遍天下无敌手。北齐的窦泰算是有勇有谋的战将了,537年正月,高欢率十余万大军西征,兵临黄河,威逼潼关。高欢搭起三座浮桥准备强渡黄河。我们的最高统帅宇文泰率军前出潼关拒敌,部众仅一两万人,在众寡悬殊的情况下,宇文泰决定采取出其不意、击敌要害的战术。为了欺骗敌人,他自己大张旗鼓地返回长安、声言援助陇右战场,而把主力交给年仅二十八岁的我指挥,让我集中兵力,消灭东魏的前锋主力窦泰的部队。

我领命后率军进至潼关地区的小关。经侦察确定利用小关沟深树密的特点设伏。待做好准备后,窦泰已经率部渡过黄河。我先派出少数兵马前往迎战,佯装败逃把骄横的窦泰部众引入我军的埋伏圈之后,死死封住敌人的退路,在我方其他部队的支援下,全歼窦泰部队。因为事变突然,歼敌时间短,东魏统帅高欢虽然得知窦泰中了埋伏被敌包围,但却来不及渡河解围，致使窦泰部众遭彻底覆灭之灾，京畿大都督窦泰也自杀谢幕。主将一死，我立即率军从后追击，远远看见高欢。他们殿后的大将薛孤延拼死护主，一连砍坏了十五把钢刀，战事异常惨烈，最终才保得高欢一行人逃脱。

在后来随宇文泰对北齐的征杀中，北齐的战将都一一成了我的手下败将。后来的两军阵前，凡是有我韦孝宽的大旗，那这场仗早已不用打了。

（五）

以前所遇到的北齐那些将领都是小菜，处于军力巅峰的当之无愧是高欢，很不幸，我俩狭路相逢了。546年八月，高欢倾山东之兵十万自邺城出发，汇合晋阳的精锐共十六万大军，向我大周大举进攻，这是灭国的架势。

我当时是荆州刺史，并摄南汾州事，进授大都督，负责镇守玉壁城，在晋阳西南，处于汾水的下游，和北齐战争的第一线，直接和他们的军事重镇晋阳对垒。

卧榻之侧岂容他人酣睡？所以高欢决定先攻玉壁城，拿下一个小目标，之后再图长安。九月，十六万北齐军连营数十里，包围玉壁城。而我玉壁城里只有不到两万兵，我决定据城固守。

十月，北齐军攻城，昼夜不停。我则随机应变，竭力抗御。高欢是征战多年的老将，足智多谋，战法良多，他在志在必得的玉壁，眼花缭乱地上演了多种战法：

猛攻法。高欢亲自督战，十多万大军从不同方向一齐攻城。顽强的北齐士兵，登上云梯，头顶盾牌，义无反顾地向上攀登，前队倒下，后队又跟上。他们口中，发出了震动天地的喊声，互相传染，互相激励，消退了心中莫名的恐惧。只见我玉壁城下，长剑与弯刀铿锵飞舞，长矛与投枪呼啸飞掠，密集箭雨如蝗虫过境铺天盖地，沉闷的喊杀与短促的嘶吼直使山河颤抖。守城最受考验的是前几天，好在我玉壁将士训练有素，忠心为国，在如狼似虎的北齐壮士面前，始终奋勇杀敌，屹立不倒。

高城法。见城坚将猛，丢下如山的尸体后，北齐军转而在城南筑土山，欲居高临下攻城。眼看小山飞也似的长高，我们玉壁城上先有二楼，我令一众士兵缚木加高城楼，令其始终高于土山，并多备弓箭战具以御之，使北齐军不能得逞。高欢派人对我说："纵使你把楼架到天上，我也会穿过城去捉拿你。"

孤虚法。东魏军于是再变战术，在城南挖掘十条地道，集中兵力攻击北城，昼夜不息。北城向来是天险，我提前令两名将军督促挖掘长沟，切断东魏军的地道，并派兵驻守，待东魏军挖至深沟时，即将其擒杀。我们又在沟外堆积木柴，备好火种，发现东魏军在地道中潜伏，便将木柴塞进地道，投火燃烧，还借助牛皮囊鼓风，烈火浓烟，吹入地道，地道中的东魏士卒要么被火烧死，要么被烟熏死。

撞墙法。东魏军又造"攻车"撞击城墙，所到之处，莫不摧毁。虽有排楯，也无法抵挡。我便令一将军率领众士兵用布匹做成帐幔，随其所向张开，攻车撞之，布受冲击立即悬空，城墙再未受损坏。东魏军又把干燥的松枝、麻秆绑到长杆上，灌以膏油燃火，去焚烧帐幔，企图连玉壁城楼一起焚毁。我则令士兵把锐利的钩刀也绑到长杆上，等火杆攻击时，即举起钩刀割之，把正点燃的松枝、麻秆全部割掉。

陷城法。东魏军又转入地道，在城四周挖掘地道二十条，用木柱支撑，然后以油灌柱，放火烧断木柱，使城墙崩塌。我早有防备，赶紧令士兵在城墙崩塌处用栅栏堵住，栅栏里准备大量士兵张弓以待，使东魏军无法攻入城内。

断水法。在攻城的这段时间里，高欢终于发现了玉壁城的致命弱点。玉壁城建在高崖上，没有水源，城内人马的饮用水，都要从汾河汲取存储。人多势众的高欢决定采用一条"笨"办法，发动将士和民夫，用几晚上的时间移动汾河的河道，让水源远离玉壁城，企图把玉壁城的将士渴死。在这个危急时刻，我见招拆招，发动兵士在城内打出几眼深井，找到了地下水源。几天后高欢认为城内将士肯定已经渴死了，结果攻城一看，我们的守军正生龙活虎着呢！

占卜法。方士李业兴于是开始占卜请神，最后卦象指向北方，认为集中兵力攻打北城，一定能够取胜。玉壁的北城下就是四五十米高的直立土崖，绝对属于"天险"。但高欢无奈，只好病急乱投医，人力不逮的时候只好听神仙的，采用这条"愚不可及"的攻城方法，动用大量兵力，去攀爬悬崖。那几天我幸福地站在城上以逸待劳，将东魏将士轻轻地挑下悬崖让他们先去神仙处报到。

攻心法。高欢黔驴技穷，用尽了攻城之术，但皆被我所破，而且还守城有余。攻城不克，遂派人劝降，先遣仓曹参军祖孝徵在城下谈判。

祖："未闻救兵，何不降也？"

我："我城池严固，兵食有余，攻者自劳，守者常逸。岂有旬朔之间，已须救援？适忧尔众有不反之危。孝宽关西男子，必不为降将军也。"

祖孝徵又对城中众将军说："韦城主受彼荣禄，或复可尔，自外军士，何事相随入汤火中耶。"于是向城中射信箭，信中说："能斩城主降者，拜太尉，封开国郡公，邑万户，赏帛万疋。"

我令参军们在信的背面写上回信，反射城外，同样说："若有斩高欢者，一依此赏。"

高欢又把我的侄子韦迁锁到城下，把刀放在脖子上，对我说："若不早降，便行大戮"。我慷慨激昂，略无顾意，命众士兵向城下呐喊："大丈夫为国尽忠，重于泰山。"城内众士卒莫不感励，人有死难之心。

（六）

高欢攻城五十多天，士卒死亡七万多人，精疲力竭，用尽心计，仍未攻克，高欢急得旧病复发，一病不起。随后，他们在山边挖出一个大坑，埋掉堆积如山的尸体，一天晚上悄悄地逃走了！其实，我玉壁城的将士也死伤多半，目前仅余三千能够守城，城内的粮食也已断绝，仅靠战马和少量杂食充饥。都城长安的宇文泰才经邙山大败，又逢凉州造反，兵力捉襟见肘，直到高欢败走，也没有任何援军和补给。

高欢这不是第一次被玉壁城阻拦，早在四年前就被守城名将、我的前任王思政拦在玉壁城下九天，伤亡惨重，最终不得不退兵晋阳；他也不是第一次从汾河谷地南下，自从十年前小关之战以来，他已是第四次亲率大军直指关中，这一次是败得最惨的。

当然，高欢的失败，也与他的军队人心不齐有关。他的大将侯景早有异心，长期经营南方，与萧家为敌，此次奉命助阵，也是出工不出力，他率军进兵玉壁附近的齐子岭，还未碰上我的助手刺史杨㯹，就让人砍了许多树木堆在路上，阻断了六十多里道路后，率领他的五万兵，转身返回南边老巢，去做他的河南道大行台，"拥兵十万、专制河南"了。

高欢从玉壁城返回邺城的途中，他的军中传言说我用定攻弩射杀了丞相高欢；我大周的人听到这一传言后，也马上发布敕令说："强劲的弩一射，凶恶的人自然就死掉。"高欢听到了这些话，从营帐的病床上勉强坐起来召见将军们，并让斛律金引吭高歌《敕勒歌》：

敕勒川，阴山下；

天似穹庐，笼盖四野；

天苍苍，野茫茫，

风吹草低见牛羊。

高欢带领将士们也跟着乐曲和唱，悲哀之感油然而生，不禁痛哭流涕。随后派遣段韶跟随太原公高洋镇守邺城，急召长子高澄到晋阳相会。

刚到晋阳，高欢病入膏肓。正月初一，恰巧发生日偏食，高欢在垂死之时叹道："日食是为了我吗？死亦何恨！"正月初八，高欢薨逝于晋阳的家中，时年五十二。

高澄最放心不下的，是早有反骨最近尤盛的侯景，便假借高欢的名义写信召侯景前来。以前，侯景曾与高欢有过约定，高欢的书信都加有一个小黑点。侯景一看到假的书信，对手下将领司马子如说："王在，吾不敢有异，王无，吾不能与鲜卑小儿共事。"立反。以十三州叛齐附梁，之后乱齐乱梁，闹得天翻地覆，我大周乘机夺蜀中、破江陵，将南朝极盛之国变为自己的附庸，将天下大势扭转。

（七）

玉壁大捷后，我被直线上升为骠骑大将军，开府仪同三司，晋升爵位为建忠公。我似乎成了天下名将，应该好好地修理那些北齐的将军了，一统天下似乎也指日可待。可天又不测风云，556年，大周的奠基人宇文泰也仙逝了，那个托孤的权臣宇文护为了显示他的文治武功，将我雪藏一边，自己率军东征西讨。从此战场就没我的什么事了，结果是我大周的威名直线下坠，北齐的不世名将却冉冉升起，斛律明月的英勇善战，大周将士基本闻风丧胆。

556年，他率兵大败我大周的仪同王敬俊，夺取了绛川、白马、浍交、翼城等四戍，后来又阵斩大周开府曹回公，惊走柏谷城主帅薛禹，进取文侯镇。

563年，他率三万步骑兵往驻平阳，抵挡大周猛将达奚武。可达奚武收到斛律光之信"鸿鹄已翔于寥廓，罗者犹视于沮泽"，竟然不战而逃。

564年，他披坚执锐，射杀了北周柱国庸国公王雄。

567年，他率军至定陇，与我大周张掖公宇文桀、中州刺史梁士彦、开府司水大夫梁景兴率领的诸军相遇。大败我周军，斩首两千多级。

568年，他引军再到宜阳，与我大周齐国公宇文宪、申国公拓跋显敬相峙百日有余，最后大败宇文宪军，俘虏其开府宇文英、都督越勤世良、韩延等人。

569年，宇文宪趁斛律光还军，命宇文桀、大将军中部公梁洛都与梁景兴、梁士彦等三万步骑迂回到其前面拦击。斛律光见神杀神，遇佛杀佛，在鹿卢交阵斩梁景兴，获马千匹，兴尽而归。

569年年底，斛律光率步骑五万进攻定阳，与宇文宪、拓跋显敬相持。宇文宪变乖了，再也不敢轻举妄动。斛律光趁机进围定阳，修筑起南汾城，置州设郡以逼迫我大周。一时间，胡、汉民众前来归附有万余户。

这样，在我大周众将军的心目中，斛律光俨然成了一座不可战胜的战神。他有勇武，善用谋，打仗特别用心，因此，率领北齐军队与我大周接战二十余年，打了数十场仗，斛律光都胜了。行伍出身的斛律光在作战之中不惧死伤，但却非常重视士卒的生命。每次打仗之前，他按敕勒族的方式预测吉凶，确认为凶多吉少时，他就不向敌人主动发起进攻，以减少士卒的伤亡。他身为将帅，却与士卒打成一片，全军的营寨没有扎好，他不入营塞休息；战士的饭没烧好，他绝不吃饭。战士受伤和生病，他亲自上前慰问。每次战争结束后，他都去吊唁死难的将士，把自己得到的奖赏，凡是能分配的，统统平均分配给死难者的家属。军中有犯罪者，斛律光常用的刑罚是打棍子，从不用砍头方式处置自己的士卒。在极度紧张的战争环境下，为了确保部队的安全，斛律光亲自巡营查哨，他常常终日不入帐，或终日不脱甲胄不坐下休息。斛律光以征战为事业，从无私心，不爱钱财，征战数十年，从无家私和隐财。这样的人就是天生的战神，要战胜他是特别困难的。

（八）

一个人变成了神，肯定就不会有人间的朋友，只能和神对话和交心。在我大周是这样，我基本没有朋友，远离人群，只能和天地日月对话，那些朝臣也知道宇文护的心思，平时躲着我还来不及呢。听说，斛律光也是这样的境况，终于，我确定我两应该是天下最知心的人了。

今年初，在权臣宇文护被诛后，我终于又挥舞尘封的长矛，跨上闲散的骏马，冲向早已陌生的周齐的最前线。齐有斛律，周有孝宽，这次我们终于有机会亲手过过招、说说话了。

此时的斛律光风头正劲，得寸进尺，在边境率众筑平陇、卫壁、统戎等镇、戍十三所，蚕食了我大周前线大片土地。我大周再也坐不住了，派我和柱国木包罕公普屯威率步骑万余进攻平陇。

还是那个对军事狗屁不懂的权臣宇文护害了我大周。570年，我大周和北齐争夺宜阳，战争打了好久也分不出胜负。我在长安品茶听书中，敏锐地发现了潜在的危险。那天在一张前线地图上看了看心想，如果斛律光放弃崤山以东，来和我大周争夺汾北，那情况就危险了。我们现在应当在汾河北岸的华谷和长秋，抢先筑起两座城池，占据有利地势，破坏敌军的企图，不能让他们抢了先。于是，我还是忍不住地在地形图上画了位置，说明情况，派人呈报给宇文护，请求其同意。那宇文护却阴阳怪气地说："韦公子孙虽多，数不满百。汾北筑城，遣谁固守？"其背后的潜台词是：你韦孝宽镇守个玉壁城也就足够了，你们家子孙做官的也不少了，难道还想再扩张地盘？我只好长叹一声，暂时作罢。

但那斛律光却没有"暂时作罢"。570年十二月，斛律光率军进抵汾北，他的眼光和我是一致的，迅速筑起了"华谷"和"龙门"两座城池。以前，高欢率领大军驻扎在汾河谷地，仰攻险要的玉壁城，两次都是惨败。现在，斛律光在汾河北岸的险要地带，筑起两座城池，和汾河南岸的玉壁城遥遥相对，一下子就把被动变成了主动。

为了战胜斛律光，我大周将最精锐的骑兵"虎纹具装"全部上阵。"虎纹具装"是我们的王牌军，是一种用皮甲装备战马的"重骑兵"，也都是清一色的鲜卑勇士。这次是硬碰硬的战斗，没有太多花哨的计策，毕竟同为名将各自早就将弱点隐藏。两军对垒，正面决战，一场惨烈的厮杀，结果"虎纹具装"不敌"百保鲜卑"，我仅率少数人逃走。

随后，斛律光又率五万步骑沿平阳道进攻姚襄、白亭等城戍，攻无不克，俘虏城主、仪同、大都督等九人，斩杀和捕获数千士卒。作为回应，我派柱国纥干广略同时围攻宜阳进行战略进攻。神速的斛律光率五万步骑往救，在城下大破我军，并乘胜追击，夺取了北周建安等四戍，俘获周军千余人。

在激战之际，我单枪匹马将斛律明月引至偏僻处，对他说："明月无恙乎？"

斛律光："宜阳小城，久劳战争。今既入彼，欲于汾北取偿，幸勿怪也。"

我换位思考："宜阳彼之要冲，汾北我之所弃，我弃彼图，取偿安在？"

斛律光："大丈夫各有所图！"

我推心置腹地劝到："若辅翼幼主，位重望隆，理宜调阴阳，抚百姓，焉用极武穷兵，构怨连祸！苟贪寻常之地，涂炭疲弊之人，窃为君不取。"

斛律光："两军阵前，只拼武艺，岂趁口舌？我宝弓神箭就不赏君了！珍重！"

置之死地而后生，两军相逢勇者胜。的确，斛律明月是当今最耀眼的名将，在战场上，有他在，我们大周是不可能取胜的！

（九）

战场上除了真刀真枪，除了拼人拼武艺，还有水陆空网。战争是一个立体概念，一般的统帅只注重和看得见大地上的数万士兵，要么步兵要么骑兵，要么大刀要么箭矢，所有的手段就很有限。其实在我的战术上，除陆军之外，肯定会有水军。如今我们大周的水军基本上都集中在附庸国西梁，为以后一扫南陈做好准备。

当然还有空军。那些空中翱翔翻飞的鸽子，有好些都是我们精心喂养、专门调教出来的宝贝，它们每天不断从北齐、南陈、突厥等地飞来飞回，天下大事都捆绑在它们的脚上，它们可是空前绝后的最快的空中信使。

当然也有网军。每个鸽子起飞的起点，都有一个我们的情报站点。情报人员就更多，像芝麻一样撒向各方，在对方的朝堂上，在他们的军队里，在一些王公大臣的身边，在市井茶楼，到处都有我们的眼睛耳朵，有我们的刺客杀手。

可以说，我每年的最重要的开销，就是这些看不见的隐蔽战线。养军千日，用兵一时。一般来说，武将都锐于决战，不善于深入思考，喜欢以力决胜。我则不然，但凡能用非战争手段解决的，轻易不会硬碰硬地打仗。和斛律明月的对阵更证实了这一点，好奇害死猫。天空足够宽广，完全适合两位战神自由驰骋，硬碰硬只能自堕神名！前些年北齐大将段琛与我相持，段琛屡屡让部将牛道恒到我大周边境招诱边民，弄得大周边城一片骚然，无法固守。我便寻思用计，派出间谍偷到了牛道恒所写的书信，令善于模仿笔迹者仿写了一封信，内容是牛道恒与我商量着要投降大周。我用火烧掉信纸边缘，看上去像是阅后焚烧的样子，然后，让间谍"意外"地遗失此信，又"不幸"地落入北齐人手中。果然，北齐大将段琛中了离间计，此后但凡牛道恒建议有所行动，段琛都怀疑他在作伪，两人逐渐产生嫌隙。我见时机已到，遂发兵各个击破，生擒段琛和牛道恒。

尝到用间谍的甜头后，我一发不可收拾，逐年加大了间谍网建设的力度，即使在我被宇文护闲置时也没有荒废。一方面，我培养了非常发达的间谍信息网，屡屡遣间谍到敌国刺探消息。我对待部属恩威并施，很得人心，故而所遣之间谍无不尽心竭力。北齐国内但凡有什么风吹草动，情报都能迅速送入我大周，为朝堂决策提供了充足的依据。

另一方面，我还十分注重拉拢北齐的异己分子作为自己的内线。一般来说，本方间谍潜入敌国，虽然也能刺探到许多信息，但因为对敌国国情、人情不是很熟悉，许多潜在的矛盾关系、人事关系以及政治潜流，都无法从中分析出有效情报。而敌国的内应却十分熟悉本国情况，可以提供许多潜在的情报。我不惜花费重金，大量收买北齐内应，许多北齐人贪其贿赂，甘心给我传递消息。

（十）

我还十分注重培养杀手型间谍，效果相当显著。以前我有个心腹部下叫许盆的将军，被任命单独驻守在玉壁城附近一个小军城。当时玉壁之战前，北齐频繁进行策反活动，许盆架不住北齐的威逼利诱，以城投敌。我闻讯大怒，立派间谍杀手潜入许盆军中，不久便斩其首级而还。

当然效果比较显著的当数我培养的间谍兰京。其父徐州刺史兰钦与当时名将陈庆之齐名，在与北齐交战时，兰京被俘，被发配为奴，辗转分配到高澄府中当厨子。兰钦多次请以重金赎之，高澄骄矜地不许。在我意外探听到这一消息后，于是派人开始从不同层次接近兰京，先把他周围一同为厨的六人收买，之后在京郊给他购置房产，配上美女及仆人，在他难得有空时也可以来享受享受，体会从奴隶到上帝的生活。没过多久，他们七人就成了我安放在北齐最高统帅身边的间谍。

那时高欢去世两年了，北齐的权柄已牢牢控制在高澄手中。而高欢的其他儿子都还小，如果这时高澄出现意外，群龙无首的高家和傀儡元室皇帝间肯定会有一场大动乱，而我大周正好浑水摸鱼。于是向兰京下达了动手的指令。

当然，兰京也恨透了高澄。兰京多次请求回家，高澄骂说："你再啰唆，就杀掉你！"时不时地还打他几十棍。兰京于是在郊外私室中和我培养的同党六人，以及我派去的业务指导一起策划反击。

高澄在邺城时，爱恋新宠琅琊公主，为不受打搅，侍卫者常遣出外不准私进。八月八日这天，高澄与一众大臣在东柏堂密谋，这时兰京等七人一哄而上，终于将高澄刺杀。当然，这七人也很快被赶进来的侍卫全部斩杀。

此前我也派人让北齐的众多小孩子的北宫门外吟童谣"百尺高竿摧折，水底燃灯灯灭"和鲍照诗"将军既下世，部曲亦罕存。"北齐的王公大臣后来恍然大悟，原来上天早已示警，高欢既去，高澄安得善终？没人怀疑这是一次间谍刺杀。不过，后来不显山不露水的高洋很快控制了局势，我们的这一计划没有取得预期的效果，当然，能换掉敌方素质一流的统帅，本身就是一次巨大的成功。

（十一）

目前我们培养得最成功的间谍当数骆提婆一家了。他父亲骆超本是我大周将领，后不得已降北齐。在前线玉壁城我和高欢真刀真枪地上演着攻防战，在后边我也没闲着，派在邺城的间谍抓紧做骆超的工作，让其在邺城造反归周。后来找到一个好时机，高欢刚一咽气，南边的侯景就反了，紧接着骆超将军带领他的五千人准备揭竿而起反出邺城，投奔玉壁。在侯景和骆超的南北夹击下，在失去高欢这个主心骨魏室皇族蠢蠢欲动的情况下，我们大周的宇文家就有无限的机会，我们也做好了沿途迎接骆超将军并伺机攻打晋阳的准备。奈何人算不如天算，高欢的长子高澄很快就稳定了局势，骆超将军也因奸细的告密被捉被斩，他老婆儿子没入宫中为奴。

后来峰回路转，刺探来报，说这对母子已到长广王高湛府中做奴，看情势似有被重用的可能。

于是，我们利用在邺城和晋阳的网络，开始向骆提婆输送大量金钱，让其改善境况；在城郊对其培训，如何对主子侍候讨得主子的欢心；同时也派了许多助手在他们周围，后来多成为陆府的亲信和得力助手。由于害怕泄露，后来我们的联系非常少，由于有国仇家恨，这对母子在北齐狼狈为奸，权倾朝野，把持朝政，排除异己，残害忠良。这都是我们大周在战场上办不到的事。有时，看不见的战场其实更起作用。

（十二）

齐斛律，周孝宽。在杀声震天的战场上，我确实打不过斛律光，那我只好换个方式，找最有效的办法。虽然，目前天下只有这个最知心的朋友了，在心里也惺惺相惜，但他是我大齐的国家敌人，国家最大的敌人，此人不除，我大周肯定在黄河汾水边不能前进一步。

北齐官场上斛律光的秘闻，我早已了如指掌。我发现，这可是个借刀杀人的好机会。于是我上书宇文邕，把自己的计划做了详细的汇报——我手下有个参军，唤作曲严，他打仗可不行，但鬼点子特别多，专门负责替我出谋划策，业余时间喜欢研究像什么塔罗牌、星象八卦之类。于是我让曲严编了两首童谣，第一首"百升飞上天，明月照长安"；第二首"高山不摧自崩，槲树不扶自竖"。

编好歌谣后，我让人抄了无数份，派人暗中潜入邺城交给我们的网络，在邺城的大街小巷到处张贴，同时编成歌谣，私下教小孩子到处传唱。后来接到的消息说，歌谣越唱越长，效果非常明显。再后来，终于传来了斛

律明月被诛杀事件。

（十三）

　　我确实非常伤心。作为补救，我让我在邺城和晋阳的网络，注重斛律家的家人，凡是活着的小孩子，要想尽一切办法送到长安来，我们大周要好好哺养斛律家的后代。想必一生刚毅的咸阳王，几代都出污泥而不染，如今墙倒众人推，要报仇的，要还愿的一定不少，他们的日子一定难过。

　　就当我为知心朋友斛律明月做的一点补偿吧，以慰我心中的不安。

第八章　南梁质子萧希逸

天子式微，礼乐不复，于是质子成为一门新兴职业。

《左传》里讲得很贴切，质子其实是自欺欺人的做法，苟有明信，涧溪池沚之毛，苹蘩蕰藻之菜，筐筥锜釜之器，潢污行潦之水，可荐于鬼神，可羞于王公，哪里用得着要个大活人呢？

关键是从春秋开始就越来越缺少"明信"了，于是质子开始大行于天下，并且越是分裂，越是大乱，需要的质子就越多。最早是春秋时期的"周郑互质"，王子狐为质于郑，郑公子忽为质于周。后来比较有名的秦昭襄王、燕太子丹都曾经做过质子。

质子的这份职业，是一份很没有前途的职业。他的命运是一场悲剧还是一个传奇，并不取决于他本人，他不过是纷繁复杂、风云变幻的天下大势，所掀起的一朵小小浪花。他和黑帮手里的人质差不多，人在屋檐下，不得不低头，要是母国敢攻打领土，侵害利益，就要被撕票的。如果好不容易平安无事，那还是好吃好喝力求在有生之年醉生梦死吧——这可是数千质子最向往的结局。

（一）

我是一名质子，也是质子的儿子。我当然不会那么庸俗，和高家那帮王子王孙以及怀朔勋贵的堕落后代们那样，和我大梁那一大帮落难的萧家王孙一样，只想在香气熏天胭脂纷飞的邺城整天混日子，虽然我不得不经常跟他们在一起，哪儿都要去喝喝酒，行行令，和和诗，送送礼，混个脸熟，拉个关系，以备突然哪天又有哪个王子哥儿进了权力中枢。但在醉眼朦胧中，在娇莺低吟里，我时刻清醒：

我的榜样是嬴政。我和他太相似了，都生活在乱世，列国纷争，不被重视而到他国为质，从父亲就开始做质子，后来他的父亲嬴异人逃回了秦国，我的父亲萧祇病死在大齐；被抛弃的嬴政母子继续为质八年，在赵国过着颠沛流离、为奴乞讨的生活，后来时来运转机缘巧合终于回国，最后一统天下，成为秦始皇。而我，已经在大齐生活了二十三个年头，虽然我始终志向如磐，目标坚定。想当初，高澄帝就对我父亲及叔父萧渊明的礼节非常隆重，他对我们说："先王同梁主和好十多年，听说他拜佛的文辞常说敬奉魏主以及先王，这很是梁主厚意。边境上的事情，知道不是梁主的本意，应当是侯景违命煽动所致。您可派使者询问斟酌，如果还念先王情义，重新往来友好，我不敢违背先王的旨意，您及众人一并马上放回。"于是让人把我父亲的信报告梁武帝，已经如坐针毡的梁武帝还送信来慰问高澄。

随着我梁武帝被丑奴侯景饿杀，随着高澄被厨奴兰京刺杀（都在549年），随着我大梁的形势越来越危急，随着北齐的朝堂越来越昏暗，随着我心目中的吕不韦的倒下，我心中这些年越来越渺茫的希望之光即将熄灭了！

（二）

要摆脱质子的命运，成就心中的梦想，复制秦始皇那样的巅峰事业路径，就必须找到人间奇才吕不韦。

吕不韦的谋略和口才，都是历史人物中第一流的。他凭着一人之力、三寸不烂之舌，就促成了秦始皇的辉煌事业。就谋略而言，吕不韦不仅谋得深、算得远，而且谋得全，算得广，文林馆保存的司马公的《史记》就描绘得非常清楚，他共分了四个步骤来进行谋划：其一，当他看到公子异人时就觉得奇货可居，是一个能够赢得整个未来的上佳投资项目，于是他说服异人听他指挥。其二，这个"奇货"要想推销出去、这份投资由风险转化为巨大利润，还是需要做出艰苦的努力和费力的工作。他不仅要安排好接人，而且要安排好放人。他算计到秦国华阳夫人及其弟弟的潜在的、迫切的需要，使华阳夫人能够为了自己的利益而为异人奔走，使秦国开始向赵国要人。其三，他又游说赵王，以长远的利益说动赵王送归异人。其四，人接回后，为更上一层楼，他在异人身上下足功夫，使秦王最终立异人为太子。吕不韦在两国间穿针引线、巧妙安排、运筹得当、步步迭进，他真是一个一流的策划家、设计家。完成他的这次交易，实际上是个大工程。要调动事主、接人的秦国、放人的赵国、认儿子的王后、立太子的秦王等等，庞大而复杂，非得要高屋建瓴和周全细致不可。当然，吕不韦后来的计谋、功劳，还有许多许多，他永远是一个传奇。

其实在如今的大齐，经过我们父子的苦苦寻觅，也终于发现了现实版的"吕不韦"，那就是斛律明月！

（三）

斛律明月首先是耿直。敕勒的马上汉子，光明磊落，眼里容不下任何灰尘，这和我老爸的性格一样，虽然作为质子，少不了忍气吞声，少不了吹牛拍马，但骨子里的性格是改不了的。后来我父亲出任大齐右光禄大夫，兼领国子祭酒时，经常带我去门可罗雀的咸阳王府，和斛律金、斛律光父子喝酒吃肉、射箭下棋，明月父子并不看低我父亲的官阶，并不在乎我们质子的身份，他们喝着酒，海阔天空，少谈时事，不论国是，只是享受那少有的宁静和快感。这样的人，少了阴谋阳谋，知道公正对错，所托之事才能放心。

斛律明月非常明大势。随着高欢的离去，大齐雄才大略掌控天下的越来越少了。大齐的主要敌人是北周，高家的死敌是宇文家，我们南梁，始终是大齐的得力助手，扶助我们，也等于是帮助大齐自己。这些年，我们明里暗里，为大齐出谋出力，既是为我们自己，也是为大齐，建立了不少功勋。而今的朝堂，能明白这种大势的，能继续推进大齐这种既定国策的，也只有斛律明月了。

斛律明月有巨大能力。看看当今世界，敢与斛律明月对阵的已经不多了，能与斛律明月对阵的还没有。北周没有，突厥没有，那个胆小的篡位的南陈更没有。只要斛律光愿意，他随时可以率领百胜之师，不费吹灰之力，让我们饮马渡江，光复建康，恢复南梁。

（四）

南梁本来是在的，这里是富足江南，才俊江郎。这里"满目春光洒人间，籁声清新气自然"。这里"山川秀丽江南好，岁月可贵桃李娇"。这里"日出江花红胜火，春来江水绿如蓝"。是那个罪魁祸首反复无常的叛逆侯景，将如诗如画的南梁给弄没了的。侯景之乱，使我南梁蒙受空前浩劫，从政治格局、经济文化、社会阶级、族群结构上都有天翻地覆的变化。

政治格局是侯景之乱对我大梁的直接恶果，其表现即为政权更迭。随着侯景之乱的爆发，原本号称"如金瓯一片，无一伤缺"的我大梁王朝土崩瓦解，呈现碎片化局面。纵使侯景之乱被平定，大梁也是四分五裂、名存实亡了。萧纪割据蜀地而称帝，荆襄的萧詧依附西魏，湘州的王琳依附北齐，萧勃固守岭南，各地盘踞自保的土豪更是不计其数，我父亲不得已带着众多萧家来到了北齐以图东山再起。在侯景之乱中崛起的那个人面兽心、出身低微的油库小吏陈霸先，他违抗命令阴谋杀害了登坛盟誓还结为儿女亲家的、对我大梁忠心耿耿功绩卓著的名将王僧辩，并于557年迫使我梁敬帝禅让，建立了狗屁陈朝，接着他的侄儿陈蒨、陈顼继续作恶，把长江以南我萧家的地盘一并抢光，重建南朝的统治秩序。因此可以说侯景之乱引发了梁陈易代。

侯景之乱对江南地区经济文化的破坏是显著而惨重的。侯景最初兵临建康时，"号令甚明，不犯百姓"，但叛军的纪律严明是暂时性的，由于久攻不下，其本性便暴露出来，"乃纵兵杀掠，交尸塞路，富室豪家，恣意裒剥，子女妻妾，悉入军营。及筑土山，不限贵贱，昼夜不息，乱加殴捶，疲羸者因杀之以填山，号哭之声，响动天地。百姓不敢藏隐，并出从之，旬日之间，众至数万……破掠吴中，多自调发，逼掠子女，毒虐百姓，吴人莫不怨愤，于是各立城栅拒守"。侯景公开宣扬屠杀，对麾下将领宣称"若破城邑，净杀却，使天下知吾威名"！在侯景官军的烧杀抢掠之下，再加上饥荒、瘟疫，江南百姓流离失所，死者枕藉，号称富庶的三吴之地经历侯景之乱后，"千里绝烟，人迹罕见，白骨成聚如丘陇焉"，社会经济遭到毁灭性的破坏。此外，侯景叛军还烧毁东宫藏书三万卷，象征我大梁文治的士林馆也在战乱中化为灰烬，加上后来梁元帝江陵焚书十四万卷，可以说东晋以来大梁引以为傲的文化典籍收藏湮灭于侯景之乱及其间接引发的江陵之变中。文人学士也遭逢乱离，侯景之乱对江南文化的破坏亦是不可估量。

侯景之乱还引发了大梁社会阶级关系的调整。自东晋以来，士族门阀为江南地区的统治阶级。侯景叛逃到我大梁后，奇丑无比且反复无常的他曾向王、谢家族求婚失败，因此对南朝士族门阀也充满仇恨。他攻入建康后，士族门阀遭遇灭顶之灾，除了被屠杀的，还有许多士族饿死，颜之推曾云："中原冠带，随晋渡江者百家，故江东有《百谱》；至是，在都者覆灭略尽。"与士族落魄悲惨相应的则是奴婢的扬眉吐气，侯景攻入台城后，下令解放被梁朝作为奴婢的北方人，又任用了许多南朝士族家的奴婢为官，使他们纷纷投奔侯景，"人人感恩，为之致死"，所谓"旧时王谢堂前燕，飞入寻常百姓家"。侯景的队伍之所以能从入梁时的八百人到起兵时的八千人，最后到围攻台城时的十万人，很大程度上是有大量的梁朝奴婢和农民加入之故。

侯景之乱还导致了南朝族群结构的变化。自东晋以来，南朝一直是北来侨姓士族占统治地位。侯景之乱使士族遭到沉重打击，不仅庶族寒人地位上升，南方土著豪酋也趁势崛起。"梁末之灾沴，群凶竞起，郡邑岩穴之长，村屯坞壁之豪，资剽掠以致强，恣陵侮而为大。"原来默默无闻的南方蛮族中的土豪洞主，纷纷登上了政治舞台。那个所谓的陈朝便是依恃南方土著蛮族建立起来的，此为江左三百年政治社会的大变动。

还是经常饱含热泪读读长年在北方生活的南方大咖庾信的《哀江南赋》：

……若江陵之中否，乃金陵之祸始。虽借人之外力，实萧墙之内起。拨乱之主忽焉，中兴之宗不祀。伯兮叔兮，同见戮于犹子。荆山鹊飞而玉碎，隋岸蛇生而珠死。鬼火乱于平林，殇魂游于新市。梁故丰徙，楚实秦亡。不有所废，其何以昌？有妫之后，将育于姜。输我神器，居为让王。天地之大德曰生，圣人之大宝曰位。用无赖之子弟，举江东而全弃。惜天下之一家，遭东南之反气。以鹑首而赐秦，天何为而此醉？……

（五）

振兴南梁，也是有希望的，此前就有几次绝佳的机会。

552年，恶徒侯景被剪灭。当时王僧辩、陈霸先征讨侯景，侯景大败，只剩一条船，几十个人。他在沪渎下海，准备逃往北方。

当初侯景在建康时，强娶大梁简文帝萧纲之女溧阳公主为妻，又霸占羊侃之女为妾，却用羊侃之子羊鹍为官。羊鹍把仇恨埋在心底，表面上装得忠心耿耿，经常跟随在左右。他乘侯景睡着的时候，命令水手改变航向，转往京口，指着侯景说："今天要借你的脑袋取富贵！"之后一矛刺了个对穿。羊鹍割开侯景的肚子，塞入大把的盐以防腐烂，然后将他的尸体送到建康。号称宇宙大将军的侯景，最终落得百姓分食其肉，五个儿子被活活煮死的下场。

当初温柔漂亮的溧阳公主是我大梁的最美丽的公主，从小受尽宠爱，十四岁时却被逼嫁给了侯景。对于溧阳公主来说，侯景是个灭掉她国家之人，并且害死了她的祖父、父亲等一大帮亲人，所以溧阳公主非常痛恨侯景，当侯景死去她也争着吃了他的肉。

当时梁元帝萧绎平定侯景之乱后，重新与北齐往来友好。经过我父亲的一再上书请求，大齐文宣帝高洋也答应放我父亲萧祗等一行人质返回故国。没想到权力这杯毒酒人人想饮，已经折腾得不成面目的大梁还要做最后的折腾，当然庾信也总结得对，大祸"实萧墙之内起"。开始在寿阳只有八百人的侯景造反，而萧家众王大多坐山观虎斗，侯景成势后诸王不但不攻打建康，反而自相残杀，萧绎杀死萧恺、萧誉，他的世子萧方等亦死于内战中，萧誉投奔西魏，萧纶、萧范、萧大心诸王也相互攻击。好不容易平定了侯景之乱，我大梁又分裂成势不两立的两部分，萧绎自恃灭侯景有功，在江陵称帝。萧绎与岳阳王萧詧攻战，萧詧被打败，转而引狼入室求救于北周的宇文家，宁愿作其附庸。554年十一月，萧詧引北周兵攻江陵。555年，于谨攻破江陵，杀梁元帝，收府库珍宝及宋浑天仪、梁铜晷表、大玉径四尺及诸法物，尽俘王公以下及选百姓男女十万口为奴婢，分赏三军，驱归长安，小弱者皆杀之，得免者三百余家，而人马践及冻死者什二三。被北周俘获至长安，再辗转逃来大齐的文林馆待诏颜之推，在《观我生赋》中对北周破江陵描写道：

    惊北风之复起，惨南歌之不畅。

    守金城之汤池，转绛宫之玉帐。

    徒有道而师直，翻无名之不抗。

    民百万而囚虏，书千两而烟炀，

      溥天之下，斯文尽丧。

怜婴孺之何辜，矜老疾之无状，

夺诸怀而弃草，踣于途而受掠。

冤乘舆之残酷，轸人神之无状，

载下车以黝丧，捡铜棺之藁葬。

云无心以容于，风怀愤而惨恨。

井伯饮牛于秦中，子卿牧羊于海上。

留钏之妻，人衔其断绝，

击磬之子，家缡其悲怆。

萧渊明、父亲和我回去的路关山重重，就只好再留邺都。梁元帝被杀后，雄才大略的北齐文宣帝高洋拥立萧渊明为大梁皇帝，派从前的梁将湛海珍等人跟随萧渊明归还，为防止上次事件重演，让我父亲和我留下以备不测，命令上党王高涣率部下送行。

当时，高洋赐予王僧辩、陈霸先玺书，王僧辩没有接受。于是，高涣向南进军，令萧渊明给王僧辩写信，往来再三，陈述利害。不久，高涣攻破东关，江南危急恐惧。王僧辩于是接纳萧渊明，派船迎接。高涣以酒食款待梁军将士，同萧渊明杀牲歃血，订立盟约。于是，梁军车马东渡长江，北齐军队向北返回，萧渊明进入建邺称帝，年号天成，大赦天下。萧渊明上表派第二子萧章乘马疾驰到北齐京都，拜谢文宣帝高洋。

555年冬天，野心家陈霸先起兵于京口，率军袭杀亲家王僧辩，废黜萧渊明，改立萧方智为帝，仍然请求向北齐称臣，永远当北齐的附属国。557年，篡位称帝，大梁变成了南陈。这时高洋帝已经日日醉酒，天天杀人，无人敢近，哪个敢谏？我们的请求救援发兵的奏折根本无人呈送。从此，一众梁姓皇族的目标又不得不降低很大一个层次：从振兴变成了恢复，我的目标变成了——复国！

（六）

恢复南梁，也是有希望的，此前也有几次绝佳的机会。北齐和大梁世代结盟，这也是北齐为对付主要敌人北周的战略布局。这些年除我们大梁萧姓皇族数百人盘踞邺城之外，还有许多文臣武将，都在大梁张目以待，当然，恢复南梁的战争一刻也没有停止，而我大梁的主攻手是，我们家的猛将王琳。

557年十月，陈霸先篡位后，南陈派大奖侯安都等率军包围郢州。王琳乘坐平肩舆，手执钺亲自指挥作战，大败侯安都，将其全部擒获，只杀不服的周铁虎一人。

558年正月，王琳率十万大军东下，抵达湓城，在白水浦练兵。二月，终于酒醒后好不容易头脑清醒一回的高洋帝，派兵护送我叔叔萧庄回到江南，并册拜王琳为梁朝丞相、都督中外诸军、录尚书事。王琳派侄子王叔宝率所统辖十个州刺史的子弟前往邺城作为人质。同月，王琳拥戴萧庄在郢州即位，改年号为天启。六月，与陈霸先所派侯瑱率领水师大战。十二月，那个北周的傀儡政权后梁派大将军王操掠取王琳控制下的长沙、武陵、南平等郡。

559年三月，王琳派部将雷文策袭杀西梁监利太守蔡大有。六月，陈霸先去世，其侄陈蒨即位。王琳抓住时机，拥奉萧庄出兵屯驻濡须口，北齐也派扬州道行台慕容俨率军众逼近长江，为其声援。王琳派巴陵太守任忠率军进击，大破吴明彻军。

560年二月，王琳率军抵达栅口，与陈霸先军相持一百多天。北周派荆州刺史史宁率军数万乘虚袭击鄀州，被王琳守军击败。北齐也派仪同三司刘伯球率军一万余人支援王琳，派慕容子会率两千名铁骑屯驻在芜湖西岸，以声援王琳。但天公不作美，西南风刮得又急又猛。当时，又突遇高洋帝暴亡，无人问津前线战事，致使我军大败。王琳和萧庄一同逃返北齐。

561年正月，高演帝派王琳到合肥，收集旧部，再图进取。任王琳为骠骑大将军、扬州刺史，镇守寿阳。又增发给王琳军饷，赐一班铙吹乐器。王琳率军严阵以待，准备随机而动。适逢此时陈朝与北齐结好，愿意俯首称臣，又适逢高演帝驾崩，朝堂不稳，北齐便让王琳以后再作打算。

（七）

恢复南梁，肯定不是容易的事，王琳暂时失败了，但我们的天启帝梁庄还在，还有更多的人才。这次出征的猛将叫华皎。

566年，那个篡贼陈霸先终于死了，趁时局未稳，斛律明月采纳了我们父子的建议，在启奏高湛帝同意后，以天启帝萧庄发旨，让"据有上游，忠于萧梁"，都督湘巴等四州军事、湘州刺史的华皎于长沙举兵高举义旗。华皎为人聪慧，任事勤勉，时值兵荒之后，百姓饥馑，他为之解衣推食，颇得时誉。华皎对我大梁忠心耿耿，勤于贡献。他出身下级官吏，"善营产业"。湘州物产丰富，他极力经营操办，供应朝廷，"粮运竹木，委输甚众""油蜜脯莱之属，莫不营办"；"征伐川洞"时掳获的铜鼓、牲口，也都奉献京师。567年五月，他秘密"缮甲聚徒"，扩充力量，并以厚礼收揽湘州所属各部长官，广结人心，以备事变。在长沙制造大舰"金翅"等两百多艘及各种水战器具，以备用兵江汉。

六月，陈顼以老将吴明彻为湘州刺史，率兵三万，乘战舰直趋郢州，又令大将军淳于量率众五万乘大舰继之；另外，以徐度等两军分别从安成出茶陵、从宜阳出醴陵，以陆路奔袭长沙。战争正式爆发。湘州方面，则有巴州刺史戴僧朔、长沙太守曹庆等七州郡长官随从华皎起兵；斛律光也派出水步兵数万参战。双方投入兵力约计共二十万人。

十月，战事首先在郢州至巴州之间展开。华皎率湘州水军并会合北齐水军在巴州白螺洲布列水阵，与吴明彻水军接战，相持不下。这时，徐度所率步军已进至湘州，占领长沙，华皎的留守部队与官兵家属全部被俘。华皎闻讯，求战心切，率各部水军自巴陵"顺流乘风而下，军势甚盛"，与陈军大战于沌口。陈军部署有方，又得风助，大败华皎。华皎与戴僧朔单舸逃出，过巴陵也不敢登岸，最后逃入江陵，之后辗转来到大齐。

（八）

看看我南梁的将军，真是一代不如一代了。想想以前我梁武帝时大梁的将军陈庆之，那可以说是打遍天下无敌手。陈庆之出身寒门，少为梁武帝萧衍随从，527年，高欢还没走到舞台中央的时候，他就联合曹仲宗、韦放会攻打北魏涡阳，迫使涡阳城主王纬出降。528年，加号飙勇将军，奉命护送降梁的魏北海王元颢北还，元颢遂于涣水称帝，授予陈庆之使持节、镇北将军、护军、前军大都督。次年，击败拥兵七万、筑垒九座的魏将丘大千。在考城击败拥兵两万的魏将元晖业。五月，连拔荥阳、虎牢二城，长驱直入，护送元颢到洛阳，魏临淮王元彧、安丰王元延明率百官迎元颢入宫。元颢改元大赦，以陈庆之为侍中、车骑大将军、左光禄大夫，增邑万户。陈庆之经历四十七战，平定三十二城，所向无前。此次北伐是继356年东晋桓温北伐占领洛阳后，南朝北伐攻入北方最远、影响最大的一次。

和高欢的怀朔骁将相比，他一点也不逊色。530年，陈庆之出任司州刺史，参加悬瓠之战，击败高家的颍州刺史娄起；楚城之战，破高家大将军孙腾等人。536年，破高家悍将侯景，进号仁威将军。

是的，并不是我们大梁没有将才，是缺少发现的眼睛，所谓千里马常有，而伯乐不常有也。

（九）

一梁既倒，扶之十梁。要复国，可是一件太艰难的事儿。想想我大梁，这么美好的江山，沦落至此，不怪北周，不怪侯景，甚至不怪陈霸先，主要还是我萧家自己出了问题。

和高欢、宇文泰这些开创者一样，我们萧家的开创者也是英勇盖世的。想那齐高帝萧道成，虽也是武人出身，却精通文韬武略，不失为一代明君。他从刘宋内乱中走上权力之巅，在位四年间，革除了刘宋末年的诸多暴政，整顿朝政，安抚百姓，为富国强兵而提倡节俭。"以身率下，移风易俗"，规定宫中用金、铜制作的器具全部换成铁器。他自己身上也不戴贵重物品，而将衣服上的玉佩等挂饰取下，命人将其打破。萧道成经常说："使我临天下十年，当使黄金与土同价。"萧道成为人宽厚，他称帝后，有一次与大臣褚思庄、周覆下棋，下了数局也不感到疲倦。所谓落棋不悔真君子，在下棋时，周覆多次压住萧道成的手，以免皇帝悔棋。萧道成是出了名的好脾气，乐在其中，不曾恼怒。

齐武帝萧赜继承了其父萧道成的政策，自宋前废帝刘子业后，总算有了一次正常的皇位交接。萧赜也成功延续南朝初年的治世，开创了"永明之治"，"十许年中，百姓无鸡鸣犬吠之警，都邑之盛，士女富逸，歌声舞节，袨服华粧，桃花绿水之间，秋月春风之下，盖以百数"。

坏就坏在权臣乱政。萧赜之后，萧鸾独揽大权，野心勃勃，先后废杀齐武帝的孙子昭业、昭文兄弟，之后自己当了皇帝，是为齐明帝。作为一个篡位者，萧鸾为维护皇位采取了最简单粗暴的方式，即屠杀宗室，特别是杀害齐高帝与齐武帝的后代，完全不顾叔父的养育之恩。到萧鸾以权臣之位二度废立皇帝时，他已用各种理由诛杀高、武二帝的子孙十二人，即位次年，他又诛杀了西阳王等三王，高、武二帝的血脉日夜惶恐，朝不保夕。到了统治后期，萧鸾还对近臣叹息道："我的孩子都还小，高、武二帝的子孙却逐渐长大成人。"他心狠手辣，说完这句话没多久，又诛杀了河东王等十王。齐高帝萧道成之子、孙及曾孙三世，被萧鸾所杀的多达二十九人，还有一些年幼的，甚至尚在襁褓者不在之列，高帝、武帝的子孙几乎被屠戮殆尽，仅余少数旁支幸免于难。

（十）

最后让大梁万劫不复的，是那个在位四十七年，活了八十六岁的梁武帝萧衍。

其实，他执政的前二十多年正是我大梁最繁荣的时期。那时，他任人唯贤，虽处于世族高门，但他大力提拔寒门子弟，吸引了不少人才，如沈约、范云等。对武将也能量才任用，所看重的著名将领陈庆之轻骑入洛，在军事上取得了一定的成功。他推崇儒家，为儒家五礼做注，对儒家学说进行弘扬。他重视文学，在他的任内，正是大梁文学最昌盛的时期，他的太子萧统所著诗歌总集《昭明文选》，与当时的《文心雕龙》《玉台新咏》等齐名。他勤勤恳恳，每天早上五更起床批阅奏折，从来不缺朝会。他节俭度日，一天只吃一顿菜羹粗米饭，身穿布衣，帽子一顶戴三年，被子一条两年都不换，不喝酒不吃肉还不听音乐。

他一心崇佛，受北朝法果"现在的皇帝就是现在的如来"思想的影响，在乱世中突破重重困难，创造"皇帝菩萨"新理念，并根据这一新理念而进行"佛教国家"之心灵改革。最开始大梁"沙门不敬王者"，受北朝"皇帝即如来"的影响，以及佛教徒的自觉与菩萨思想的传布，在梁武帝头脑中逐渐形成了"皇帝菩萨"的理念。在他八十六年生命历程中经历了四个阶段的转折与突破，在大梁进行大量的佛经翻译、编纂整理与注解，奠定了深厚的佛学基础，推行"菩萨戒"而建立"皇帝菩萨"地位，推行禁断酒肉改革僧团行为，抬身同泰寺与宏扬阿育王思想，从而形成了"天监之治"与"佛教国家"。

北齐神武帝高欢在一次宫宴时对我父亲说："江东复有一吴儿老翁萧衍者，专事衣冠礼乐，中原士大夫望之，以为正朔所在。"确实，那时的大梁，"治定功成，远安迩肃"，"三四十年，斯为盛矣"。那时的南梁，真是：

千里莺啼绿映红，水村山郭酒旗风。

南朝四百八十寺，多少楼台烟雨中。

真是：

东南形胜，三吴都会，钱塘自古繁华。

烟柳画桥，风帘翠幕，参差十万人家。

云树绕堤沙，怒涛卷霜雪，天堑无涯。

市列珠玑，户盈罗绮，竞豪奢。

重湖叠巘清嘉，有三秋桂子，十里荷花。

羌管弄晴，菱歌泛夜，嬉嬉钓叟莲娃。

千骑拥高牙，乘醉听箫鼓，吟赏烟霞。

异日图将好景，归去凤池夸。

随着执政日久，飘飘然的梁武帝也走向了反面，滑向了深渊。546年，贺琛上书指出梁武帝四条恶政：第一，老百姓的赋税沉重；第二，贵族官僚们生活奢靡违纪乱法；第三，用人不善，贪官污吏遍布朝廷；第四，徭役过重。

听不断涌向北齐的萧家人讲，后期梁武帝的唯贤变成了用奸。那个罪魁祸首奸臣朱异，一味迎合武帝，在梁大权独揽三十余年，阿谀奉承唆使武帝接纳叛臣侯景，又"纳金而不通其启"，中了高家的反间计，直接导致了侯景的再次叛变。还有武帝的侄子萧正德，由于落选太子而怀恨在心，居然叛逃投奔了宇文家。一年后又跑回了建康。神奇的是，萧衍居然没有责骂他！只是流着眼泪劝诫了一番，不仅恢复了他的侯位，还封了将军。之后官爵还不断提升，549年，萧正德竟是平北将军、都督京师诸军事，担任守卫京畿的要职了。正是这个萧正德，与侯景约为内应，派大船数十艘，以运芦苇为名，暗中接济侯景军辎重，由于有萧正德的内应，侯景很快攻破朱雀门，接着，萧正德开宣阳门，迎接侯景军入城。

梁武帝的勤俭变成了奢靡。他弟弟萧宏的府邸美女上千，每天吃的是山珍海味堆满桌,吃不完就扔掉,一个月好几十车的食物被扔掉。同时代的上流社会也是精致奢靡,个个活得像是神仙,那个奸臣朱异就经常贪财冒贿,广受馈遗,生活奢侈,穷奢极欲,起宅东陂,穷乎美丽;他"好饮食,极滋味声色之娱,子鹅包鱐不辍于口,虽朝谒,从车中必赍饴饵";他"性吝啬,未尝有散施,厨下珍馐恒腐烂,每月常弃十数车,虽诸子别房也不分赡"。随着上下奢靡之风盛行,内部也是加速腐朽,他明明知道很多官员权贵靠不正当手段获得财富,却并不抑制,反而驳斥进谏的大臣说,这些都是人家自己赚的钱,花来奢侈也没什么不对。实际上百姓在当时过得却很悲苦,当时王爷萧正德当刺史的时候,把原本应当十分富庶的广陵地区百姓搜刮得干干净净,甚至出现"人相食"的悲惨场景。

梁武帝的崇佛变成了佞佛。他下诏令全民奉佛,在修建佛塔上可是不遗余力,绝对不怕耗费金钱和人命,他四次到寺庙"舍身为奴",在寺内只穿法服,除此以外的一切物件,一概摒除。最短的一次是四天,第四次最长,有五十一天,"四月庚午,群臣以钱一亿万奉赎皇帝菩萨"。在高峰时期,光建康一城就建有爱敬、光宅、开善、同泰等大寺将近五百座,整个大梁有佛寺近三千座,僧尼有八十余万。所造佛像,有光宅寺的丈八弥陀铜像,爱敬寺的丈八旃檀像、铜像,同泰寺的九层宝塔供奉着十方金像十方银像,结果一次意外被烧毁了,梁武帝就又修建了一个十二层的宝塔。梁武帝佛学造诣很深,经常率僧俗二万人,在重云殿重阁,多次亲自登堂讲授佛经,所举办的斋会,有水陆大斋、盂兰盆斋等,又以僧旻等为家僧,力促佛教传入日本、朝鲜。大量的寺庙建立,极大的占用了劳动人口和社会财富,加重了社会的经济负担,同时还助长了奢靡之风。文林馆的待诏早已为梁武帝作诗总结:

乘其危窃其祚，萧衍道成视刘裕。

宫城围吴兴拒，徒称马袁仍厚遇。

本失正末奚数，定律兴乐曾何助。

特侫佛奉象塑，舍身同泰功德慕。

初祖谒直指处，漆桶弗契乃北去。

祀牺牲代面素，庙不血食语不惧。

饿台城应始悟，荷荷那得金仙护。

（十一）

几十年来，我大梁的皇族忙于自杀，士族也忙于他杀。侯景渡江至陷建业之后，江南之民及衍王侯妃主、世胄子弟，为景军人所掠，或自相卖鬻，漂流他国者盖以数十万口，加以饥馑死亡，所在涂地，江左遂为丘墟矣。后来实在没有办法，梁元帝只能迁都到了江陵。但是，这又陷入了西魏的攻击范围之内，战火不免重开。不久，江陵被攻破，江南士族经过这两场劫难，早已是损失殆尽。再到后面的陈朝，则实际上是由南方蛮族建立的朝代，江南文化的沃土，已经被战火燃尽。如今的江南，早已不再是我熟悉的那片故土，他已被妖魔鬼怪糟蹋得面目全非，听说那个陈宣帝陈顼，正在巩固江山，同时也在加紧生儿育女，目前已经生有四十二个儿子、二十六个女儿。那片土地上，姓萧的已无立锥之地，姓陈的已漫山遍野。在大齐的萧姓质子，肩上的担子无比的沉重。

（十二）

如今的复国，文质彬彬满腹计谋的吕不韦不重要。虽然，获得持久的繁荣需要文明，但斩获眼前的胜利，尤需军功。勇冠三军能征善战的武将"吕不韦"才更符合眼下大梁的需求。那天，又在咸阳王府品酒，我和斛律光难得地谈起了南边的形势：

我：南梁与大齐世代忠好，丞相以为若何？

光：诚然。

我：如今南陈势大，不知大齐还肯扶助否？

光：大丈夫忠人一诺。况那南陈小儿，断不能止我大齐之兵锋！

我：然朝堂不议南梁久矣！

光：有光在，终将携君渡江，畅饮建康！

斛律明月的铮铮誓言言犹在耳，今天高纬帝就将斛律家族灭族了！如今的大齐，都是什么狗屁皇帝？连斛律光这样忠心耿耿、功勋卓著的世家都不放过？

确实，高家皇帝不但是天底下第一号好猜疑、好自以为是的人，而且还是天底下最贪心的人，巴不得好东西都归他自己，人才当然也不例外。所以斛律光家族这样的人，好不容易丁忧回家，在敕勒大草原待着，他们是早也惦记晚也惦记：这人咋就不跟我了呢？真要心一软跟了他家，这猜疑就又来了：你厉害，你有本事，那我搁哪儿？这是一；你这么大本事，今天能帮我，明天保不齐能害我，这是二。有这么两条憋在肠子肚子里，斛律家能混得下去才怪呢，这不，明天就要灭全族了！

（十三）

可悲可叹的斛律家族，如今的被灭族，是北周最乐意看到的，当然对南陈也有莫大的好处。天要自灭，人力所不逮。今晚，我们自怨自艾的大梁萧家人灰溜溜地围在一起，喝酒解愁，探讨斛律家族灭族的原因和我们下步复国的设想：

悲痛万分的天启帝萧庄早已拟写了檄文，他引吭悲歌，痛骂奸臣：

甚哉！大齐之璧幸也，盖书契以降未之有焉。心利锥刀，居台鼎之任；智昏菽麦，当机衡之重。刑残阉宦、苍头卢儿、西域丑胡、龟兹杂伎，封王者接武，开府者比肩。非直独守弄臣，且复多干朝政。赐予之费，帑藏以虚；杼柚之资，剥掠将尽。纵龟鼎之祚，卜世灵长，属此淫昏，无不亡之理，齐运短促，固其宜哉。高祖、世宗情存庶政，文武任寄，多贞干之臣，唯郭秀小人，有累明德。天保五年之后，虽罔念作狂，所幸之徒唯左右驱驰，内外亵狎，其朝廷之事一不与闻。大宁之后，奸佞浸繁，盛业鸿基，以之颠覆。

梁元帝之六弟萧象进一步补充：

陆令萱、和士开、高阿那肱、穆提婆、韩长鸾等宰制天下，陈德信、邓长颙、何洪珍参预机权。各引亲党，超居非次，官由财进，狱以贿成，其所以乱政害人，难以备载。诸宫奴婢、阉人、商人、胡户、杂户、歌舞人、见鬼人滥得富贵者将万数。庶姓封王者百数，不复可纪。开府千余，仅同无数。诸贵宠祖祢追赠官，岁一进，位极乃止。

狠狠地喝了一杯酒，骠骑大将军王琳说：斛律金、斛律光父子除具有很高的政治和军事才能外，还参与了北齐时期发生的高演、高湛兄弟废除高殷以及高演死后高湛夺权的那几次宫廷政变。他们父子在最后关头是站在皇太后娄氏和高湛一边的，故此在高湛即位之时还要由"斛律金率百僚敦劝"，这就不能不让当权的皇帝对他们父子怀有戒心。

萧纶说：高纬继位后，斛律明月之女就成为母仪天下的皇后，其家族则成为外戚。而近百年来外戚专权的前车之鉴对于高齐皇族来说是一个历史警示。再加上斛律光又多次参与高齐宫廷政变，这就不能不使当时北齐的最高统治者高纬对他及其家族多有猜忌，感到了威胁

"是啊，"华皎举着杯接着说，"武平三年正月生女，帝欲悦光，诈称生男，为之大赦。"可见高纬帝对于斛律光这位岳父大人是多么畏惧，而他所畏惧的正是斛律光在北齐政权中的权势及其所拥有的军事实力。可想而知一个大臣的权势达到了帝王惧怕的地步，就必然使得帝王感到皇位的稳固受到威胁，双方也就不可避免地产生了隔阂以致矛盾，而这种矛盾在一定条件下必然会激化，要解决矛盾最后也就只能是一方将一方罢免废除甚至将一方杀戮。

"其实，有才能不是斛律光的错，感到威胁也不是他的错，当然我们也不能怨当今皇上。"最后我说：利用皇帝的私宠而得到重用的恩倖集团，主要是没有能力地位低下的宦官、侍卫、歌舞杂技等人。在这些奸臣的乌烟瘴气的乱政下，如今的大齐，"赋敛日重，徭役日繁，人力既殚，帑藏空竭。乃赐诸佞幸卖官，或得郡两三，或得县六七，各分州郡，下逮乡官亦多降中旨，故有敕用州主簿，敕用郡功曹。于是州县职司多出富商大贾，

竞为贪纵，民不聊生"。恩倖集团是大齐的罪人，是大梁的罪人，是天下人的罪人！

（十四）

得知是那个仓头奴在朝堂上斩杀了斛律明月，我知道我们大梁质子们的复国计划已经落空了，于是提起笔来，为刘桃枝作诗一首，力争悄悄写进文林馆的史册中，让其骂名千古，以此纪念斛律家族：

刘桃枝，信力士，所为如此事。

永安耶，铁笼死。

平秦耶，露车死。

赵郡耶，雀离死。

大明宫里呼家家，肠肥腊满悲琅琊。

桃枝桃枝技还绝，飞向青天斩明月。

刘桃枝，慎勿过。

君如鸺鹠见者祸，呜呼尔首何时堕。

第九章　木杆可汗阿史那

物以稀为贵，人生最宝贵的是什么？当然是朋友！

人生经历很多，许多事都是在做加法，如年龄，如阅历，如官职，如财富，如土地，如美女。

当然好像物质是守恒的，有加就有减，随着年岁的增加，一些你曾经拥有的宝物也在流失，如青春，如健康，如力量，更如朋友。

儿童时一大片同龄孩子都是朋友，满世界的人都合得来。慢慢走来，你就会逐渐舍去，高矮不一样的，打架不帮忙的，味觉不对口的，颜值不合眼的……。理由千差万别，朋友的名单越来越短。尤其是走到后面，你又加入了地位相称、观点相同、爱憎一致等更细的筛子，你心中的名字就所剩无几了。如果偏巧，你还倒霉地坐上龙椅，只远远地看到地下跪着的一大群乌纱帽，那恭喜你，高处不胜寒，朋友这种珍稀动物，肯定会在你的世界里绝种的。

当然也有例外！我已经在可汗的大位上坐了二十年，而我的朋友还在，虽然自始至终，仅有珍贵的一个！真是：

出门万里客，中道逢嘉友。

未言心相醉，不再接杯酒。

（一）

我躺在病榻上，奄奄一息。

时间已是572年八月，屈指算来，我在可汗位置上已经二十年了，当年驰骋在沙场上的英雄，如高欢，如宇文泰，如阿那瓌，如邓叔子，都早已人头落地。作为大草原的主人，这二十多年的南征北战，运筹帷幄，使突厥扩展到东至辽海，西接西海，南抵沙漠，北达北海，东西超万里、南北近万里的辽阔疆域，放眼四顾，环宇之内几无敌手，万千小国臣服脚下。看来，离开大草原的时间应该就要到来了，当然我应该追随我的兄长斛律光的脚步。

昨天，军鸽传来惊天动地的消息，那个宫中小儿高纬，竟然斩杀了我唯一的结拜兄长斛律光！我如五雷轰顶，立即背过气去，在御医们手忙脚乱的摸扶中，我口吐鲜血，大叫殿前将军整顿铁骑粮草，我要以抱病之躯，马上踏破阴山，剪灭北齐，将这只目光短浅胆小如鼠的高纬，将一众高家宵小尽斩之，以解心头之恨，以全最后心愿！

殿前将军飞奔进帐，再呈上一封军鸽传书，竟是至兄绝笔：

阿史那弟拜上：

敕勒一见已五年，再次相饮约黄泉。

尤记香火重誓，"恨不同日生，誓愿同辰死"。此生吾有血缘兄弟，但君乃吾真兄弟，恨前不能报效吾弟，愿后永世效力于君。

齐乃吾十万敕勒人衣食之地，愿君佑之。

斛律光　叩首

八月二十二日　绝笔

我垂头丧气地坐在病榻上，让殿前将军准备设置大宴，急召在北边和波斯作战的我弟佗钵回帐主持，我明白，时日不多，必须马上交待后事，我也将追随斛律明月而去了！

（二）

最近一次和明月相饮，是五年前的敕勒川。当时，信使来报，斛律兄弟送父灵柩到敕勒。我马上让我的前锋室点密可汗，继续和波斯王一起，对嚈哒王国做最后的扫荡，我则带领小部心腹铁骑，快马加鞭直奔敕勒。

是啊，战事不重要，攻城不重要，灭国不重要，这些都可以随时而为，只不过让他们苟活几天而已。重要的是兄弟，是真情。这五年来，我在漠北高原鄂尔浑河流域郁督军山的汗廷里，追忆越深，思念越浓，那些无边的牛羊，那些如山的财富，那些各色的美女，那些威武的权杖，都统统暂时放一边去，什么也阻挡不了和兄长相会的脚步。

斛律家族是敕勒大草原的明星。斛律金的高祖父斛律倍侯利，就是当时敕勒有名的部落首领，因强壮武勇而扬名塞外，敕勒民间有著名的歌谣："求良夫，当如倍侯利"。倍侯利在敕勒人民中间成了英雄的典范。早在道武帝时倍侯利就率部内附北魏，官至大羽真，赐爵孟都公。经过近百年的传承和发扬，如今斛律家族更是声名显赫，如日中天。

远远就看到斛律的营帐，眼前已有一队人马相迎，一看果然是他。我滚落鞍马，单膝半跪向前，和兄长热泪相拥，久久不能言语。他身边一众斛律家族的子孙十多人，当然还有在战场相见的他弟弟斛律羡。我们先到营帐，痛饮三百杯。

接下来几天是固定节目，我们突厥出十名铁骑，他们斛律家出十人，第一天赛马，第二天射箭，第三天十八般武艺比试，每次输者喝酒。最后由我和他们兄弟比试射箭，这已经是我和斛律明月第三次比射箭了。我们三骑绝尘而去，在草原上由各自不同的箭，看看谁射得的猎物最多，当然以空中雄鹰为最爱。

这样很快过去了十天，我和明月夜间再次豪饮。

我：兄长，尔父已誓，阿弥陀佛！

光：阿弥陀佛！弟北边战事为重，不可久留。

我：大局已定，有突厥和波斯的南北夹击，我北边强敌嚈哒已经灭国，肃清残敌的事交给室点密可汗即可。

光：弟如此心怀天下，下步将饮马何方？

我：上次已和兄盟誓，只要兄在，绝不南下半步。

光：愿闻其详？

我：东罗马帝国国王已派秘密信使，欲与我联合吞并波斯。我突厥男儿，即将继续北向，一统大草原！

光：鸿鹄之志，善哉善哉！

我：再次请兄移步南庭，我们共分天下，同享富贵！

光：吾家移南久矣，文俗浸染，子女娇弱；况一臣不事二主，本已兄弟无间，朝夕事杂间生，还是天各一方，情意更足。

他已多次表示过相同的意见，我也不再强求，于是依依不舍地告别，打马回南庭处理如雪片般的战报和公文。我们刚来时，看到南齐的尚书令和士开已经率领盛大的队伍，在斛律明月的旁边营帐住了有些时日了，预计是来迎接斛律家族返回邺城的。

（三）

人生若只如初见，何事秋风悲画扇？我和斛律明月的第一次相见是525年，风头正劲的柔然可汗阿那瓌，刚刚带兵十万南下镇压了匈奴族人破六韩拔陵所领导的起义，占有了广大北方旧境。那天他依照汉族制度，设立侍中等官职，重建柔然政权，在漠南王廷宴请众部落和王廷首领，一时大草原上人欢马嘶，战鼓齐鸣。我们突厥部落历来是低贱受欺负的对象，号称是柔然可汗的锻奴——给他们制造武器的。好歹我也是突厥可汗的儿子，我正带着我妹妹阿朵那公主在草原上信马由缰，后面突然奔腾而来一大队金光闪闪的飞驰的马队，一看为首的那粗壮莽汉，头戴金冠，浑身锦衣，骑着一匹汗血宝马，正是柔然可汗阿那瓌的长子庵罗辰，围骑在他左右后面的都是众可汗和王国首领们的儿子。庵罗辰一看我们俩骑挡在了他前面，一看还有个美少女，于是猛抽几鞭，率队猛冲过来。我俩躲避不急，从受惊的马上狼狈地摔了下来。庵罗辰跳下马背抱起我的妹妹，到处乱亲乱摸正要行不轨之事，周围的马围成一圈把我挡在外面，突见不远处一袭白马飞奔而来，在众马退让的缺口处嗖嗖嗖射进三声箭响，整齐地射在那庵罗辰脚边，惊魂未定之际，白马小子已到庵罗辰身边，挽大弓举箭瞄准。庵罗辰好汉不吃眼前亏，率领众人悻悻而去。

我们三骑转个方面继续慢骑，才知道这白马小子叫斛律光，和我们为奴的地位一样，是柔然可汗的马奴——给他们输送战马的，敕勒一族由于受不了柔然可汗的压榨，由斛律金率十万众内附北齐，被高家皇帝封为第一领命酋长；剩下的不愿离开大草原的，由斛律奚率领，由柔然阿那瓌可汗封为领命酋长。斛律金不愿让孩子们从小在都城沾染上纨绔奢华的不良习气，就规定他的子孙成人前都必须在敕勒川成长。适逢此次盛会，敕勒酋长斛律奚就带着他们来了！

我们俩一见如故，脾性甚是相投，以前从未找到如此投缘的伙伴。接下来的十多天，有时两人，更多的时候是三人，一起在大草原上奔驰，他教我骑马射箭，我教他摔跤击剑，累了仰卧在草原上喝酒，有时晚上也不回去，阿朵那生起一堆大火，烤着我们射来的野兔野狼，好不快活！中途庵罗辰纠集了几帮人要来复仇，都被我们射出的百发百中的箭和舞得密不透风的刀给镇住了。

快乐的时光总是过得太快，柔然阿那瓌可汗的会议今天已经结束，明天就要各奔东西了。看着依依不舍的目光，我提议义结金兰。当即，我们驰骋到漠河岸边，上次看到的一处大石上刚好雕刻有菩萨图案，我妹妹为我俩点上香，再叙上年岁，原来我俩都是515年的，他比我大八天，于是称他为哥。我们跪在菩萨前，发誓"恨不同日生，誓愿同辰死"。

从此，兄弟深情在我心里滋长，柔情爱意也在我妹妹眼里生根。

（四）

我和真兄弟第二次相见已是十年后。我俩都远离大军，跳下马鞍，坐在长城脚下，旁边我妹妹的坟头已郁郁葱葱，盛满鲜花。我俩含泪向阿朵那诉说：如今我正在给她报仇，柔然已经失去了大半个草原。此时斛律光似乎才明白阿朵那对他的情意——他在男女情感上似乎是一个非常迟钝的人，第一次我们结拜后不久他就去了晋阳，之后长期奔忙于各个战场，听说前不久还敕封了一个霸道的外号——落雕都督！他在晋阳刚刚结婚，是高欢作主将元室的朔阳公主嫁给了他。只见我兄长挪坐于坟前，苦思良久，终于用他随身尖刀，在坟首刻下几个大字——斛律明月妹妹阿朵那之墓！

我们在坟前一起喝酒，诉说分开的时光，一起咒骂那柔然可汗。当时那不可一世的柔然阿那瓌可汗可是好事占尽，坏事做绝，在草原上称霸称王。首先他运用和亲政策，拉拢远方强权：在更北边，他们和实力强大的嚈哒结盟，将他的三个妹妹都嫁与嚈哒可汗为妻，嚈哒可汗也将他的女儿许给柔然未来的可汗庵罗辰为正妻。这个可恶的庵罗辰，宇文家给他送去了琅琊公主，高家送去了兰陵郡长公主，他还永远不知满足！在更南边，阿那瓌先是和宇文家和亲，西魏文帝元宝炬将化政公主嫁给阿那瓌的弟弟塔寒为妻，阿那瓌也把自己心爱的十四岁长女郁久闾氏嫁给元宝炬，本来元宝炬是有皇后乙弗氏的，但是宇文泰督促文帝废乙弗氏为尼，重新立郁久闾氏为皇后。但元宝炬仍对乙弗氏用情很深，经常偷会乙弗氏，这让柔然公主非常不满，阿那瓌更扬言要引军南下攻打西魏，宇文泰为平息祸端毒死了乙弗氏，凿麦积崖为龛而葬。之后阿那瓌转向与高欢联姻。吃一堑长一智，这次他坚决不和傀儡东魏皇帝结亲，阿那瓌让自己的儿子庵罗辰迎娶了东魏的乐安公主，然后又把自己五岁的孙女邻和公主嫁给了高欢的年仅八岁的高湛。当然邻和公主太小眼下还起不了作用，阿那瓌咬咬牙索性把自己的二女儿蠕蠕公主嫁给已经快五十岁的高欢代替权倾高家的娄昭君为正妻。同时，阿那瓌派出大队使者驻扎邺城，规定没生下外孙不准使者回柔然。柔然使者就一直催促高欢，天天督促引导高欢去和蠕蠕公主亲近，可怜连年征战精疲力竭年老体衰的糟老头子，听说一番折腾后病重不治，竟然去世了。听说蠕蠕公主后来又嫁给了高欢的儿子高澄，并生了一个女儿。

看看，阿那瓌的女儿们真是好礼物！经过他处心积虑左嫁右娶，"远交"的目的算是达到了，当然更深层的目的是"近攻"，敕勒和突厥才是他的主要对象。

虽然敕勒部落是柔然可汗的马奴，但哪里有剥削哪里就有反抗。508年，柔然佗汗可汗带兵西征敕勒被战败，为敕勒王弥俄突俘杀，并割下他的头送往北魏。两年后，柔然豆罗伏跋豆伐可汗为了替父报仇，率军西征而大败敕勒，俘杀敕勒王弥俄突。越明年，敕勒大军突袭柔然，婆罗门可汗大败后率部逃奔凉州归降北齐，才使长期迁居北齐晋阳的阿那瓌得以复位。

虽然我们突厥部落是柔然可汗的锻奴，但柔然对我们的压榨没有一天停止，所打造的铁器必须全部奉上——作为他们的攻伐武器，十五岁以上的青年男子必须全部奉上——作为他们的底层士兵，所放养的最好的牛羊必须全部奉上——作为他们可汗庭的佳肴，所有的绝色美女必须全部奉上——作为他们可汗廷的奴婢。最可气的是，一年前，阿那瓌派来使者，要将我的妹妹阿朵那带走，听说庵罗辰一直垂涎我妹妹的美色，如今他已堆集了一大堆美女仍不能释怀。我知道我妹妹的眼中，只有十年前的我真兄弟斛律光，于是偷偷带着她向长城边境逃跑。可惜那时无权无势，也无给斛律明月传讯的军鸽，可惜被柔然的使者和我父亲的卫队发现追上，我妹妹深情地望着长城，无限眷念地举刀自刎。我满怀悲痛，把我妹妹埋葬在了长城脚下，暗暗发誓此生一定要为她报仇！

敌人的敌人就是朋友，于是我们和敕勒这对苦难兄弟结成了更加牢不可破的友情，十万敕勒铁骑加入了我们的队伍，这些天，我们在长城附近，又扫荡了柔然的三万精兵。刚好听说在长城另一边的守将是斛律光,于是约请他出城相会。

(五)

又过去十多年的555年,我和真兄弟终于要第三次相见了。

这十多年,带着国仇与家恨,我带领突厥男儿一路南征北战,所向披靡。

552年,感觉实力已经强大的我父亲伊利可汗,试探着为我求婚于柔然,求娶柔然公主,阿那瓌大怒道:"锻奴之子,竟异想天开!"于是我再次联合敕勒铁骑,发兵于柔然,将阿那瓌包围于漠南王廷,不久柔然守卫呈上阿那瓌丑陋的头颅。那年九月,秋高气爽,我英雄的哥哥科罗可汗因病仙逝,舍弃其子摄图而让我正式继位为木杆可汗。我立马向北齐的天空修书一封,只画了一张龙椅,一半是空着的。

553年二月,听说柔然的铁伐又继可汗之位了,于是派出我突族的刺客勇士,在睡梦中将其刺死。之后我们许以大量的金钱,买通他们的大臣阿富,又相继刺杀了仅在位一个月的登注可汗,在位四个月的俟利可汗。

真是野火烧不尽,春风吹又生!俟利可汗刚走,他的儿子库提又继位了,这次他收集了柔然走散的五万兵,还请来了嚈哒王国的八千勇士前来助阵。但如今的柔然哪里是我的对手,在漠河南岸才几个冲锋,他们就作鸟兽散了。听说库提逃到了北齐,被高洋帝废黜了可汗之位,另立已久在北齐喜欢走上层路线的庵罗辰为可汗。

仇人相见,分外眼红,主角终于上场了!

在552年阿那瓌战败自杀后,惶惶不可终日的庵罗辰率领残部投奔了北齐。553年十一月,北齐废刚投奔过来的库提可汗,以庵罗辰为可汗,把所有柔然的部众安置在马邑川，并供给他们粮食、布帛等。554年三月，庵罗辰叛离北齐，逃回漠北。年底听到这个好消息后，我立马整顿军马，浩浩荡荡地向漠北挺进，

555年，早有准备的庵罗辰组织六万军马，在漠北和我们对战四场，我们都大获全胜。难以立足又不敢再到北齐的庵罗辰，率领部众一千多户南奔关中，投归宇文家。虽然有和亲在，有公主在，但时势比人强，我仅派十数使者到长安，横眉冷眼地要求杀尽投奔来的柔然人。头脑格外冷静的宇文泰，二话不说就收缚庵罗辰，及三年前逃来长安的、另一位西部柔然拥立的可汗邓叔子，以及在长安的柔然全族及部众三千余人，在我突厥使者的监督下，于长安青门外全部斩杀。

我带着三年前被腌制的阿那瓌的头颅，以及新鲜的庵罗辰头颅，飞鸽传书，相约斛律光再次来到了我妹妹的坟头。

（六）

等到第三日，飞马来报，一小队快马飞奔过来了！我飞奔十里相迎，之后和斛律光携手来到了我妹妹的坟头。

原来，在我征战的这十多年里，兄长也没有闲着，事情和我一样——征战，目标也还差不多——柔然。他们在南边给了我们神助攻。

552年十月，当时北国封冻、不宜作战，他随从文宣帝的大军出塞，用兵库莫奚。斛律光为先锋，在代郡之战中，北齐军大获全胜，仅牲畜即俘获十余万头。

553年正月，山胡发兵围困离石。斛律光率兵北征，大军还未到达，山胡就闻风逃窜，于是巡狩三堆戍，大狩而归。九月，柔然的契丹部进犯

北境，斛律光随文宣帝亲自北巡冀、定、幽、安等州，然后北上用兵契丹。十月，文宣帝高洋"亲逾山岭，为士卒先"，"露头袒膊，昼夜不息，行千余里，唯食肉饮水，壮气弥厉"。在君主身先士卒的鼓舞下，此次与契丹之战，一直打到渤海之边，方鸣金收兵，俘虏士卒十万之众，得牲畜十万余头。

554年正月，高洋帝率斛律光再次北上讨伐山胡，山胡一战即溃，被斩首万余众。于是远近山胡，莫不慑服，望风而降。三月，柔然庵罗辰部反叛北齐，斛律光率军平叛，大破其部。四月，柔然军自肆州以西进击北齐北境，斛律羡率军自晋阳反击柔然，柔然兵败，退至恒州。黄瓜堆大战，斛律兄弟掩杀柔然二十余里，尸横遍野，俘获士卒三万众，庵罗辰妻儿只身逃回漠北。

555年三月，斛律光再讨屡败屡战的柔然残余，在祁连池大破其军，奋勇追杀直至怀朔、沃野一带，俘二万，获牲畜十万余。

一切都配合得天衣无缝，期间也仅有几次飞鸽传书，这种珍贵的信必须由我亲自来画，有三次都画了一个向南边的箭头，当然有次画了虚位以待的龙椅，最后这次画了一座坟和两个骷髅。真兄弟间心灵是相通的，在我们的潜移默化下，庞然大物的柔然轰然倒塌，他们的父子两任可汗的头颅，是我和斛律光献给妹妹的最好的祭品！

（七）

第四次相见又是十年。564年，我应北周宇文家之邀，到晋阳会饮。刚好，这年大草原干旱少雨，牛羊饿死无数，穷困潦倒的突厥健儿需要到富饶的三晋大地上打打秋风，我当然就没有飞鸽传书。报着发财致富、出工不出力的念头一步三回头地观光到晋阳城十里扎营，先让探子去看看北齐的旗子上有些什么字，飞马来报，果然有个大大的"斛"字。我仅带十骑，让探马引导斛律光来到汾河边，和他喝上几个牛角酒。

我：兄长，龙椅半边空着，草原越来越大，盼君早来！

斛：大丈夫从一而终，来生再报可汗厚爱。晋阳城厚兵多，百保鲜卑坚不可摧，攻城是突厥弱项，望弟自重！

我：有兄在，当不再踏足大齐半步！

说完，我俩一人端着一大牛角酒，一饮而尽。我就打马率众去抢吐谷浑了，也懒得和北周的隋国公杨忠说上一声。

是的，大草原有的是地盘，有的是财主，那北齐和北周城坚兵多，更何况那些汉人规矩太多，约束太重，诡计多端，捉摸不透，我突厥健儿最不喜与他们打交道。这十年来，我们主要是荡平草原，南边只有有气无力的吐谷浑等待我们最后收割了。

（八）

其实吐谷浑早在七年前就已经被我突厥健儿打残了。

556年，我向宇文家借路从凉州袭击吐谷浑，宇文泰当然会答应的，以前的柔然、现在的吐谷浑，听说还有南边的什么梁朝，都是高欢交的朋友，他宇文泰好不容易有我这个朋友，而且还是去打他敌人的朋友，他当然乐见其成，并且还派凉州刺史史宁率领骑兵跟我们一起行动。军队到达番禾，吐谷浑发觉，逃往南山。我分兵追击，史宁建议说："树敦、贺真两城，是吐谷浑的巢穴，拔掉他的这个老根，其他的部众也就自己溃散。"我采纳了他的建议，由我亲自率兵从北边的通道直取贺真城，史宁从南边的通道直取树敦城。吐谷浑夸吕可汗自己驻扎在贺真城，派他的征南王带几千人防守树敦城。不过十天我们就攻克了贺真城，抓获夸吕的妻子、儿子；史宁也同时攻克树敦，俘虏征南王。得胜回师时，我与史宁会师于青海，给史宁赏酒五升，馈赠珍珠一斗，牛羊万头。

自此，吐谷浑已经没有还手之力了，剩下这几年，我都在草原上"宜将剩勇追穷寇"，对少部分部落武装逐一扫荡，以建立整齐的至高无上的大突厥王国。

（九）

其实，"不再踏足大齐半步"的誓言也是发自肺腑的。一来我最知心的真兄长在大齐，我再去大齐打秋风，终究使他为难，万一兵刃相见，我们最难得的友谊也就完了，兄弟友谊可是高于一切的。二来那斛律光之弟斛律羡的确得他哥真传，还真是个人才，我们叫他南面可汗。为了保证高家北方边境的长久安定，斛律羡从库堆戍起，每二百里为一段，"或斩山筑城，或断谷起障"，共设置了戍逻五十余所，成为北齐时所建的主要长城。随后，斛律羡又"导高梁水北合易京，东会于潞"，用以灌田，使农业生产逐渐繁荣起来，"公私获利焉"。他还在幽州养了二千多匹战马，并且有部曲三千多人长期守备边境，防止草原骑兵侵扰。三来我还有更重要的目标，南边山高谷深，长城蜿蜒，广阔的北边却一马平川，可以大展拳脚，正是我突厥健儿驰骋的地方。你看那嚈哒王国多可恶？贪得无厌，占地无边，还是那柔然可汗的至亲，前些年经常帮柔然来对付我们，现在是该报仇雪恨了！你看那波斯王国多可爱！他们已派出了几波使者来和我们联络，以期南北夹击嚈哒，现在是该马上约定共同出兵的时间了。又听说波斯财富如山，美女如潮，嚈哒之后的下一个目标好像又有了。波斯北边是哪个？听说是东罗马？还是先派一些使者慢慢去东罗马打探打探，看看能不能联合一下？他们和邻居波斯肯定有无边的仇恨嘛！

舍弃南边还有最重要的理由，那里的人摇头晃脑，咬文嚼字，喝口酒都能诗百篇，真是大兵遇秀才，有理说不来。听我去北齐的使者说，那个无愁天子高纬整天待在后宫，一大早黑压压一大群后宫美女请皇上下旨怎么穿衣服，帝曰："能穿多少穿多少。"那些聪明的汉族美女屏住呼吸，仔细辨别高纬的音调，如果前高后低，那就是要把许多件锦衣都穿上；如果前低后高，那就要穿得少之又少，裸体都是可以的；如果全音持平，则是随意而穿。那些柔然、西域、若羌之美女，则是一脸茫然，总是穿错被罚，当然就更不受宠爱。这么高深的地界，这样狡猾的人物，不是我们耿直突厥人所能掌控的，北齐多次请求和亲，这就难为我们的公主了，想想头都大了，偶尔打打秋风抢抢劫还是可以的，我自己的女儿去和亲还是算了，统治他们就更算了。

（十）

要北向攻略，还是先要稳定南边，这就要向柔然学习，他们的许多做法还是很好的，和和亲，送送礼，大家一起建设和平新世界，多好！

我的参谋其实没多少事做，打仗的事都是我说了算，他们基本上参不了谋，参错了还要掉脑袋。吃了可汗的饭就要做可见的事啊，那就——记账呗：

555年，阿史那大可汗答应将女儿嫁给宇文泰，尚未订立婚约而宇文泰去世。

560年，阿史那大可汗派遣使者向北周进献特产。

561年正月十三日、二月十九日、五月二十三日，阿史那大可汗三次遣使向北周进献特产。

562年，阿史那大可汗再次将女儿许配给北周武帝宇文邕，还没纳聘，北齐亦派遣使者向我突厥求婚，馈赠厚礼。可汗贪图北齐的厚礼，准备悔婚。

你看看这就是我们大突厥耿直的文人对可汗的记录！真应该让他们掉十回脑袋！再说，他们那个猪脑壳，一女三嫁的道理都不懂？二桃杀三士的典故都不知？哪里在乎的是钱财？不光是我，比我更远的嚈哒，也隔三岔五地去北齐北周甚至更远的南梁去朝贡呢！转念一想，在突厥能找个能写会画的还真不容易，还是忍忍吧，下回还是要去找几个汉人，来记下账、绘个画、写首诗，也好装点门面，否则我的盛世功勋，怎能相传？怎么不朽？

当然近些年也对北齐进行了频繁的献礼，的确是一碗水要端平，更主要是那里有我心心念念的人。想想高家与我们为敌的态度，以及前些年帮助我们的敌人柔然，给高家随随便便送点东西就可以了，主要是将我搜集的稀世珍宝送到咸阳府给我真兄长享用。真是可惜，一般是这次呈上的珍宝，下次换成刻了个斛字的木椟返送回来了，外加一大堆书籍，什么《诗经》《尚书》，什么《北齐律》《齐民要术》《颜氏家训》。哎，好东西没人分享，也真是一件急人的事啊！

我后来慢慢也揣摩出我兄长的意思，马上得天下，需要文人治天下。送来的书多了，我就下旨重金召集有学问的汉人，办起了抄书馆，盖起了训读馆，筹备了记史馆，以后条件成熟时还可以弄个诗文馆。听那几个参军说，那《北齐律》相当的有用，以前突厥对犯人的处罚，全凭可汗和地方长官的喜怒哀乐行事，犯相同的事，今天可能掉脑袋，明天却可能被赦免，只看我当时的心情了。现在好了，怎么处罚《北齐律》都写得明明白白。天下还有这样的好东西，一定要认真学习，贯彻推广。我叫抄书馆，把书中的"北齐"二字全部改为"突厥"，《齐民要术》等书也照此办理，给各地长官都发几套，让他们从此都要照章办事。

565年二月，北周宇文邕诏令陈公宇文纯、大司徒宇文贵、神武公窦毅、南安公杨荐前往我大突厥迎接可汗之女。

同年五月，阿史那大可汗遣使到北齐，向北齐进献特产。

567年，阿史那大可汗遣使向北周进献财物。同时向北齐进献特产。

567年，宇文纯等带公主回北周。

同年五月初二日，阿史那大可汗遣使向北周进献特产。

同年七月，阿史那大可汗遣使向北齐进献特产

568年，大可汗之公主到北周，宇文邕将她立为皇后，称阿史那皇后。

569年七月三十日，阿史那大可汗遣使向北周进献马匹。

其实那些极不称职的懒惰的参谋，只记出的账，不计入的账。其实我们突厥也算是礼仪之邦，最想频繁地去北周北齐送礼，每次我们的使者回来时，都会带回十倍以上的珍贵礼物。这么划算的送礼，每年不多搞几次，简直天理不容。听说，南边的汉人非常注重礼节，"来而不往非礼也"，他们最在乎的是面子，"看嘛，他们又来天朝上国朝贡了！"于是在他们的史书上隆重地记上一笔，算是流芳千古。当然对他们来说，这样的记载也是越多越好，于是，送礼这个市场算是活跃起来了。后来听说，一些天

杀的草原部落商人，还悄悄地冒充我阿史那可汗的名义，随便拿点草原上的小东小西，就去北周北齐大摇大摆地朝贡了，是啊，如果有十倍的利润，冒杀头的风险也是值得的，送礼的市场是该严肃整顿了！

（十一）

看我这南边，北周和北齐这对冤家争战不休，他们都要仰我鼻息过日子，后顾无忧了，草原上的柔然、吐谷浑及先前的敕勒等，都一统在我木杆可汗的旗帜下，当然，仇敌永远都是不缺的，还是抓紧去征服北边的嚈哒吧。

嚈哒人起源于塞北，东汉时，其首领八滑曾参加班勇指挥的对北匈奴呼衍王的战争，因功被封为后部亲汉侯。其势力逐渐扩展于妫水之南，广泛活动于阿尔泰山脉以西的地方，并将最北边强国波斯萨珊王朝击败，使波斯王称臣纳贡；将最西边强国犍陀罗地区的寄多罗贵霜残余势力灭亡，再次大举攻入印度，一度推进至摩揭陀。全盛时，其领域东至葱岭到天山南麓，西至里海的库尔干河，可谓幅员辽阔，兵盛将广。

是的，这年头，表面看上去，哪个都不是好欺负的料。去年，看到柔然已经奄奄一息了，嚈哒王始遣使献方物，有黄狮子、白貂裘、波斯锦等物，并提出和亲之邀请。

年底，我就派出两路使者，一路去嚈哒那里一探虚实，一路当然秘密去波斯敲定日期。去嚈哒的使者呈上的奏报曰

……王都拔底延城，盖王舍城也。其城方十里余，多寺塔，皆饰以金。

嚈哒国受诸国贡献，南至牒罗，北尽敕嚈，东被于阗，西及波斯，

四十余国皆来朝贺。康居、于阗、沙勒、安息及诸小国三十许，皆役属之。

嚈哒国王张大毡帐，方四十步，周回以氍毹为壁。王着锦衣，坐金床，以四金凤凰为床脚。

嚈哒王妃着锦衣，垂地三尺，使人擎之。头带一角，长八尺，奇长三尺，以玫瑰五色装饰其上。王妃出则舆之，入坐金床，以六牙白象四狮子为床。

仔细一想，这么奢侈的王廷，这么讲究的排场，岂有不败之理？三月后，去波斯的使者带来密信说，波斯苦嚈哒久矣，他们的十万波斯铁甲已经到了嚈哒边境了。

于是，从558年到567年，差不多用了十年时间，我率领突厥精锐，和波斯萨珊的十万铁甲，多次南北夹击，经过布哈拉等几场大战，最后全歼嚈哒精锐。随后将其领土、部众、财宝、牛羊、美女等全部占有，当然，也顺带解除了波斯的嚈哒属国的地位，他们终于暂时地站起来了。当然，本来我也考虑学习一下大将白起，在举行庆功宴时将波斯萨珊及其铁甲顺手歼灭了，省得下次还得不远万里兴师动众地走一趟，后来看他们似乎很警醒，军队实力还比较强大，最要紧的是我收到了我真兄长邀我敕勒川相见的飞书，哪里还顾得上打呀杀的？于是大家乐呵呵地痛饮三杯，将较远的河中平原和巴克特里亚山区两小块地方奖给波斯萨珊，之后让我北边的助手室点密可汗善后，我则归心似箭地打马而去了。

（十二）

第四次和我兄长相见后，我又马不停蹄，开始了新的北向征伐。有兄长在，我们神采奕奕，兴奋万分，每天射箭打猎说话喝酒，春光苦短，其乐融融。回到王廷，简直冷冷清清，凄凄凉凉，无精打采，无所事事。当然，王廷的各色美女如云，金银财宝无边，珍馐美酒似海，儿孙公主绕膝，但我需要的一丝快乐——没有！那还是只有跨上骏马，在腥风血雨中对天长啸！

是的，英雄是需要朋友的，也是需要敌人的。没有朋友，心灵无处安放；没有敌人，气概无处释放。既然真兄长不能时时陪伴，那只有找敌人天天纠缠。知己的确难觅，人生得一知己足矣，大千世界，芸芸众生，能"得一知己"的少矣。敌人真的好找，只要自己认可，不管理由，不问意见，先打起来再说。

何况，理由也是很好找的。我消灭嚈哒之后，臣属于我大突厥的粟特商人，希望进入波斯以扩大丝绸的销路。我遂派特使到波斯请予认可，但那小波斯，由于恐惧我突厥之盛况而严加拒绝。568年，我派出的突厥使者访问了君士坦丁堡。之后罗马的特使也回访了我突厥王廷。其后更有多次使者之往来。双方终于达成了针对波斯的又一个南北夹击的协定。

571年年底，我亲率突厥健儿，由室点密可汗任先锋进至高加索山地，在西线全面对萨珊朝波斯展开了攻势，不久就夺取了波斯的许多关隘，波斯的众多属部也纷纷反叛波斯。同时，东罗马帝国查士丁二世也出兵波斯，很快夺取了亚美尼亚。看来，灭掉小波斯也就是个时间问题了。

（十三）

时间是永恒的，它一直在那儿，不因我的欢喜而增添，不由我的忧愁而缩减。我躺在病榻上，知道我的时间所剩无几了。但是我现在最需要的是时间，我感觉我还有好多事情没办呢：

北边那个可恶的敌人波斯，还未看到他投降灭国呢，更远有北边，还有东罗马……

北周宇文家最应该消灭。人还是要有点信仰的，你看我大突厥，目前法师云集，高僧众多，佛寺也建了不少，这些德高望重的大和尚大多是北周逃难来的。现在北周举国灭佛，道不同不相为谋，待从北边腾出手来，第一个消灭的就是北周，也算是替佛办事吧！

飞鸽衔来了最后一根稻草，我知道，和真兄长应该马上相见了，地点虽然不会再安排于人间。那个天杀的北齐高家，使者回来说对我兄长并不怎么样，只让马儿跑，不让马儿吃点草，还要来把茬子找，最后还要斩几刀！前些时有誓言在，我一忍再忍，终于错过了机会，没有了时间。现在我走了，誓言当然不在，我立马下旨，让回程中的我弟弟佗钵继承突厥可汗之位，让他在征伐波斯结束后，立即调转枪头，杀入邺城，把北齐那帮高家疯子，全部帮我解决了！

我的星相官蹑手蹑脚进来呈报，今天是八月三十日。我将三尺见方的巨型金块指给他——上面刻有"斛律明月弟弟阿史那之墓"几个大字，让他在我闭眼后放进我的棺椁里。我已经等不及我弟弟佗钵可汗了，于是，在大帐内数百大和尚的虔诚祷告声中，在经幡与香烟的缭绕翻飞中，我安详地闭上了眼睛。

第十章　明月遗珠斛律彻

对酒当歌，人生几何！譬如朝露，去日苦多。

人生到底为了什么？孔子、庄子、老子、孟子等先哲都给出了不同答案。孔子教导我们，人们的生死和富贵不是能靠其自身的努力而追求到的，但人们的道德和学问的高低却因其自身努力的不同而有不同。他的"知天命""耳顺"和"从心所欲不逾矩"都是人生境界的追求。老子的追求是超越世俗的，这就是所谓"同于道"的境界。"人法地，地法天，天法道，道法自然。"人掌握了"道"也就是掌握了"真理"。

和细腻的哲人文人不同，经过血雨腥风战场洗礼的将军的感悟更直接，一代枭雄曹操就深刻体会到人生之苦。

（一）

我深怀悲苦心情，庄严地站在雄伟的武成王庙内，参加大隋帝国的最盛大浓重的祭奠仪式。

武成王庙是两年前隋文帝听从郧国公韦孝宽的建议而修建的。孝宽深忧天下分久，周民苦日太多，儒释道轮番论争，虽佛道已稍稍平息，但文宣庙又雨后春笋，风起云涌。天下未定之时，更应该崇尚勇武，推崇战功，膜拜名将，心系战场。上完奏折不久，这位久经沙场屡立战功的上柱国就仙逝了。580年十二月，在郧国公的灵前，隋国公杨坚当众宣读了圣旨（当然圣旨是周静帝的），于是在长安最庄严肃穆的文宣庙旁边，开始建造巍峨高耸的武成王庙。

只一年，周静帝就将帝位禅让给了隋国公。又一年，今天是582年八月二十二日，刚好是咸阳王斛律光被害的十周年，也不知是不是巧合。隋文帝带领精选的大臣亲临刚刚落成的武成王庙，来进行盛大的帝国祭祀大典。

武成王庙在外表上和相邻的文宣王庙一样高，但里边布置精美，华殿众多，包括武圣殿、杏坛、寝殿、圣迹殿、后土祠、神庖、瘗所、神厨、崇圣祠、家庙、武艺堂、启圣祠、金丝堂、武器库、兵书阁、东西直房、斋宿所、璧水桥、仰高门、棂星门等。宽大敞亮的武圣殿内，三丈高的威严的姜太公的金身塑像端坐正中，接下来一众武神像共60尊分列两边，当然有孙膑、廉颇、韩信，当然还有王翦、霍去病、卫青，更近点的有关羽、张飞、周瑜，最近的还有慕容恪、王僧辩、宇文宪。当然，离我们最近的排在最后最主要的还有韦孝宽和我爷爷斛律光！

（二）

听说当初隋国公下令建造武成王庙时，就确立了请神的条件："定祸乱者，必先于武德，拯生灵者，谅在于师贞。昔周武创业，克宁区夏，惟师尚父，实佐兴王。况德有可师，义当禁暴，稽诸古昔，爰崇典礼。"也就是说，进武成王庙成神的，一是数量精，上千年来，神州大地上分分合合，战争不断上演，叱咤风云的战将不计其数，他们都想踩着堆积如山的死人骷髅成神成仙,但最终封神的应该是极少数,是万里挑一。二是武功高,自古文无第一,武无第二,能进庙封神的,当是身经百战、百战百胜的名将,是力挽狂澜、匡扶社稷的功臣,是守土保民、开疆拓边的柱国。三是德为首,能流芳百世的战将必须是忠臣,以忧国忧民为己任,以惜杀止战为目的。在隋文帝的审视下,如杀人如麻坑赵卒四十万的秦武安君白起,有勇无谋反复无常的吕布,都被排除在外。当然,依我看,那郧国公韦孝宽也没有资格入列,他既是斛律明月的手下败将,又是惯使诈计的小人。虽然,这些年他一再展开他宽广的羽翼,将我护卫,让我成长。

当然,韦孝宽武功和战法虽然不如我爷爷,但他生性狡诈沉稳,阴谋诡计甚多,眼光独到长远。我们斛律家一后二妃三公主,斛律金不愿意联姻帝室,"辞不获免,常以为忧";而郧国公智谋更高,韦孝宽长子湛,"年十岁,魏文帝欲以女妻之,孝宽辞以兄子世康年长。帝嘉之,遂以妻世康"。的确,政治眼光的段位就是不一样。

（三）

环顾如今大一统的大隋帝国的朝堂上,除斛律孝卿外放为吏外,斛律之姓已仅此一家了。武成王庙里,有隋文帝亲封的崇国公斛律光的牌位,大隋的朝堂上,有我斛律彻的孤单身影。两年前隋国公任命我为仪同大将军,承袭崇国公爵位,食邑五千户。这也是历朝历代,对于前代名门遗孤惯常的优待作法吧。当然,我们斛律家的光芒还在:斛律家祠依然屹立,577年正月,宇文邕围攻邺城,焚烧西门,北齐军战败。我大周军攻入邺城,北齐王公以下官员皆降。之后我给郧国公韦孝宽请了长假,带领一队卫士,将我的家祠搬迁到了敕勒大草原,这里才是他们的魂牵梦绕之处。当然,这是一个盛大的仪式，敕勒大草原万马奔腾，精壮强悍的斛律家族的小伙子们，以及刀下逃生的南面可汗斛律羡的儿子斛律世达、世迁、世辨、世酋和斛律伏护等，一路跪迎他们的领命酋长魂归故里，他们将世代守候在家祠的身旁，不再让任何外敌侵扰。

雄伟壮丽的斛律家祠，是敕勒大草原最神圣的精神中心，他见证了敕勒草原昙花一现的辉煌，代表了斛律家族的历史巅峰，值得大草原的后代永远传唱。家祠除了从邺城搬来的祖宗牌位，还进一步进行了修整完善，增添了我们大草原的英雄人物武毅将军斛律莫烈、钟离侯斛律羽都居、宁朔将军斛律出六拔、扬烈将军斛律西婼、武毅将军斛律伏和真、领军将军斛律恒、武川公斛律千、龙骧将军武川镇将斛律谨、中军大都督斛律沙门等牌位。

离家祠两百里的晋阳，是我们斛律家族的墓葬区。那时晋阳是北齐的军事重地，斛律家族经常活动于此，在斛律金任右丞相时，就已经开始营建，把我们的祖先斛律侯倍利等均迁葬于此，高纬污杀了咸阳王斛律光后的第二年，也降旨将被斩杀的明月一家隆重地迁葬了过来。在家祠和坟地，我也将预留我的地方，等待和光芒万丈的祖先们相聚。

落雕都督的光芒永世留存，除大隋敕封进武成王庙之外，在敕勒川的阴山高处，在怀朔大地民间，已经由我们的族人或者当地民众建起了几座明月神庙，他将保佑他的族人，忠勇正直，奔腾向前。听说，这些明月庙香火旺盛，特别是那些征战的武将，出征前或凯旋后，都要到落雕都督的魁梧的身影下顶礼膜拜。最神奇的是，两年前落成的晋阳郊外的蒙山大佛，人们争相传说那是斛律光的神座。该造像便一改以往"瘦骨清像"，而出现了丰满圆润的特色。神像位于慧可大师常驻的开化寺旁，高二百尺，以山为佛，从天保年间开始建造，至齐灭时才建成。听说那次慧可大法师和斛律明月的历史性相见，慧可命两个小沙弥现场悄悄地给我爷爷画了像，后来在听说我爷爷含冤被斩后，听说和查阅了明月的光辉事迹后，就将他主持的已经毁掉佛首的蒙山大佛改换为我爷爷斛律明月的头像，佛像落成后，慧可大法师在这里做了七天七夜的水陆大道场，上百的法师一起诵经弘法，一起歌颂明月的丰功伟绩，一起超度他的灵魂。当然，还听说在无尽戈壁与沙海中，已初具规模的敦煌莫高窟里，敕勒族人们已经雕刻了明月征战的专窟；在正在营造的洛阳石窟里，当时北齐的尚书令斛律孝卿也出资加上了斛律明月射雕图。

（四）

如今天下大定，我还是决定单独去拜谒蒙山大佛，向明月仔细汇报他可能关心的世态进展。这半年来我几乎天天去崇文馆，认真查找相关的人事。如今隋文帝一统天下之后，接纳了北齐的文林馆的体系和人事，并充实了大量的文学才子，旧齐士人之中最负盛名的李德林、颜之推、卢思道、阳休之等十八学士均入其馆。

这半年来，我在大隋的崇文馆慢慢翻读，记录下与明月相关或者他肯定关心的人事，以备到时在蒙山大佛前焚化。时空斗转，物是人非，这些惊叹人间的时事转化，令人眼花缭乱、目不暇接：

572年八月，斛律家族遭北齐后主高纬屠杀……祖珽派邢祖信带队抄家，仅得宴娱之弓五十张，箭一百，刀七口，槊两支，及体罚下人的枣树枝二十根，并无余财……祖珽不断追问"更得何物"，进而"珽大惭，乃下声曰：'朝廷已下重刑，郎中何可分雪？'"想要从邢祖信处寻得些许能证明斛律光谋逆的证据，借以弹盖其诬陷忠臣的罪行。斛律彻因年纪尚幼免于一死。斛律彻原名斛律锺，系斛律光的孙子，驸马都尉、特进、开府仪同三司、西兖梁东兖三州刺史、太子太保斛律武都之子。

我记得，那天悲风惨雨，黄沙漫天，我也被押上刑场，随着那瞎子宰相的开斩喝令，刽子手手起刀落，二十多个人头落了地，只有我木讷地跪在原地，领受观众怜悯的目光。后来有人将我和我妈妈及一众女眷安置到了一处民房，咸阳王府已经不再属于我们，好在我妈妈是公主，听说这处民房是一个好心人专门给我们准备的。又过了难忘的几天，邺城的来寻仇的，来抢人的，来打架的，来辱骂的，来奚落的，来抢劫的，络绎不绝。后来又来了一伙来历不明的人，驾车将我抢走了，经过许多天的辗转颠簸，之后竟然神奇地来到了长安。后来得知，是郧国公韦孝宽得了大周皇帝的圣旨，悄悄派人到邺城将我抢过来，目的是要保存好斛律家的血脉。

572年七月，高纬敕使中领军贺拔伏恩等十余人乘驿马赶赴幽州逮捕斛律羡，又调领军大将军刘桃枝、洛州行台仆射独孤永业带领定州骑兵随后赶来，拟命独孤永业接替斛律羡的刺史职位。贺拔伏恩等抵达城郊，把守城门的士兵慌忙向斛律羡报告，还建议紧闭城门。斛律羡说："朝廷派来的使者岂可不让进城？"出门相见，贺拔伏恩拉着他的手，将他捆绑起来，随即在长史厅处死。

就此，万丈光芒的北齐第一功勋家族轰然倒塌。只可惜，他们伟岸的身躯，冲破了战场上的血雨腥风和枪林弹雨，但却倒在了他们努力保护的大齐朝堂上射过来的恶毒暗箭！

<h2 style="text-align:center">（五）</h2>

我爷爷走后，北齐是怎么亡的，他一定非常关心，那就给他抄抄那段历史吧。

576年十月，北周军攻打平阳城，晋州危急。高纬正和冯小怜在天池打猎。晋州告急的人，从早晨到中午，骑驿马来了三次。右丞相高阿那肱说："皇上正在取乐，边境有小小的军事行动，这是很平常的事，何必急着来奏报！"到傍晚，告急的使者再次到来，说"平阳已经陷落"，这才向高纬奏报。高纬准备回去援救，可是冯小怜余兴未尽，要求高纬再围猎一次，高纬依从了她的要求。

576年十一月，高纬抵达晋州时，城池已经失陷。于是高纬令士兵挖地道向城里发起攻击，城墙倒下十几步宽，将士们正准备趁势而入。高纬传令暂时停止，让人召冯小怜一起观看。可是，冯小怜正在梳妆打扮，磨磨蹭蹭没能马上赶来。两个时辰到来后，周军已用许多木头把缺口堵塞严密，因此城未能攻下。

576年十一月，冯小怜想前往观看晋州城西遗迹，高纬担心城上的弓弩能把箭射到桥上，就让部下抽去不少攻城用的木头制造远桥，监作舍人因未能立即造好而受处罚。当高纬和冯小怜一起走上桥去时，桥就断裂了，一直折腾到天黑才回来。

576年十二月，由于北齐自段韶病死，斛律光被杀，边防重地已少有帅才。穆提婆、高阿那肱等用事，又调走原来得力的晋州守将张延隽，换上才能平庸的尉相贵主事。"先是，晋州行台左丞张延隽公直勤敏锐，储才有备，百姓安业，疆场无虞。诸嬖幸恶而代之，由是公私烦扰。"兵力有限，上下离心，行台左丞侯子钦出降于前，晋州刺史崔景嵩送款于后，晋州守军一溃不可收。

576年十二月，为了坚守邺城，大将斛律孝卿请高纬亲自慰劳将士，激励士气，并已为他写好讲辞。但高纬出见将士时，人多怯场忘了讲辞，又不知道要说什么，想起昨晚和小怜的事就大笑起来。将士大怒："身尚如此，吾辈何急"，于是人无战心，北周轻取邺城。

577年正月，高纬把胡太后留在济州，派高阿那肱镇守，和皇后穆邪利、冯小怜、幼主高恒等几十人逃奔青州，要进入陈朝国境。而高阿那肱秘密和北周军队联络，约定一起活捉高纬，却屡次向高纬启奏道假消息。北周军队很快到了青州，在南邓村将高纬等全部活捉，连同胡太后一起送往邺城，北齐灭亡。

577年正月，北齐灭亡。韦孝宽和我簇拥着周武帝站在邺城城头，周武帝感慨万千，对于在武平年间被杀的文臣崔季舒等七人进行了追赠，尤其是对斛律光大加赞赏，封我爷爷为上柱国、崇国公，指诏书曰"如果斛律光没死，朕想站在邺城的城楼上，是绝对不可能的！"

（六）

再去翻捡那些狠毒的高家人的结局呢？前不久听说在长安已经没有高姓皇族存在了。

建德七年夏四月,"列齐主于前,其王公等并从,车辇旗帜及器物以次陈于其后",周武帝安排旧齐君臣参与太庙献俘,三日后册封齐后主为温国公。后周武帝在云阳,宴齐君臣,命高孝珩吹笛。后武帝与旧齐君臣宴会上,令后主起舞。

同年十月,周武帝信后主与宜州刺史穆提婆谋反,及延宗等数十人无少长咸赐死。高纬与儿子高恒一起被辣椒塞口而死。唯有纬弟高彦理及旁枝高姓高洋子高绍义、高百年继子高白泽、高湝子高亮、高孝琬子高正礼等获免,俱徙蜀。高家女人们有的被赏赐给王公贵族做妻妾、做奴仆,有的被放出宫去。有一部分流落到益州,靠卖"取灯"为生。

(七)

高家也还是有忠良的,但结局一样很惨。

高长恭。573年正月,北周遣使来访(据野史记载,这也是北周的反间计,欲除兰陵王以修永世之好)。五月,后主高纬派遣使者徐之范送毒酒给高长恭,高长恭对他的王妃荥阳郑氏说:"我对国家如此忠心,哪里有辜负大齐高家及皇帝,而要赐我毒酒?"郑氏回答说:"为什么不亲自当面去跟皇帝解释呢?"高长恭说:"皇帝怎么可能会见我?"于是就饮鸩而死,追赠太尉。

至此,北齐的三大顶梁柱全部折断。

高湝。577年,北齐灭亡,大丞相高湝与广宁王高孝珩在冀州召募四万多人，数次攻打周军。战败后被擒。宇文宪问他，国家已经破亡，为何还坚持抵抗？高湝悲愤地回答："我是北齐神武帝之子，兄弟十五人，只有我独存，当逢国家灭亡，今日死去，无愧于祖先。"高湝后来被北周赐死。

高绍义。577年2月，高绍义起兵欲图恢复，肆州以北280余城皆响应，北周攻占显州，高绍义战败，率3000人投奔突厥。突厥佗钵可汗十分敬重他的父亲"英雄天子"高洋，遂在可汗的支持下即北齐帝位，年号为武平，流亡在北方的北齐遗民全部归属高绍义统辖。此后，高绍义与营州高保宁屡犯北周边境，并进兵幽州，配合范阳人卢昌期举兵反周，失败后又逃回突厥，成为北周边境大患。580年6月，北周遣使送公主去突厥和亲，又派遣建威侯贺若谊贿赂佗钵可汗，请囚送北齐范阳王高绍义。可汗既得公主，又得厚贿，于是假装请高绍义围猎，而让贺若谊将其擒获。580年7月，贺若谊将高绍义从突厥囚送长安，北周将其流放于蜀地。

（八）

与我爷爷同朝为臣的，爷爷也一定很想了解他们最后的结局。那就再在崇文馆继续查找吧。

陆令萱。576年，北周攻齐，在晋州击败北齐，穆提婆降周，陆令萱自杀，子孙小大皆弃市，籍没其家。周武帝以提婆为柱国、宜州刺史。未几，云将据宜州起兵，与后主高纬相应，诛死。

独孤永业。577年，统帅数万幽州突骑的潘子晃在北周攻下邺城后，主动率军投降，据守河南手握甲士三万的独孤永业，在得知晋阳失陷后投降北周，被授为上柱国。

段韶家族。578年，周武帝对一向忠于北齐的傅伏、厍狄士文予以褒扬，傅伏授上仪同，厍狄士文授开府仪同三司、随州刺史；考虑段韶家族的威望，授其二子段深、四子段德、七子段济等相当的爵位；将同为怀朔勋贵子弟、但屡次协助恩倖集团打压宗王勋贵的莫多娄敬显公开处死。

581年，周隋易代后，北齐有乞伏令和、叱列长叉、慕容三藏、段德堪、厍狄士文、斛律徹、段宝鼎获上柱国、大将军、上开府等勋位，在职位上则不予任用。

当然还听说了那个玉体横陈的冯小怜的趣事。577年，高纬被杀后，冯小怜被赐给代王宇文达，很受宠爱。冯小怜拾起爱好，弹起琵琶：

虽蒙今日宠，犹忆昔时怜。

欲知心断绝，应看膝上弦。

宇文达的妃子李氏，是李询的妹妹，她与冯小怜争宠，冯小怜诬陷中伤李氏，差点将李氏迫害而死。580年冬，杨坚斩杀北周五王，宇文达就是其中之一。事后，杨坚再把冯小怜赐给李氏的哥哥李询，李询命令她穿着粗布衣裙、舂粮食。李询的母亲知道冯小怜曾迫害过自己的女儿，乘机进行打击报复，令她自杀而死。

其实那个瞎子祖珽还是有些本事，崇文馆记载得颇为详细。现在大隋最红的大音乐家、撰写《乐谱》六十四卷、提出八十四调理论的万宝常就曾经拜在祖珽门下为徒，跟着他系统地学习了音乐演奏与创作技法。才华横溢的祖珽，除在文学和音乐方面的成就外，在绘画、占卜、医术、美食、军事等诸多方面都有不俗的表现。他跨界几个领域，竟然都有"鹤立鸡群"之感，时人颇为推崇。后来，在他推出一系列改革措施：

> 自和士开执事以来，政体隳坏，珽推崇高望，官人称职，内外称美……又黜诸阉竖及群小辈，推诚朝廷，为致治之方。珽乃讽御史中丞郦伯伟，令劾主书王子冲纳贿，知其事连穆提婆，欲使赃罪相及，望因此坐，并及陆媪。

这就深刻地触犯了陆令萱母子等的利益，陆令萱在后主高纬面前百般诋毁祖珽。后主下令审查，果然发现祖珽先后十多次假传圣旨和冒功受赐，下令贬其为北徐州刺史。

北徐州与陈国交界，576年，祖珽刚到任不久，就遇上陈兵侵犯，所有人都以为城池必破，祖珽必死无疑。祖珽也知道让他到此上任，是陆令萱的借刀杀人之计，所以根本不指望救援。他下令打开城门，令守军都下城静坐，禁止行人，让鸡犬上街，城内一片寂静。

陈军见此情形，以为是人走城空，就在城外驻扎下来，连警备都未设。深夜时分，祖珽忽然下令全城军民大喊大叫，"鼓噪聒天，贼大惊，登时走散"。不多时，清醒过来的陈军组织反攻，祖珽一马当先率兵杀出城来，陈军听说祖珽是盲人，以为他不能领兵作战，却见祖珽弯弓搭箭，勇猛无比，一个个既惊又怕，不战而退。

祖珽且守且战十多天，陈军终于退兵，徐州城安然无恙。瞎子祖珽上演了一出空城计，创造了令人难以置信的军事奇迹。不久，祖珽病逝于北徐州。在空城计实施中，他还从容口述了一首《从北征诗》：

> 翠旗临寒道，灵鼓出桑乾。
> 祁山敛雾雰，瀚海息波澜。
> 戍亭秋雨急，关门朔气寒。
> 方系单於颈，歌舞入长安。

（九）

北齐的事已经远去，再给爷爷说说他所关心的南陈的事。今年正月，陈宣帝陈顼病重，太子陈叔宝与始兴王陈叔陵、长沙王陈叔坚一并在宣帝身边侍疾。始兴王陈叔陵暗地里怀有异志，命掌管煎药的官吏磨刀准备刺杀陈叔宝。仓促之际，陈叔宝在柳皇后及乳母吴氏的帮助下逃出，派大将萧摩诃讨伐陈叔陵，最后陈叔陵被杀，诸子赐死。之后陈叔宝即皇帝位，册立皇子陈胤为太子。自陈霸先开国以来，内廷陈设很简朴。陈叔宝嫌其居处简陋，不能作为藏娇之金屋，于是在临光殿的前面，起临春、结绮、望仙三阁。阁高数十丈，袤延数十间，穷土木之奇，极人工之巧。窗牖墙壁栏槛，都是以沉檀木做的，以金玉珠翠装饰。门口垂着珍珠帘，里面设有宝床宝帐。服玩珍奇，器物瑰丽，皆近古未有。阁下积石为山，引水为池，植以奇树名花。每当微风吹过，香闻数十里。陈叔宝自居临春阁，张贵妃居结绮阁，龚、孔二贵嫔，居望仙阁，其中有复道连接。又有王、季二美人，张、薛二淑媛，袁昭仪、何婕妤、江修容等七人，都以才色见幸，轮流召幸，得游其上。张丽华曾于阁上梳妆，有时临轩独坐，有时倚栏遥望，看见的人都以为仙子临凡，在缥缈的天上，令人可望而不可即。很有文学

才华的陈叔宝写了一首《玉树后庭花》：

> 丽宇芳林对高阁，新妆艳质本倾城。
> 映户凝娇乍不进，出帷含态笑相迎。
> 妖姬脸似花含露，玉树流光照后庭。
> 花开花落不长久，落红满地归寂中。

看看已经吞并北齐、胸怀天下、厉兵秣马的隋文帝，再看看穷奢极欲、胸无大志、龟缩一隅、偏爱奸臣的陈叔宝，明眼人都能看出，天下一统的时间不远了。

（十）

我爷爷一定也关心他结拜弟弟的事情，听说，他这一生，最念念不忘的、最心有灵犀的就是他那个突厥弟弟。也真奇怪，阿史那可汗比我爷爷晚八天出生，刚好比我爷爷晚八天去世，算来他俩在世间的时日一样多，也不枉"恨不同日生，誓愿同辰死"的香火重誓了。

英雄盖世的木杆可汗在位二十年，建立了方圆万里之国，带领突厥冲上了最鼎盛的时期。他眼光独到，继位可汗选得也对，这十年突厥非常兴盛。

佗钵可汗在位时期，突厥强盛，拥兵数十万，屡次进犯北周。佗钵可汗亦笃信佛教，亲自吃斋受戒，曾遣使北齐求取《华严》《十诵律》等佛经；高纬帝还命刘世清作突厥语《涅槃经》，中书侍郎李德林为其序，以遗突厥可汗。有齐僧宝暹、道邃、僧昙等十人，575年相结同行采经西域，往返七载，将事东归，凡获梵本二百六十部，行至突厥，俄属齐亡，亦投彼国。577年北周灭北齐，佗钵可汗接纳北齐范阳王高绍义，聚集兵众扬言要替北齐复仇。

去年佗钵可汗去世，沙钵略登上可汗位。当然大隋新立，想必根基不稳，沙钵略听从母亲宇文公主充满愤怒的意见，开始给北周宇文家报夺位之仇，兵锋直逼长安。大隋正面交战失利，又十分顺手地使用起"反间计"，隋文帝遣太仆元晖出伊吾道，诣达头，赐以狼头纛，达头大喜，在长安坚决地撤兵了！先前继承汗位未遂的大逻便，也受到隋朝的假装收买。大逻便虽然拒绝，但是沙钵略认为他已经不忠，于是将大逻便的手下以及母亲孩子全部杀死。大逻便知道后愤怒不已，投靠了达头。于是突厥分裂。今年，达头和大逻便向沙钵略正式开战，有雄才大略的杨坚帝在，突厥已经开始走下坡路了。

（十一）

沙钵略的母亲千金公主，我爷爷也是知道的，在北周和大齐短暂休战讲和时，由北周骠骑大将军斛斯徵做媒，还差点嫁给了他小儿子斛律恒伽。她对经史、诗文、书画、政治、工艺，甚至建筑都有相当程度的造诣。和我大齐结亲不成，不得已就和亲给突厥佗钵可汗。就在千金公主下嫁的当年七月，她父亲赵王宇文招被国丈杨坚诬陷处死，她的兄弟也被屠杀。不久她丈夫佗钵可汗也死了，按突厥收继婚习俗，她再嫁其子沙钵略可汗。千金公主发誓报仇，突厥四十万大军势如破竹，先后攻下延安、天水等六城，长安震动，后因长安的离间计而退兵。万般无奈下，千金公主决定暂时将自己的国恨家仇放在一边，先帮助丈夫走出绝境。她向杨坚写去亲笔信求和，杨坚也顺水推舟，边境取得暂时的安宁。为表示恩宠，杨坚将艺术细胞浓厚的南陈皇帝陈叔宝敬献的、一面镶满珍奇异宝的屏风转赐给千金公主。不久公主挥笔在屏风上提诗一首：

盛衰等朝露，世道若浮萍。

荣华实难守，池台终自平。

富贵今何在？空事写丹青。

杯酒恒无乐，弦歌讵有声。

余本皇家子，漂流入虏廷。

一朝睹成败，怀抱忽纵横。

古来共如此，非我独申名。

惟有《明君曲》，偏伤远嫁情。

不久，沙钵略可汗又病死，千金公主再嫁给其子都蓝可汗。这首诗也流传到了长安，杨坚发现她的国恨家仇是如此强烈，于是下诏废除了她的公主封号，并再次离间千金公主和都蓝可汗的关系，最终千金公主被杀。

千金公主命运的多舛坎坷，这也是这些和亲公主的一个缩影，虽然身份尊贵，但在家国利益面前，她们毫无反抗之力，只能远嫁蛮荒僻远之地，国家的安定完全寄托在一个弱女子身上，个人的生死荣辱常被强大的现实政治所湮没，这恰好是她们的悲哀所在。

千金公主也是我大隋对女性正统观念的形成的一个分水岭。自大隋开始，杨家皇族对儒家进一步推崇，妇女的道德标准已完全偏移于贞节、柔顺、忠孝、大义一边了，像千金公主那样的胆识和才华已被完全忽略。

（十二）

爷爷可能最想不通的，是先天不足的大周，为何却打败了实力强大的北齐？崇文馆的高参们也有总结，听说是原北齐文林馆待诏"八米卢郎"卢思道主笔的，感觉总结得比较到位，原文太长，爷爷也不爱听长篇大论，大体意思是这样的：

……思当年六镇之乱后，高氏得六镇之五，控制关东大部，地广民多，兵盛财实；而北周宇文氏地处腹地，人少地瘠，兵寡将稀，环突厥、北齐、党项、陈朝所围，而最终北周灭齐，所由者四。

更好的均田制。均田制是抑制兼并的良方，北魏孝文帝拓跋宏即开始启用，继承北魏衣钵的北齐和北周也都努力推行。高家在564年颁布推行的均田制严谨细致，无可挑剔，北周的均田制规规矩矩，较北魏草创时期没有什么变化。差别在执行上，北齐在国内豪强势力大肆兼并土地之时，高家放弃守护制度的尊严而选择了妥协，并使得与均田制相牵连的租调力役也受到严重冲击。而北周则从苏绰"尽地利，均赋役"原则提出后，便强行限制豪强的兼并，极力维护住自耕农这一最广大阶层的财产安全，使中央集权得到加强，从而让大力发展经济成为可能。

更给力的盟友。北齐的政治盟友主要有塞北的柔然、江淮的南朝、祁连山脉的吐谷浑，形成了一个完美的包围圈，将北周政权牢牢禁锢在关中平原之内。然而，南朝的无力，在侯景这位降将的叛乱中，便被表现得淋漓尽致。宇文泰派轻而易举便夺得以襄阳为中心的"汉东之地"，随后拿下整个巴蜀，占领江陵，五六年间攻下80多万平方公里的土地。北边的柔然也弱不禁风，没几年就被新崛起的突厥打灭。西边的吐谷浑也被宇文家不经意地打败。与北齐四面开花的外交策略不同，北周的铁杆盟友只有突厥一个。但正是这个盟友的出色发挥，使得围绕着北周的包围圈被扯得支离破碎，更逼得北齐不得不耗费巨资修筑长城，最终"成功"拖垮了本国经济。

更高效的官员。继承北魏精华的北齐，也顺势得到了北魏立足中原数十年间所积累的人才班底，在接下来的二十多年里，却被北齐一个坏毛病透支干净：腐败。北齐的历代皇帝，反贪经常看心情，虽说御史台常揪出贪官，但惩治贪污腐败的法律执行，却是缺失严重。抓住了贪官，经常就是降几级甚至批评教育一顿了事。比如北齐大臣元坦，卖官鬻爵的龌龊事干了一堆，也不过是降为刺史，然后再接再厉继续贪。简直到了"时勋贵多有不法"的地步。到了北齐晚期，除了受贿和侵夺外，北齐官员的腐败也五花八门，比如直接盗窃国家财物。北齐的六州大都督直接侵占官田，北齐大臣段孝言连皇宫的珍木石料，都拉回家盖私宅。又比如违法牟利，齐州刺史崔季舒，就直接操纵北齐和南方的互市贸易，赚得盆满钵满。相比之下，体现北周法家思想的《六条诏书》，一直是北周的施政纲领。其"尽地利"条，并不仅仅是劝农而已，而是包含着赏罚体制在内，与战国法家李悝在魏国变法实行的"尽地力之教"以及商鞅在秦国变法实行的奖惩耕织的政教有相通之处。"均赋役"条，含有战国韩非子关于防止赋役不均造成豪强乘机渔利的机会以至造成重权在下的局面的用意。"恤狱讼"条，其意在"以至公之心"临狱。至于"先治心"条，不指民，而指官，尤其是地方官，旨在培养政治"至公之理"。"敦教化"则是针对百姓而言，重在移风易俗，"去魏晋之华诞，五代之浇风"，使民归朴，不同于儒家的以"文"为事。整个北周时代，都保持着对官员严格的监督，以及日常定期的考核，清官能臣层出不穷。高效廉洁的官员队伍，促成了国家发展的加速度。

更强劲的军队。北齐的军队战斗力一直不差，文宣帝高洋从鲜卑兵与汉兵中分选精锐组建"百保鲜卑"和"勇士"，都经过了沙场战阵的考验，为国家建立不世之勋。然而坏就坏在北齐这两支军队都很强，"胜则争功，退则推罪"，双方谁都不愿意给对方当垫脚石。而战场之中瞬息万变，互相扯皮的结果就只能是贻误战机一败涂地。和北齐空有强军不同，北周在军事体制方面进行了重大改革，开启了府兵制，"以八柱国统领全部军队，一个柱国就相当于一个部落酋长"，其通过人为力量将士卒凝聚在一起。家长制的作风用在军队之中，足够让军队做到"军令严明，法令齐肃"，而这使得狭小贫瘠的关西之地，又一次养育出一支横扫六合的虎狼之师！

律法严明促进经济繁荣，眼光独到选择强大盟友，文职的官员更加文明，浴血的军队更加野蛮。有这四个差距存在，北周何愁不能反杀仅有"苍天眷顾"的北齐？！

（十三）

现在周也已亡，为什么周兴齐亡？"只在此山中，云深不知处。"站在大隋旁观者的角度，可谓洞若观火。那次杨坚帝和大臣对话探讨，说了两点截中要害：

"大周之所以胜出，此乃文有诸葛孔明、朝有定海神针之故也。"

诸葛孔明说的是苏绰。在法家李斯的帮助下，秦始皇终于统一了六国。北周实行的也是法家政治，这也是北周强盛的主要原因所在。杨坚帝说，"百年中精神气脉,全在苏绰一人。"崇文馆《苏绰传》记载:"(宇文泰太祖)留绰至夜,问以治道,太祖卧而听之。绰于是指陈帝王之道,兼述申、韩之要。太祖乃起,整衣危坐,不觉膝之前席。语遂达曙不厌。"这和《史记》中商鞅说秦孝公的情形十分相似,可见太祖急于寻求强国之道的迫切心情,与当年秦孝公一般无二。苏绰的六条诏书,内容全是法家思想,一曰先治心,二曰敦教化,三曰尽地利,四曰擢贤良,五曰恤狱讼,六曰均赋役。其中"尽地利"是最重要的一条。诏书称:"诸州郡县,每至岁首,必戒敕部民,无问少长,但能持农器者,皆令就田,垦发以时,勿失其所。及布种既讫,嘉苗须理,麦秋在野,蚕停于室,若此之时,皆宜少长悉力,男女并功,若援溺、救火、寇盗之将至,然后可使农夫不废其业,蚕妇得就其功。若有游手怠惰,早归晚出,好逸恶劳,不勤事业者,则正长碟名郡县,守令随事加罚,罪一劝百,此则明宰之教也。"据称独孤信镇陇右时"劝以耕桑,数年之中,公私富实,流民愿附者数万家"。

定海神针说的是宇文护。和北齐频繁的争夺龙椅战不同,北周虽然也不断有皇帝被弑,但一直是朝局稳定,最开始是宇文泰,之后权柄就牢牢地掌控在宇文护手里。他继承和发展了宇文泰加强中央集权的政策和措施,并强有力地、卓有成效地打击了威胁宇文氏家族关陇豪强和地方豪强,使几个"等夷"家族共享天下的局面变成宇文氏的家天下,不仅实行了改朝换代,而且加强了宇文氏的统治。他的角色是宇文氏家族其他成员不可能取代的,他是唯一合适完成宇文氏家族历史使命的人。但也是他的功绩为他掘下了一个无形的葬坑。

（十四）

听说当年齐亡时，旧齐士人之中最负盛名的李德林、颜之推、卢思道、阳休之为代表的十八学士随驾入关。那天晚上，借武成王庙落成的契机，北齐旧人在长安举行了一场盛况空前的文学诗会，还邀请了南朝著名的文人庾信参加。当然，也邀请了我旁听。我一边喝着酒，一边听着他们对时局、对家乡、对往昔的追忆。

卢思道喝一杯后，扔杯首先吟诗一首《听鸣蝉篇》：

听鸣蝉，此听悲无极。

群嘶玉树里，回噪金门侧。

长风送晚声，清露供朝食。

晚风朝露实多宜，秋日高鸣独见知。

轻身蔽数叶，哀鸣抱一枝。

流乱罢还续，酸伤合更离。

暂听别人心即断，才闻客子泪先垂。

故乡已超忽，空庭正芜没。

一夕复一朝，坐见凉秋月。

河流带地从来崄，峭路干天不可越。

一生奔波三次被俘须发皆白的颜之推面色红润，听完后连声叫好，马上和诗一首《和卢纳言听鸣蝉篇》：

听秋蝉,秋蝉非一处。

细柳高飞夕,长杨明月曙。

历乱起秋声,参差搅人虑。

单吟如转箫,群噪学调笙。

乍飘流曼响,多含继绝声。

垂阴自有乐,饮露独为清。

短矮何足贵,薄羽不羞轻。

孙万寿有点醉意,饱含热泪,呜咽着吟诗一首《东归在路率尔成咏》:

学宦两无成,归心自不平。

故乡尚千里,山秋猿夜鸣。

人愁惨云色,客意惯风声。

羁恨虽多绪,俱是一伤情。

坐在最上首的李德林起伏较大。他刚从邺城到长安,周武帝在云阳宫用鲜卑语对大臣说:"我常日唯闻李德林名,及见其与齐朝作诏书移檄,我正谓其是天上人。岂言今日得其驱使,复为我作文书,极为大异。"最开始杨坚着意笼络,李德林在杨坚登基坐殿、当上隋文帝的政变中立下汗马功劳。杨坚曾许愿一统天下后把李德林打扮成菩萨金身,让全中国的人都羡慕。前年他官至内史令,封安平公。他也慷慨激昂地吟诗一首《咏松》:

结根生上苑,擢秀迩华池。

> 岁寒无改色，年长有倒枝。
>
> 露自金盘洒，风从玉树吹。
>
> 寄言谢霜雪，贞心自不移。

这个李德林确也是个人才，不但文采好，政治头脑强，还有军事才能。可皇帝的话是有保鲜期的，翻手为云覆手为雨是他们的专长，菩萨金身肯定是没弄成，就这么一位大功臣、大才子，最近也怀才不遇，被贬为湖州刺史，再贬为怀州刺史。

诗风一贯刚健清新的薛道衡，已经泼墨提笔，作诗一首《昔昔盐》：

> 垂柳覆金堤，蘼芜叶复齐。
>
> 水溢芙蓉沼，花飞桃李蹊。
>
> 采桑秦氏女，织锦窦家妻。
>
> 关山别荡子，风月守空闺。
>
> 恒敛千金笑，长垂双玉啼。
>
> 盘龙随镜隐，彩凤逐帷低。
>
> 飞魂同夜鹊，倦寝忆晨鸡。
>
> 暗牖悬蛛网，空梁落燕泥。
>
> 前年过代北，今岁往辽西。
>
> 一去无消息，那能惜马蹄。

这些幽思往昔的诗，这些非常仰慕我爷爷的同殿为臣的诗人，我爷爷也一定喜欢，预计我将此抄录，一并焚烧于前。

（十五）

去蒙山前，已经下定了回归大草原的决心。如今我们斛律家族经历的事情太多，离皇帝远点才是可靠的，我爷爷临终前的叮嘱"终生不得入仕"深入骨髓。前天在诗会上，几番沉浮的李德林感慨万千：

他总结了天下分合的大势。他说，历史总是惊人地相似，北齐占据关东地区，地域大致相当于战国时期的关东五国，即燕、赵、齐、韩、魏的领土。北周占据的地区大致相当于秦国在春秋和战国初的地区。后来又攻占汉中、益州和江陵，占有的领土大致相当于秦灭六国前的版图。这不禁使人想到秦统一以前也是先攻取巴、蜀、汉中和江陵地区的历史进程。因此，北周统一北方与秦的统一，在一个阶段有很大的相似性。另外，北周自身的灭亡与秦也有一定的相似性，北周武帝灭掉北齐，但他死后仅三年而国亡；秦始皇统一了中国，却也是二世而亡。

他总结了北周灭齐的原因。当初高欢和宇文泰都是依靠六镇军人起家，他们同六镇军人一样反对北魏洛阳政府的汉化政策，但他们都不能阻挡这种趋势。高欢占有六镇军人有其五，只能逆汉化而行之。而宇文泰分得的六镇军人较少，又经过几次大战，损失很大，不得不广泛地吸收关陇豪右，实施关陇本位政策，并不断远离胡教，尊崇儒教，最终使关中各族日益融合，北周灭北齐也是汉化对鲜卑化的胜利。

他总结了给皇帝打工的心得。他说，皇帝尤其是开基立业的皇帝都是异常狡猾的，想当初高欢在紧要关头，就学了一次陈胜吴广：

神武自向山东，乃作伪书，言尔朱兆将以六镇人配契胡为部曲，发万人，神武亲送之郊，雪泣送别，人皆号恸。神武乃谕之曰："直向西已当死，后军期又当死，配国人又当死，奈何！"众曰："唯有反耳。"神武曰："反是急计，须推一人为主。"众愿奉神武。

现在朝堂上许多大臣总结，说出"功莫大于勤王"的话来。这话其实只对了一半：勤王固然是大功——皇上有麻烦才要人去"勤"，你不怕自己惹上麻烦，去给皇上解了麻烦，这功劳自然小不了。但还有比勤王回报更大的投资项目：拥护一个新皇帝。你看那时围在高欢左右，配合他演戏，奉送他为主的，最后都被封王。

本来人家就是个看着别人当皇帝却只能眼馋的主儿，被你不轻不重拉上这么一把，忽然自己变成了皇帝，要什么有什么，想怎么着就怎么着，这心里多美？皇帝心里要是美了，你这开国元勋的好处能少得了吗？但是千万记住了，高回报必然伴随着高风险，弄不好要出大问题的。

前几年我们大周皇帝宇文赟得了急病，临死前找亲信大臣丞相司马刘昉托孤。这刘昉便是个想得高回报的主儿，见皇太子不过是个几岁的娃娃，就打起了抄近道的点子，去游说杨坚受禅。这杨坚心里一万个乐意，可这毕竟是掉脑袋的事，脸上不能不绷一下。刘昉急了，来了句"你快点干，你再不干俺自己干了"，连激励带帮衬，结果硬是把这杨坚给推到了隋朝开国皇帝的宝座上。这功劳大不大？可就这么一位大功臣，杨坚还没正式当皇帝就开始跟他拉开距离，这不，当了皇帝不久又给他办了个谋反的罪名杀掉。

所以，投资有风险，投机须谨慎。这高风险投资一定得一慢二看三通过，绝不能太积极了，有时候慢上半拍反倒更好。北周的大能人车骑大将军苏威，很早时权倾朝野的宇文护就想把自己的女儿新兴公主嫁给他，但是苏威逃到深山躲避拒绝；最后宇文护被诛，苏威当然一点事儿也没有。他跟杨坚父子是世交，听到杨坚要禅位坐上龙椅，又连夜逃回老家去了。结果杨坚刚登上宝座就把苏威请回长安加官晋爵，以后一直亲信有加。这是为什么？杨坚自己说得好，苏威这人"不欲预吾事"，不想掺和抢皇位这档子事——既然连这档子事都懒得掺和，那自然更不会对咱这宝座有什么胃口了，这种人用起来，那才叫一个放心。

什么叫政治？什么叫进退？这么复杂的事哪里是我们斛律家能够掺和的？待完成我最后的心愿，就辞职回乡，解甲归田，重拾跑马汉子的本性，解放重叠束缚的心灵。

（十六）

去蒙山前的一个月，我还先去了一次敦煌。

我爷爷非常崇佛，以前他家里所余的财产都是贡献给寺庙，还在晋阳建有一处寺庙。其弟斛律羡也曾在范阳建佛像置"义坊"。崇文馆中的《定兴县志》载："驷马入觐，屡过于此，向寺若归如父；停驺驷义方食，慰同慈母。"此后回到敕勒大草原的斛律羡之子斛律世达和斛律世迁等途经此"义坊"时也要礼拜其父亲所建的佛像。那次我爷爷听说沙漠瀚海中有天堂般的佛教圣地后，他在被污斩的前一年，神奇地拿出几颗稀世珍宝交给管家——后来听说是突厥使者来邺城出使时顺带送给他的——让他去寻找那处佛教圣地，并以此变卖后为斛律家造上一窟。我要先去看看我家的神窟，并将形状描绘给我爷爷。

其实那处敦煌石窟能逃过一劫也是非常神奇的，雄才大略的周武帝很坚毅，那些年到处灭佛，目力所及，除一些后妃出家的皇家寺院得以简陋地保存外，所有的寺院都已经"僧去楼空"了，想那新建的蒙山大佛，当年都被毁掉了脑袋，后来武帝去世，慧可大法师才以我爷爷之像新换上了圣头。而蜚声中外的敦煌石窟却完整地保存了下来，我站在石窟前，听一众高僧弘法，也大体感悟了石窟能存活的道理。

当初，周武帝下达的灭佛圣令是非常威严的，"关陇佛法，诛除略尽"，声势十分浩大，并蔓延到瓜州、敦煌城内，城内的阿育王寺、大乘寺均遭毁。但莫高窟处于瀚海沙漠中，位置孤悬偏远，敦煌城主及百姓都选择性地假装忘记了。敦煌的营造佛窟活动，上至朝堂，下至百姓，各阶层各职业的人都建有自己的佛窟，"君臣缔构而兴隆，道俗锲妆而信仰"。那些西行东来的取经传道者，那些南来北往的丝路商旅者，在此祈福膜拜，求财消灾。敦煌地方长官与世家大族也纷纷开窟兴佛，凉州总管于义率领于氏大家族，及当地的索金、阴安归等世家大族不断"募良工、访杞梓"，建造规模宏大的家窟，毁坏祖先之基业也是他们根深蒂固的儒家忠孝思想所无法接受的。同时，周武帝灭佛的想法之一是崇儒汉化，敦煌石窟之佛早已与孔子之儒融为一体了，只有那幅我们族人前不久完成的《射雕图》，才有敕勒铁骑跃马大草原征战的意境，眼前的《九色鹿本生》就用前不久的汉晋儒家思想故事，用横卷续画形式，采用南朝汉装及"瘦骨清像"、大冠高履、褒衣博带的人物形象。我斛律家的这幅《佛传图》，衣冠也为汉晋遗制，印度净饭王变成了汉族皇帝，隐约间还有点我爷爷的神韵，摩耶夫人身着汉族服装，也是我非常熟悉的我母亲常穿的官服，太子所乘蛟龙也变成了《洛神赋》中的云车。看来莫高窟已不再是"胡教"，一进玉门关就羽化为汉族的艺术，她已不再是周武帝汉化政策的障碍了，英明的武帝当然不

会一刀切。

我将在长安的崇国公府中的一众财物,交给已垂垂老矣的咸阳王府的管家,现在是斛律家窟的守窟人,让他对永垂后世的斛律家窟进行修缮。

(十七)

去蒙山前,还要先去寻访一些旧人旧迹,以向爷爷禀告。

晋阳是必经之路,也就在大佛的附近。这里已经衰败萧条,巍峨的霸府宫殿早已不在,昔日车水马龙的繁华变成了门可罗雀,倒是成群结队的乞讨大军依然如故。战争的痕迹已然不见,心底的创伤十分明显,人们无精打采地随意坐在门槛上,伤心地过着以前是北齐之后是北周现在是大隋的日子。童年的记忆至为明显,作为北齐的霸府,以前是何等的朝气蓬勃,是何等的奋发向上?经过几轮砍杀,历练血风洗礼,尤其是经过高家的反复折腾,晋阳的百姓们活下来尚且不易,那些江山、国难、兴亡……就算了吧,城头变幻大王旗,那兰陵王、那咸阳王、那南面可汗,是何等的忠君爱国,最后的下场更惨。现在的晋阳似乎是一座死城,空落落的,看不到一丝的前景,没有任何的希望,只是本能地去寻找下一顿的吃食。

眼前这个地方很熟悉,应该是我童年生活的地方——咸阳王府,那时北齐高家给二等爵以上的王公大臣,都在晋阳建造了相关府邸,以便高家皇帝大部分时间在晋阳办公时,可以随时陪同,和在邺城的相比,晋阳的府邸更巍峨豪华,王公大臣的家人们也大都长时间生活于此。不过现在这些府邸都换了牌匾,天际线边隐隐约约的天龙寺是以前高欢帝在天龙山的避暑行宫;三街之隔的高大建筑是大基圣寺,是以前的并州尚书省改建;一箭之隔的王韵府宅变成了解脱寺,我脚下的咸阳王府宅变成了正觉寺。

踱进寺里，前边是大门，稍后是我爷爷原先办公处理政务的大殿，现在被如来佛等一众菩萨排列占领，左后边那个小间应该是斛律家总管和参军的办公之地，现在也被四位怒目圆睁凶神恶煞的神仙占领。外边那宽大的射箭的靶场依稀还在，只是已经杂草丛生，显然这里没什么香火，虽然武帝已去，去年杨坚帝又下达了兴佛令，现在又已经处于汹涌澎湃的崇佛环境，但佛风从长安西渐似乎还有一个过程，来此朝拜的善男信女也还没看到多少。我用爷爷送给我的这张绝世神弓，向天空嗖嗖嗖射出最后三箭，算是人间绝响。

连着我宿舍的还有十数间房屋，原先是我们家的住宿区。被我的响箭惊扰，慌忙出来了一众女尼，一看我大隋的王公穿戴，一旁的接引尼忙着给我介绍：那个清瘦姣好一脸严肃的常悲大师，就是高家的皇太后李娥姿了，是这里的主持；接下来四位华净、华光、华胜、华首大师，便是北周宣帝的四位皇后朱满月、陈月仪、乐尚、尉迟炽繁，三年前的579年我还在长安的宫廷宴会上看到过，北周灭亡后，由杨坚帝亲自取名并远送到这里出家。听说那次宣帝后妃嫔御有千余人被分送到了长安、洛阳、晋阳等地出家为尼，可谓盛况空前。看来处理后宫的路数都还差不多，北周灭北齐后，周武帝"出齐宫中金银宝器珠翠丽服及宫女二千人，班赐将士"。

后边还有一些女尼，大都是以前高家的贵妃或公主，也有一些更早的元姓皇室的公主。她们本来在邺城的金壁巍檐的皇家寺院妙胜寺出家，可就在两年前的580年，北周柱国大将军尉迟迥据邺城反抗杨坚，为宇文家报仇，被郧国公韦孝宽击败，整个邺城被焚毁，一座八百年璀璨辉煌的王城霸府就此灰飞烟灭，妙胜寺也化为一片灰烬，于是大隋将她们迁到了晋阳的正觉寺。我以佛家之礼和众位高僧相见，献上香火，拜过如来，并给一众女尼送上僧衣佛礼。那常悲大师知道我的佛缘，给我讲起了我姑姑斛律皇后的遭遇，自斛律明月被污杀后，我姑姑斛律婉仪皇后也被废，并送到妙胜寺出家。后来多才多艺的丹阳太守元仁慕名来寺里礼佛上香，和我姑姑诉说起童年时在敕勒大草原的往事，带着对斛律明月的景仰，最后就迎娶了我姑姑。她终于寻找到了她想要的幸福！

华灯初上，死气沉沉的晋阳终于有了一丝生气，那条灯火阑珊的街道上人来人往，部分是酒楼，更多的是青楼，一众妖娆的美女站立门口，向大隋在晋阳的文武官员、驻守军士投怀送抱。生意最好的当数那座高风亮节宫，整座街的多半数顾客都争涌而进。后来听说里边的老板娘大有来头，竟是当年的胡皇后——高湛帝的老婆，高纬帝的母亲。她们在长安流落街头，艰苦度日，再说盯着她们的政治眼睛无数，在波诡云谲的政局变幻中，不知哪天祭旗又会借她们的头颅一用，还是回到她们熟悉的环境中藏匿为好，于是辗转来到了晋阳，盖起了以高家命名的青楼。一想也对，她目前不过四十，正是风韵犹存，追求快乐一直是她的简单目标。当然，里面还有更吸引男人的地方，听说头牌美女之一是二十多岁风华正茂的穿着珍珠裙的穆皇后——高纬帝的老婆，头牌美女之二是妙谛公主——高澄帝和蠕蠕公主的女儿，虽然她已三十，但集中在她身上的美妙故事，汇集在她身体里的混合血液，更加能挑逗尝鲜者的味觉。昔日三位皇后和公主成为歌伎，自然不缺恩客。好奇心、窥视欲、帝王般的享受、人生难得的际遇，还有别的说不清、道不明的情愫，让晋阳男人们竞相前往。生意兴隆之际，听说胡皇后还曾兴奋地对穆皇后说："为后不如为娼，为娼更有乐趣。"

（十八）

眼前的蒙山大佛，依山而建，气势恢宏，山是一尊佛，佛是一座山，通高二百尺，头与山齐，足踏大地，双手抚膝，广额丰颐，临寺端坐，温文尔雅，雍容大度，慈祥端庄，神势肃穆，令人肃然起敬，仰慕神往。仔细端视佛首，那份端庄，那份肃穆，那份大气凛然，那份正直坦荡，与我爷爷一模一样，神似形胜。

大佛的脚下有一熔铁炉，一些匠人正在铸造寺庙的部件。附近有一神龛，香烟缭绕，两位素衣女士正在磕头如泥，我走近一看，童年的记忆依稀唤醒，再定睛审视，马上跑上前去，泪如泉涌。真是踏破铁鞋无觅处，竟然是两位姑姑。原来，斛律婉仪再嫁后，一直托人寻找她的妹妹，相约斛律光仙逝十周年来蒙山祭奠。斛律婉蝶逃到大草原后，遭到了穆提婆的追捕，后来在慧可大法师的掩护下到开化寺出家为尼，目前已是慧可的嫡传弟子，她天天守在父亲的高大佛相前叩拜念经，收到僧侣传递的信息后，终于在大佛前等到了姐姐的到来，这些天里，她俩天天依偎在我爷爷的身旁。

今天是八月底，也是我爷爷唯一的重火重誓的木杆可汗弟弟仙逝十周年的日子。我爷爷心心念念的宝贝都在他的眼前，我们一同下跪，一起膜拜，一起诉说各自的岁月。我拿出厚厚的记录册，以及贾思勰新著的《齐民要术》抄本、颜之推的《颜氏家训》抄本，一页页地烧给他，让他知道他离去的岁月，那些惊诧的离奇事件，还有大齐子民的发展和精神追求。之后，我解下陪伴我多年的霸王弓丢进熔铁炉，看着她一滴滴化为铁水，算是偿还给爷爷的宝贝。

是的，霸王弓，除了斛律光，世间已经无人配用。